우리에게

다시 사랑이

우리에게

다시 사랑이

천희란 소설

문학동네

차
례

카밀라 수녀원의

유산

그 사람이 엄마를 죽였어요. 라우라가 말을 꺼내기 무섭게 키티 부인이 두 손으로 자신의 입을 틀어막았다. 그녀는 곧장 울고 있는 라우라에게 달려왔다. 그 남자가 엄마를 죽였어요. 엄마가 이곳을 떠나려 하지 않으니까. 엄마가 절 여기에 혼자 남기고 떠날 수 없다고 하니까. 키티 부인이 오열하는 라우라의 머리를 쓰다듬었다. 귓가에 쉬잇ー, 쉬잇ー, 하는 키티 부인의 목소리가 들려왔다. 저택에 식자재를 배달하러 오는 그 젊은 남자를 말하는 거지. 키티 부인이 물었다. 라우라가 키티 부인의 품안에서 고개를 끄덕일 때 부인의 짙은 오렌지빛 스웨터에 어두운 눈물 자국이 남았다. 침착하렴. 자초지종을 설명해보겠니. 라우라는 눈물을 훔치며 고개를 들었다. 그러다 어둠 속에서 내내 자신을 굽어보고 있던 카밀라의 시선과 눈이 마주쳤다. 등허리를 쓸어내리는 키티 부인의 손길에서 느껴지는 온기와 상반되는 차갑고 날카로운 눈빛이었다. 떠는 것 좀 봐. 가엾어라. 아가, 두려워할 필요 없단다. 키티 아줌마가 있어. 카밀라 아가씨, 어떻게 좀 해보세요. 그 순간, 라우라는 키티 부인의 손끝이 떨리는 것을 느꼈다. 눈물을 거두어야 할 때였다. 쥐어짜낸 거짓 눈물은 아니었지만, 비밀을 감춘 눈물은 카밀라에게 통하지 않는 듯했다. 쨍하고 단호한 카밀라의 목소리가 우렁찬 빗소리를 꿰뚫었다. 라우라, 이제 진실을 말해보렴. 어머니는 어디에 계시지? 내가 널 도우려면 진실을 알아야 해.

진실을 말해야 할까. 정교한 거짓말을 해야 할까. 그 긴 이야기를 어디서부터 어디까지 털어놓아야 모든 진실을 말했다고 할 수 있는 걸까. 막무가내로 도와달라고 애원해야 할까. 카밀라의 가슴팍을 붙들고 흔들어야 할까. 라우라는 생각했다. 내가 애원하면 경찰을 불러 당장 그를 체포할까. 내가 거짓말을 했다고 말하면 나를 경찰에 넘길까. 저택에서의 삶도 끝인 걸까. 세 사람의 숨소리가 교차하는 것을, 라우라는 요란한 천둥소리가 세상을 뒤덮는 중에도 들을 수 있었다. 마치 처형대 앞에 선 것만 같았다고, 훗날 라우라는 그 밤을 회상했다. 저택에 도착했던 날부터의 모든 기억이 한순간에 우르르 쏟아져나왔다. 그리고 번개가 번쩍일 때마다 카밀라의 등뒤 커다란 전신 거울에 비친 눈물로 얼룩진 얼굴은, 평생 그녀가 거울 앞에 서는 순간마다 한 번도 빠짐없이 떠올랐다.

라우라는 아홉 살에 처음으로 카밀라를 만났다. 그녀는 어머니의 손을 잡고 키티 부인을 따라 저택의 아치형 회랑을 걷던 밤에 대해 자주 이야기했다. 전깃불이 환히 들어와 있음에도 전설이나 동화 속으로 걸어들어가는 것 같은 기분에 사로잡혔던 라우라는, 자신이 별다른 장식도 없는 허름한 회랑을 그 누구보다 아끼고 사랑하게 되리라는 걸 직감했다. 그들은 회랑 끝 별채에서도 가장 안쪽에 있는 방으로 안내받았고, 거기에 카밀라가 있었다. 형광등 없이 몇 개의 스탠드만으로 빛을 밝혀 전체적으로 조도가 낮은 방이었다. 저택이 지어졌을 때부터 존재했을 나무 책장에는 기울어진 그림자만이 꽂혀 있었고, 카밀라는 방 한쪽 구석의 일인용 소파에 다른 그림자들처럼 비스듬히 앉아 무언가를 읽고 있었다. 그녀는 그들을 향해 돌아앉거나 말을 걸지 않았고, 그래서 라우라의 기억 속에 카밀라의 첫인상이랄 것은 남아 있지 않았다. 그런 카밀라를 향해 키티 부인이 무어라 말을 건넨 것, 어머니가 먼발치에 앉은 카밀라를 향해 엎드리다시피 하며 눈물을 쏟은 것, 그후 키티 부인이 안내한 아늑한 침실에서 깊은 잠을 잤다는 사실만을 기억했다. 다음날 정오가 되어서야 잠에서 깨어난 모녀는 어느새 저택의 일원이 되어 있었다.

사람들은 저택을 가리켜 카밀라 수녀원이라 불렀다. 하지만 저택에 살고 있는 사람들은 수녀가 아니었고, 그들 중 누구도 그곳을 수녀원이라 부르지 않았다. 오직 저택 바깥에 사는 사람들만이 그곳을 수녀원이라고 불렀는데, 그것은 여러모로 멸칭에 가까웠다. 수녀원이라는 별칭은 카밀라가 저택의 주인이 된 이후에 붙여진 것이었다. 여자들만이 모여 산다는 것, 그것도 출신도 사연도 알 수 없는 여자들이라는 사실을 사람들은 께름칙하게 여겼고, 수녀를 운운하며 우스갯소리라도 하지 않으면 견딜 수 없는 모양이었다.

저택은 별채를 포함하면 침실로 쓸 수 있는 방만 쉰 개가 넘었고, 농장과 과수원을 운영할 수 있을 만큼 커다란 부지 위에 있었다. 그러나 카밀라가 저택을 사들이기 전까지 건물은 무척 오랜 시간 흉가나 다름없는 상태로 방치되어 있었다. 이전 소유자는 20세기 초반 인근의 탄광 산업을 주름잡았던 사업가의 자손 중 하나였는데, 그는 자신의 증조부인지 고조부인지가 그 저택을 구입한 것을 집안의 수치로 여겼다. 그는 몇 대째 팔리지 않는 매물로 남아 있는 이 애물단지의 구매자를 만나기 위해 평생에 걸쳐 단 다섯 번만 저택을 찾았다. 그리고 어떻게든 저택을 팔아치우고야 말겠다는 각오를 배반하며, 구매자들 앞에서 매번 자신의 조상이 귀족 놀음이나 즐기려고 감당할 수 없는 크기의 저택을 구입한 시대착오적인 인간이었다는 비아냥을 내뱉기 일쑤였다. 아마도 그는 그 시대착오적인 조상이 남아도는 돈으로 헛짓을 할 수 있을 만한 자산가가 아니었다면 현재 자신이 최신형 고급 승용차 같은 걸 모는 일

은 일어나지 않았으리란 사실은 안중에도 없는 듯했다. 여하간 그
는 가문에 대물림되는 부의 한 귀퉁이를 이어받은 사업가치고 물
색이랄 것이 없었지만, 그의 대책 없는 경박함이 구매자를 변심하
게 한 결정적인 원인은 아니었다. 아주 옛날 옛적 지방 귀족의 성
이나 별장으로 쓰였을 저택의 관리 상태가 엉망인 탓에, 좀처럼 오
르지 않는 저택의 가격과 무관하게 누구도 손을 댈 엄두를 내지 못
했던 것이다. 그 저택을 고풍스러운 호텔로 변신시키려 했던 굴지
의 호텔리어조차 차라리 신축 건물을 짓는 편이 합리적일 것이라
며 망설임도 없이 발길을 돌릴 정도였다.

커다란 마을과 작은 도시의 중간쯤 되는 규모의 지역 주민들은
저택은 물론이거니와 지역 일대의 개발에도 별 기대나 흥미가 없
었다. 폐광 인근에 개발되지 않은 높은 산과 물이 닿는 평야가 함
께 있다는 조건 말고는 달리 내세울 것이 없었고, 번화했거나 개
발 가능성이 있는 도시와의 교통 인프라도 충분하지 않았다. 바깥
세상이 변화하는 속도를 생각하면 도시 기반 시설이나 첨단 기술
의 혜택 밖에 놓여 있었지만, 그것은 그저 그 지역의 숙명 같은 것
에 지나지 않았다. 지역 주민들은 수백 년 이상 겪어온 국가 지원
으로부터의 배제에도, 오랫동안 고수해온 삶의 방식에도 별다른
불만이 없었다. 그들은 평야를 이용해 적당한 수준의 농사를 짓고
가축을 키웠으며, 적당히 팔고, 적당히 입고 먹고, 적당히 살았다.
불만이 있는 사람이 없을 수는 없었지만, 그들은 곧 큰 도시로 떠

났다. 그러니 남은 사람들의 삶은 대체로 만족스러웠다.

그런 지역 주민들이 아무도 살지 않는 낡은 저택에만 달리 특별한 의미를 부여할 리 만무했다. 사암으로 지어진 저택의 외관은 검게 산화되어 그 존재감이 적지 않았음에도, 사람들은 그 으리으리한 건물을 너무 오래 걸어놓아 누군가 특별히 지적하지 않으면 걸려 있다는 사실마저 잊어버리고 마는 결혼사진처럼 취급했다. 오랫동안 비어 있는 건물이니만큼 청소년들의 비행이나 금지된 사랑의 밀회가 벌어지는 장소로 이용될 법도 했지만, 저택은 그런 용도로 사용되기에도 별다른 매력이 없는 모양이었다. 더욱이 거칠거나 모험적인 젊은이들은 머리가 굵어지면 이내 지역을 떠나버렸고, 저택에 딸린 밭과 과수원 역시 도둑 농사를 지을 만큼의 가치는 없었다.

그렇게 있으나 마나 하다는 생각조차 해본 적 없는 저택의 소유주가 바뀌었다는 소식은 지역사회 전체를 발칵 뒤집어놓는 일대 사건이었다. 이전 소유주는 계약을 성사시킨 날 밤에 그나마 가장 근사한 레스토랑을 찾아가 술을 퍼마시기 시작했는데, 그때 그의 입에서 나온 이름이 바로 카밀라였다. 그는 웬만한 남자보다 키가 크며 성격이 몹시 드세고 취향이 까다로운 늙은 여자 카밀라에 대해 이야기를 늘어놓았다. 그러나 사람들은 곧 그녀가 카밀라의 대리인인 먼 친척 아주머니라고 고쳐 알게 됐다. 그 또한 사실과는 먼 이야기였다. 키티 부인은 카밀라를 어린 시절부터 돌봐온 보모였을 뿐 카밀라의 가족이나 친척은 아니었다. 라우라는 카밀라가 간혹 실수로 키티 부인을 다른 이름으로 부르는 것을 본 적이 있었고, 키티가 그녀의 진짜 이름이 아닐지도 모른다고 말하기도 했으니, 끝내 알려지지 않은 또다른 진실이 감추어져 있는지도 알 수 없는 일이기는 했다.

저택은 팔려나가기 무섭게 빠르게 보수를 시작했다. 카밀라는 전기와 수도, 하수 시설을, 그다음에는 가구와 집기를, 이어 가축과 과수를 들였다. 그리고 대강의 보수를 마치자마자 느닷없이 수십 명의 여자들이 저택으로 이주해 왔다. 그즈음 마을에 얼굴을 드러내기 시작한 키티 부인은 저택이 여성들만을 위한 복지시설이 될 것이라고 했다. 그러자 카밀라의 이름이 본격적으로 사람들의 입에 오르내리기 시작했다. 그녀가 몇 살이나 먹었는지, 어떻게 생겼는지, 어디에서 왔으며 그 많은 돈이 어디에서 났는지, 모든 것이 호기심의 대상이었다. 그러나 카밀라의 정체는 철저히 베일에 싸여 있었고, 저택에 사는 그 누구도 카밀라에 대해 쉬이 답하지 않았다. 사람들은 카밀라가 실제로는 존재하지 않는 사람이라고 말하는가 하면, 저택에 살고 있는 여자 중 말수가 적고 수줍음을 타는 여자들을 카밀라 후보로 거론하기도 했다. 그들은 카밀라에 대해 아는 것이 없었고, 그러니 그들이 새롭게 만난 누구라도 카밀라일 수 있었던 것이다. 하나 라우라에 따르면 카밀라는 그 저택에 들어온 뒤에는 단 한 번도 마을에 나가 사람들과 어울린 적이 없었다.

　여성만이 거주할 것. 정해진 노동을 공평하게 나누어 성실히 할 것. 가능하면 직업훈련을 받을 것. 술과 마약을 하지 않을 것. 자립할 능력이 생기면 저택을 떠날 것. 라우라의 어머니는 저택에 살기 위해 이러한 조항들이 가득 적힌 일종의 서약서에 서명을 해야 했다. 그리고 거기에는 다음과 같은 조건 또한 포함되어 있었다. 저택을 떠난 뒤에도 외부인에게 저택과 카밀라에 대한 정보를 유출하지 말 것. 물론 라우라가 서약서의 내용을 알게 된 것은 한참 뒤의 일이었다. 저택에서 열일곱번째 생일을 맞은 날, 그녀 역시 그곳에 머무는 모든 여자들과 마찬가지로 서약서에 서명을 했다. 저택과 카밀라에 대해 잘 알지 못했을 어머니가 무슨 용기로 그 서약서에 서명을 했는지는 알 수 없었다. 불이익이나 처벌과는 무관한 요식에 가까웠지만, 비밀 유지 서약 같은 것은 아무래도 소름끼치는 조항이었을 것이다. 그러나 그 서약서에는 저택이 제공할 혜택 또한 상세히 적혀 있었고, 그것은 저택이 요구하는 것에 비할 수 없이 컸다. 무엇보다 당시 그들에게는 안전하게 거주할 공간과 충분한 식사, 심리적 안정감이 절실했다. 아니, 모든 것이 절박했다. 당시 라우라의 어머니가 가지고 있던 커다란 나일론 보스턴백에 든 것은 두 사람이 갈아입을 여벌의 옷 몇 벌이 전부였고, 지갑 속에는 두 사람이 제대로 된 한끼의 식사를 할 수도 없는 푼돈만이 남아 있었다. 그러니 별다른 선택지가 없었을 것이다.

　라우라는 천국을 믿지 않는다고 입버릇처럼 말했다. 그러나 저택에 머문 처음 두 해 동안에는 천국의 삶에 대해 자주 상상했다. 물론 최소한의 위생과 생활의 편의를 위한 시설이 갖추어지기는 했지만 저택은 도시의 현대적인 주거공간과는 판이하게 달랐고, 크게 개발이 되지 않은 그 지역의 낡은 건물들과 비교해도 불편한 것투성이였다. 하지만 그가 없었다. 라우라의 어머니가 벌어오는 것에 기생해 사는 주제에 그녀를 종처럼 부리고, 모녀를 폭력의 공포에 몰아넣었던 그 남자가 없었다. 그걸로 충분했다. 그는 어머니의 재혼 상대였다. 라우라는 여러 명의 아버지를 가졌고, 자신의 진짜 아버지가 누구인지 몰랐고, 그 모든 아버지들을 싸잡아 개자식이라고 불렀다. 물건을 던지거나 주먹질을 하던 그가 한 손에는 어머니의 멱살을, 다른 손에는 칼을 쥔 채 어머니를 베란다 난간으로 몰아갔던 밤에 모녀는 그들의 집과 그 집에 남아 있는 소중한 추억들을 모두 버리고 그로부터 벗어나기로 결심했던 것이다. 라우라는 저택에 온 뒤에도 여전히 자주 악몽을 꾸었지만, 겁에 질려 잠에서 깨어날 때마다 벅차게 안도했다. 더욱이 저택에 머물고 있는 건강한 여자들이 한때 그녀와 비슷한 처지에 놓인 경험이 있었다는 사실에서 깊은 위로를 받았다. 정확히 같은 이유는 아니었지만, 그들 모두가 모종의 폭력으로부터 보호받지 못하거나 장기간 위협적인 현실에 노출되어 있던 여자들이었다. 그러니까 카밀라 수녀원은 여성들을 보호하고 재활을 돕는 시설이었다.

라우라 모녀가 저택의 식구가 되었을 때, 이미 저택의 거주자는 이백 명을 넘어서고 있었다. 대부분의 성인들은 여럿이 한방을 기숙사처럼 공유했지만, 그들은 별채의 작은 방을 배정받았다. 라우라가 아직 어머니의 보살핌이 필요한 어린아이이기 때문이었다. 별채에는 또래의 여자아이들이 여덟 명쯤 있었고, 그보다 어린 아이들은 어머니들이 공동으로 육아했다. 라우라와 친구들은 낮이면 일종의 홈스쿨링을 받았는데, 그녀는 그 교실에서야 비로소 카밀라를 제대로 대면했다. 그녀는 키티 부인 못지않게 키가 크고 기골이 장대했다. 콧등과 광대뼈가 높게 올라온 뚜렷한 얼굴 윤곽에 눈매가 매서운데다가 말수가 적고 무표정일 때가 많아 대부분이 어렵게 여겼지만, 실은 그저 수줍음이 많은 편일 뿐 차가운 사람은 아니었다. 어른들이 각자의 일을 찾아 떠나고 교실 문이 닫히면 카밀라는 가슴까지 내려오는 긴 머리를 고무줄 하나로 간단히 올려 묶고, 다정한 미소를 지으며 아이들 곁으로 다가왔다. 그녀는 훌륭한 교사였다. 모든 과목을 혼자 가르칠 수 있을 만큼 지적 능력이 뛰어났고, 학습 과정이나 수준이 제각각인 아이들에게 같은 것을 몇 번이고 반복해 설명해줄 만큼 인내심이 강했다. 한편으로 텃밭과 과수원 너머 공터에서 아이들과 옷을 더럽히는 신체 활동을 하는 것도 서슴지 않았다. 그녀는 누구라도 우러러볼 만한 여성이었다. 아이들은 카밀라와 사랑에 빠질 수밖에 없었고,

라우라 역시 다른 아이들과 마찬가지로 그녀를 동경했다.

라우라는 특히 날씨가 궂은 날에 카밀라가 본관 건물에 만들어 놓은 작은 도서관으로 아이들을 데리고 가는 것을 좋아했다. 그녀는 아이들이 각자 읽고 싶은 책을 골라 읽는 동안에 우유와 쿠키를 내어주고, 다른 한쪽에 아직 글을 잘 읽지 못하는 아이들을 모아두고 그림책을 읽어주었다. 라우라는 글을 읽을 줄 알면서도, 갓 빤 베갯잇처럼 포근하면서도 상쾌한 그녀의 목소리에 이끌려 그 무리에 섞여 앉고는 했다. 그리고 때때로 정원이라 부르기엔 단출한 화단에서 뿌리째 뽑은 팬지꽃과 직접 만든 카드를 카밀라에게 몰래 전했다.

라우라는 언제까지고 저택에서 살 수 있을 것만 같았다. 그녀뿐 아니라 수많은 여자들이 그럴 수 있다고 믿었고 또 그렇게 되기를 바랐다. 저택은 하나의 도시, 국가, 혹은 그보다 더 넓은 세계처럼 여겨졌다. 부족한 것은 아무것도 없었다. 안전하고 자유롭고 풍요로웠다. 놀랍게도 누구도 자신이 할 일을 남에게 미루지 않았고, 육체적으로 힘든 노동도 마다하지 않았다. 어른 아이 할 것 없이 간혹 편이 갈리고 사소한 다툼이 일어났지만, 그런 건 그들이 저택에 오기 전 겪은 일들에 비하면 아무것도 아니었다. 더욱이 저택의 관리인이나 다름없는 키티 부인은 뛰어난 중재자이기도 했다. 그래서인지 바깥출입에 대한 별다른 규정이 없었음에도 한번 저택의 일원이 되고 나면 그곳을 떠나는 일이 드물었고, 저택 바

깥을 오가며 일을 하는 사람의 수도 많지는 않았다. 그래서 저택
은 제한적으로나마 자급자족하는 공동체를 유지해갈 수 있었다.

그것이 전부는 아니었다. 작은 지역사회의 주민들은 어제저녁
식사 시간에 어느 집의 누가 어떤 디저트를 먹었는지까지 꿰고 있
을 만큼 서로에 대해 속속들이 알았다. 저택 밖으로 나온 여자들
은 눈에 띄기 마련이었다. 그들은 여자들에게 저택 생활이나 카밀
라라는 여자에 대한 소문을 확인하려 했고, 호시탐탐 여자들의 과
거를 캐묻고 싶어했다. 저택의 여자들은 전자의 질문보다 후자의
질문들을 두려워했고, 또 그 질문들이 어떤 편견을 전제하고 있는
지 잘 알고 있었다. 심리적으로 위축된 여자들은 주민들의 시선을
무시하며 밖에서 살 도리가 없었다. 자립을 위해 마을에 일자리
를 얻었던 여자들이, 더 많은 또래 친구들을 사귀고 싶어 홈스쿨
링을 하는 대신 학교에 다녔던 아이들이 저택 바깥의 생활을 오래
견디지 못하고 저택 안에 틀어박혔다. 그러나 모두가 끝까지 저택
에 남기를 바란 것은 아니었다. 몇몇은 저택이라는 공간을 갑갑하
게 여겼으며, 간혹 저택 생활을 정리한 후에도 지역을 떠나지 않
고 남아 있는 경우도 있었다. 그들은 지역사회의 일원이 되었다.
직업을 얻어 자립을 하는 경우가 있는가 하면, 가까이 지내던 여
자 몇몇이 함께 집을 구하기도 했고, 그 지역의 남자와 새로운 가
정을 꾸리기도 했다. 라우라의 어머니라면, 누구보다 새로운 가정
을 꿈꾸는 사람이었다.

라우라는 자신의 어머니가 저택에 머무는 것을 지루해하기 시작했다는 걸 어렵지 않게 눈치챘다. 그리고 천국의 시간이 끝나가는 걸 예감했다. 밤마다 해묵은 얼룩으로 불투명해진 창가에 서서 마을의 풍경을 바라보는 눈빛을 보면 알 수 있었다. 그녀는 어머니의 작은 행동이나 몸짓, 말속에 어제 뿌린 향수 향기처럼 은은하게 섞여 있는 참을 수 없는 호기심과 외로움을 감지했다. 어쩌면 어머니 자신조차 자신의 마음을 깨닫지 못한 채일 수도 있었다. 라우라가 어머니의 열정과 변덕 속에서 태어났고 성장했다는 사실을 생각하면 놀라운 일은 아니었다.

어머니는 곧 라우라에게 저택 밖에서 돈벌이가 될 만한 일을 찾아나서겠다고 말했다. 라우라, 다른 사람에게 의지해서 사는 건 옳지 않아. 인간은 결국 혼자 살아남아야 한단다. 그리고 우리에게 스스로 살아갈 수 있는 능력이 있다면, 지금 우리가 받는 혜택을 더 절실하게 필요로 하는 사람들에게 돌려줄 수 있도록 해야 하지. 그게 우리가 카밀라와 저택의 도움에 진정으로 보답하는 길이야. 라우라가 지독한 감기에 시달렸던 어느 여름, 어머니가 종일 그녀 곁에 있기를 바란다고 말했을 때, 어머니가 라우라의 이마를 짚으며 한 말은 단어 하나도 빠짐없이 그럴싸했다. 라우라는 반박할 수 없었다.

그러나 그녀는 어머니의 말이 모두 기만이라는 것을 알고 있었다. 어머니는 절대로 혼자 살아남을 수 있는 그런 부류의 인간이 아니었다. 특히 어머니가 마지막에 덧붙이는 어떤 말은 라우라의 불안을 증폭시켰다. 오, 라우라, 물론 너는 언제나 내게 의지해도 괜찮아. 너는 엄마의 보살핌이 필요한 어린아이니까. 그리고 엄마와 딸이란 원래 그런 것이란다. 같은 운명을 공유한다는 건 그런 거지. 내가 진정으로 믿고 사랑하는 사람은 오직 너뿐이란다. 내가 너를 버리고 떠날 거란 걱정은 절대로 하지 않아도 된단다. 그녀는 라우라가 가장 두려워하는 게 무엇인지를 영영 눈치채지 못했다. 라우라를 사로잡은 공포는 어머니가 자신을 떠나버리는 것이 아니라, 최후까지 그녀를 포기하지 않으리라는 사실이었다. 성인이 되는 날은 요원하게 느껴졌고, 언제 어머니의 불행 속으로 끌려들어갈지 모른다는 생각은 라우라를 정서적으로 불안정하게 만들었다. 그리고 어머니에 관해서라면, 라우라의 예감은 단 한 번도 예감만으로 끝난 적이 없었다.

만일 그들이 카밀라의 저택에 오지 않았더라면, 라우라 역시 두 사람이 함께하지 않는 미래를 상상조차 할 수 없었을 것이다. 과거에 어머니의 삶에 벌어진 사건들이 아니었다면, 라우라 자신도 온갖 호기심으로 저택 바깥세상을 누비기를 꿈꾸는 여자로 성장해나갔을지 모른다. 그녀는 일반적인 교과 지식을 학습하는 능력이 뛰어난 편은 아니었지만, 상황을 직관적으로 파악하고 일을 효율적으로 처리할 줄 알았다. 눈치가 빠르고 명석했다. 그러나 어머니와의 관계는 모든 면에서 라우라의 욕망을 축소시켰다. 그녀의 욕망은 지나치게 단순했다. 어머니로부터 자유로워지는 것. 어머니의 불행의 일부가 되지 않는 것. 어떻게든 저택을 떠나지 않는 것.

　비극의 조짐들은 빠르게 누적되어갔다. 라우라의 어머니는 마을의 카페와 식당 몇 군데를 옮겨다니며 일을 시작했다. 그녀는 언제나 자립에 대해 말했다. 하나 그녀가 바라는 것은 라우라가 기대하는 자립과는 거리가 멀었다. 어머니는 언제나 가족을 원했다. 그녀에게 저택이라는 공동체는 가족이 아니었다. 그녀와 라우라를 지극한 사랑으로 보살펴줄 진짜 가족이 필요했다. 마을로 나서자마자 그녀는 인기 스타가 됐다. 남자들은 알아보았다. 괴로운 과거가 있는 여자, 과거로부터 달아나기 위해 안간힘을 쓰는 여자, 그로 인해 강한 생활력을 갖게 된 여자, 그러나 겨우 자기 자신을 지탱할 뿐이어서 언제든 흔들릴 준비가 되어 있는 여자, 미풍에도 무너져버리는 허술한 벽과 같은 여자. 남자들은 그런 여자의 마음을 얻기 위해 도전하고, 그 벽을 무너뜨리기를 좋아했다. 애당초 무너지기 위해 세워진 벽을 무너뜨리고는, 그걸 모르는 체하고, 자신의 힘에 도취되어버리고는 했다. 더욱이 라우라의 어머니는 젊고 생기가 넘쳤다. 라우라의 어머니는 함부로 다가오는 남자들과 쉽게 어울렸고, 라우라를 뒷전에 두었다.

　라우라는 어머니를 부끄럽게 여겼지만, 정작 어머니 그 자신은 전혀 그러하지 않았다. 그녀는 항상 당당했다. 너에게 좋은 아버지가 되어줄지도 모르는 사람이야. 이 사람은 다른 남자들과는 달라. 그의 결혼생활은 엉망진창이야, 그는 그 여자가 차라리 자기를 죽여줬으면 좋겠다고 해. 그러나 이런 말 또한 언제나 따라왔다. 그도 똑같았어. 그 남자는 다를 줄 알았어. 남자들이 원하는 건 죄다 똑같아. 나에게는 너뿐이야. 너밖에 없어. 너만으로 충분해. 라우라는 항상 자신의 몸에서 비린내가 난다고 생각했다. 잠든 라우라를 흔들어 깨우는 어머니의 탄식 같은 목소리와 함께 비릿하게 풍겨오던 술냄새 때문이었다. 악몽을 꾸거나 새벽에 갑자기 잠에서 깨면 여지없이 그 목소리가 들리고, 그 냄새가 났다.

어머니가 자신을 데리고 저택을 떠나려 할지도 모른다는 예감은 라우라가 저택과 카밀라에 대해 일종의 분리 불안에 가까운 감정을 느끼게 만들었다. 한편으로 그녀는 어머니처럼 살지 않겠다는 결심을 거듭했고, 청소년기에 접어들며 그녀의 삶은 폭력적이고 위태롭게 변해갔다. 열네 살이 된 그녀는 열여섯까지 저택 바깥에 있는 학교에 다녔다. 그리고 마치 어머니를 조롱하듯, 어머니를 가지고 논 남자들을 처벌하듯, 수많은 남자아이들을 사랑에 빠뜨리고 매몰차게 걷어차버렸다. 그녀는 남자아이들에게 아무런 설렘을 느끼지 못했다. 당장에는 달콤하고 충성스러운 말로 라우라의 마음을 얻으려 하지만, 뒤에 가서는 수녀원에 살고 있으니 수녀를 따먹은 것이나 다름없다고 떠벌리고 다닐 것이 틀림없었다. 그리고 실제로도 그런 아이들이 존재했다.

라우라는 곤두박질쳤다. 남자아이들과 어울리고, 술을 마시고, 담배를 피웠다. 그녀에 대한 나쁜 소문은 작은 지역 전체로 퍼져 나갔고, 사람들은 그 어미에 그 딸이라며 라우라 모녀를 향해 손가락질을 했다. 라우라는 차라리 모두가 두 사람을 증오하게 되기를 바랐다. 그렇게 된다면 어쩌면 저택 밖으로 한 걸음도 나가지 않고 살 수도 있으리라 생각했다. 그러나 라우라의 바람은 이루어지지 않았다. 라우라의 어머니는 그녀의 행실을 나무라기 바빴고, 급기야 그 비행들이 그녀에게 멀쩡한 가족이 존재하지 않기 때문이라고 역설하고는 했다. 그녀의 어머니는 그 사실을 마음 아파했고, 죄책감을 느꼈다. 그리고 다시 말했다. 걱정하지 마, 라우라. 나는 절대로 너를 버리지 않을 거야.

어느 날부터 지역에 드나들기 시작한 사내는 라우라의 어머니보다 열 살쯤 어렸다. 라우라는 계절이 겨울에서 여름으로 건너가는 내내 어머니가 한 명의 사내를 만나고 있다는 걸 알고 있었다. 일주일에 두 번 마을의 식당과 가게에 식료품을 배달하는 사내가 가끔 자신의 어머니와 저택 앞에서 포옹하거나 입을 맞추었다는 이야기가 라우라의 귀까지 흘러들었다. 저택에도 가공된 식료품을 납품하는 그에 대한 평판에는 달리 흠잡을 구석이 없었다. 잘생겼고, 성실하고, 예의가 발랐으며, 알려진 바에 따르면 아내나 자식도 없었다. 그는 거의 완벽해 보였다. 라우라의 아버지가 되기에는 조금 젊어 보인다는 것을 제외하면 아무런 하자랄 것이 없었다. 정확히는 지금껏 라우라의 어머니가 만난 그 어떤 남자보다 성숙한 남성이었다.

라우라의 열여섯번째 생일이 석 달 앞으로 다가왔고, 여름이 무성해지고 있었다. 라우라는 여름을 좋아하지 않았다. 작열하는 햇살, 그 무더위 속에 방치되어도 죽거나 시들지 않고 번성하는 초록의 생명력이 조금은 징그럽다고 느꼈다. 그녀는 그늘이 생긴 회랑 한쪽에 낡아빠진 의자를 끌어다놓고, 거기에 앉아 더위를 식히려는 아이들이 화단 옆 수도 호스를 휘두르고 있는 것을 지켜보았다. 그때 저택의 정문 쪽에서 느리게 걸어오는 어머니의 모습이 보였다. 이미 두 해 전부터 또래의 아이들이 모인 방으로 옮겨 지내고 있었지만, 라우라는 어머니가 지난밤 저택에 돌아오지 않았다는 사실을 알았다. 어머니가 사내가 마을에 와 머무는 날마다 그와 함께 밤을 보낸다는 것을 알고 있었고, 그들의 관계가 다른 남자들과의 그것과는 사뭇 다르게 줄곧 평화롭고 안정적이라는 것도 진즉 눈치채고 있었다.

'이 저택이 널 병들게 하고 있는 거야. 우리가 다 갚지 못할 큰 빚을 진 것은 맞지만, 널 영원히 이곳에 머물게 할 수는 없단다.' 그 계절을 떠올리면 라우라의 머릿속에는 요한 슈트라우스 2세의 〈아넨 폴카〉가 울려퍼졌다. 그녀의 어머니는 낡은 옷과 불필요한 물건을 저택의 여자들에게 나누어주는 동안 쉴새없이 그 곡의 멜로디를 흥얼거렸다. 그럴 때 어머니의 눈빛은 그의 손을 마주잡고 달빛 아래 짙은 녹음을 가로지르며 춤의 스텝을 밟고 있는 듯 보였다. '그이는 술에 취해 유치한 유행가 따위나 흥얼거리는 놈들과는 차원이 다른 남자란다.' 라우라의 눈에도 모든 상황이 전과는 달리 보였으나, 오직 하나 변치 않은 게 있었다. 행복한 어머니는 라우라를 돌보지 않았다. 그때 라우라는 자신이 저택을 떠나고 싶지 않은 이유가 비단 언제 닥쳐올지 모르는 불행 때문만은 아니라는 걸 비로소 깨달았다. 그녀는 저택을 떠나 어머니가 새로 행복한 가정을 꾸린다 한들 그 행복에 자신은 속할 수 없으리라고 생각했다. 돌이켜보면 이전에도 라우라는 어머니의 불행한 삶에만 속해 있었다.

하필이면 드물게 천둥번개가 치고 폭우가 쏟아지는 밤이었다. 라우라는 자신의 의지와 달리 저택을 떠나야 할 날이 코앞까지 다가와 있는 것을 느꼈다. 어머니는 낡은 보스턴백에 귀중품을 챙기고, 그보다 훨씬 커다란 새 가방을 가득 채워가고 있었다. 그날 저녁 술을 마신 라우라는 어머니의 침대 밑에 보관되어 있던 보스턴백을 들고 달아났다. 달빛이 힘을 쓰지 못할 만큼 어둡고 무거운 먹구름 아래로 어머니가 라우라를 뒤쫓았다. 라우라는 모든 걸 불태워버리겠다고 으름장을 놓았다. 다 불살라버릴 거야. 나를 버리지 않을 거라고? 이미 나를 몇 번이나 버렸잖아. 어차피 또 나를 버릴 거잖아. 나는 여기에 남을 거야. 나를 여기에 남겨두지 않을 거라면 차라리 나를 죽이고 가. 당신은 어머니라고 할 수도 없어. 당신은 당신이 외로울 때만 나를 찾지. 더는 그 삶에 휘말리지 않을 거야. 그즈음 빗줄기가 더욱 거세지기 시작했다. 라우라는 가방에 불을 지르려 했고, 그녀의 어머니는 라우라에게 달려들었다. 애원과 흐느낌이 고성과 격한 몸싸움으로 번졌다. 굉음이 사위를 덮쳐, 누구도 그들의 사나운 목소리와 비명을 듣지 못했다. 그리고 라우라는 그간 마음속에 억눌려 있던 강렬한 충동을 깨달았다. 차라리 당신이 내 어머니가 아니었으면 좋겠어. 차라리 당신이 사라져버리면 좋겠어. 그러나 라우라는 인생이 끝나는 마지막 순간까지도 자신이 그 순간 진정으로 어머니가 죽어버리기를 바랐는지는 확신하지 못했다. 어머니는 라우라에게 말하고는 했다. 천둥은 신이 너를 찾는 목소리야. 우리 라우라가 어디에 있나. 그리고 번개는 널 발견했다는 신호란다. 여기에 있었구나. 비바람이 휘몰아치던 밤에, 그녀는 어머니를 목 졸라 살해했다. 라우라, 여기에 있구나. 라우라는 결코 용서받을 수 없으리라고 생각했다. 그러나 신을 믿지는 않았다. 신이 존재한다 해도 기도는 하지 않을 작정이었다. 라우라에게 신은 선하지 않았다. 가혹하고, 또한 악랄했다.

키티 부인이 방안을 돌며 창가의 덧문을 닫기 시작했다. 그러자 세상을 쓸어갈 것만 같던 빗소리가 등뒤에서부터 차례로 지워졌다. 라우라는 오랜 시간이 지난 뒤에 그 장면을 자신의 일기장에 아주 길고 자세하게 적었다. 빗소리가 멀고 희미해진 반면, 방 안의 소리는 부쩍 커다랗게 메아리쳤다. 건물의 층고가 높은 탓이었다. 나무 굽이 달린 카밀라의 슬리퍼가 방을 가로지르는 발소리는 무겁고 단단했다. 그녀는 옷이 젖는 것도 아랑곳 않은 채 한쪽 무릎을 꿇고 앉아 라우라의 곁에 놓인 물먹은 보스턴백을 열어젖혔다. 모녀가 저택에 들어올 때 들고 왔던 가방이었다. 안에 든 것은 여전히 많지 않았지만, 그때는 들어 있지 않았던 것들로 채워져 있었다. 뒤축이 조금 닳아버린 외출용 구두, 싸구려 보석, 아름다운 무늬의 스카프, 〈아넨 폴카〉가 녹음된 카세트테이프와 그것을 재생할 수 있는 기기 따위가 흠뻑 젖은 채 가방 밖으로 나왔다. 처음에 저택을 찾아왔을 때와 달리 라우라 모녀의 생존에 관련된 것이라고는 무엇도 들어 있지 않았다. 그리고, 피에르. 그의 이름이 적힌 몇 통의 편지와 카드가 있었다. 피에르. 카밀라는 잉크가 번진 피에르의 편지 몇 통을 천천히 읽었다. 라우라, 진실을 말해야 해. 어깨를 붙든 카밀라의 손톱이 피부를 지그시 파고들었다. 흔들림이라고는 없는 맑은 눈이었다. 나도 아주 오래전에 내 엄마를 죽였단다. 키티 부인이 카밀라의 이름을 크게 외쳤다. 카밀라는 더이상 말을 잇거나 다가오는 것을 허락하지 않겠다는 듯 커다란 손을 펼쳐 키티 부인을 막아섰다.

저택의 부지는 넓었다. 과수원 너머의 공터를 지나 저택의 가족이나 다름없는 작은 가축들을 키우는 농장 너머로도 개간하지 않은 땅이 넓게 펼쳐져 있었다. 너무 멀어서 아무도 굳이 찾아가 밟지 않는 땅이 천지였다. 카밀라와 키티 부인은 치밀했다. 장신의 체구에서 나오는 힘으로 그들은 시신을 깊게 파묻고, 누구의 의심도 사지 않도록 쓰레기를 소각하는 날이 되어서야 라우라의 어머니가 싸두었던 짐을 불태웠다. 카밀라는 라우라의 어머니가 전염성이 있는 폐렴에 걸려 격리된 방에서 휴식을 취하고 있다고 말했고, 키티 부인은 하루에 한 번 그녀를 돌보는 척하며 별채의 지하로 내려갔다. 라우라 또한 앓아누웠지만, 고작 이틀만 침대에 누워 있었을 뿐, 이내 기력을 회복하고 학교에 갔다.

피에르가 마을에 돌아온 날, 라우라는 레스토랑에서 그를 기다렸다. 그간 매번 어머니의 제안을 거부한 탓에 그와 마주보고 앉는 것은 처음이었다. 그는 공손하고, 상냥했다. 피부는 붉고 거칠었지만 순하고 따뜻한 그의 성정을 가릴 수는 없었다. 그가 아버지가 되었다면. 라우라는 떠오르는 생각을 쫓으려 애썼다. 대신에 억지로 이렇게 생각했다. 만약 아버지가 되었다면 그 또한 개자식이 되어버렸을 거라고. 라우라에게만큼은 영원히 개자식 소리를 듣지 않을 것이므로 그는 그저 운이 좋은 사내에 불과했다.

피에르 앞에서 라우라는 흐느꼈다. 내 어머니를 놓아주세요. 어머니는 당신을 사랑하지만, 나는 이미 씻지 못할 상처를 받았어요. 아무리 설득해도 어머니는 내 말을 듣지 않아요. 당신을 너무

나 사랑하기 때문이죠. 다시는 이 마을을 찾지 마세요. 우리가 이 곳에서 평화롭게 살 수 있게 해주세요. 당신은 아직 아이가 없죠. 당신이 기구한 삶을 살아온 내 어머니라고, 내가 당신의 아이라고 상상해보세요. 나는 이곳을 떠나 다시 불행에 빠질까봐 불량한 아이가 되었을 뿐이에요. 그게 내 어머니의 마음을 할퀴고 있죠. 그 몇 마디의 말을 끝마치기 위해 라우라는 반나절이나 레스토랑에 앉아 있어야 했다. 눈물이 쏟아지고 목이 메어 말을 이을 수 없었기 때문이었다. 그의 눈가에도 살짝 눈물이 비쳤다. 라우라가 의식적으로 한 일인지는 확인할 길이 없지만, 그녀의 방대한 양의 일기에 그는 언제나 피에르라고 적혔다. 어머니의 모든 남자가 개자식으로 적혀 있는 한편 어머니는 그 이름조차 적혀 있지 않은 일기장에, 피에르는 언제나 피에르로 등장했다.

피에르는 몇 번 더 마을을 오간 뒤에 발길을 끊었고, 그가 오지 않게 되자 저택 안에는 슬슬 라우라의 어머니가 딸을 버리고 피에르와 저택을 떠났다는 소문이 돌기 시작했다. 키티 부인에 의해 계획된 소문은 곧 사실로 확정되었다. 누군가는 불쌍한 라우라만이 저택에 남겨졌다고 말했고, 다른 누군가는 질 나쁜 아이를 데려갈 수 없었으리라고 했다. 라우라는 차차 말수가 줄었고 친구를 사귀지 않게 되었다. 그녀는 키티 부인에게 저택 관리에 관한 일들을 배워나갔고, 자주 카밀라의 곁에 머물렀다. 누군가는 카밀라가 라우라를 특별히 돌봐줄 만하다고 말했고, 누군가는 라우라가 특별 대우를 받고 있다며 질투했다. 라우라는 그런 말들을 조금도 신경쓰지 않았다. 그리고 카밀라와 평생 모녀지간 같은 친밀한 관계를 유지했지만, 그 비극이 일어난 밤 이후로 단 한 번도 서로의 어머니에 대해 말하거나 묻지 않았다.

키티 부인이 지병으로 세상을 떠난 뒤에 라우라는 키티 부인이 했던 역할을 도맡았다. 대학에 다니기 위해 몇 년 저택을 떠나 있었지만, 도시에 정착하지는 않았다. 그녀는 저택으로 돌아와 남아 있는 큰 땅을 개간하고 포도밭을 일구어 작은 와이너리를 만들었다. 라우라는 금세 여성들의 삶을 살피는 여성이자, 수완이 좋은 젊은 사업가로 세간에 알려졌다. 저택이 벌어들인 돈은 모두 저택의 여성들을 위해 쓰였다. 그녀는 카밀라의 이름을 딴 복지 재단을 만들고 싶어했으나 카밀라의 반대로 자신의 이름을 붙인 재단을 만들었다. 재단을 설립할 무렵 대학에서 만난 친구인 베르타가 합류했다. 소아마비로 어릴 적부터 휠체어를 타야만 했던 베르타는 뛰어난 의학도였고, 자신의 재능을 라우라가 쓰려 하는 곳에 쓰고 싶어했다. 그들은 함께 일하며 곧 연인이 되었다. 라우라는 저택 앞에 버려져 있던 한 아이를 입양했다. 그리고 카밀라를 대모로 삼아, 그 아이에게 카밀라라는 이름을 붙여주었다.

라우라는 카밀라의 사후에 저택의 모든 것을 물려받았다. 카밀라의 재산뿐 아니라, 그녀가 여성들을 위해 지켜왔던 신념 또한 이

어받았다. 거기에는 지하실의 문을 여는 열쇠도 포함되어 있었다. 지하실은 그녀가 키티 부인이 도맡았던 일을 모두 대신하고 저택의 재정과 상황을 속속들이 알게 된 이후에도 접근이 허락되지 않았던 곳이었다. 저택의 가장 깊고 어두운 곳의 문을 열고 불을 밝히자 다른 어느 방에서도 본 적 없는 고급스러운 가구와 침구로 꾸며진 거대한 방이 눈앞에 펼쳐졌다. 구석진 곳에는 방 전체의 고풍스러운 분위기와는 사뭇 어울리지 않는 고가의 응급 의료 기기가 준비되어 있었다.

라우라는 카밀라의 장례식을 마친 뒤, 모두가 잠든 밤에 그 방을 찾아가 곳곳을 살폈다. 그리고 곧, 예상과 달리 그 방의 주인이 카밀라가 아니었다는 사실을 알게 됐다. 그곳의 책장에는 카밀라가 성실하게 써온 일기와 어릴 적부터 모아온 사진 앨범들이 가득했다. 거기에는 키티 부인보다 나이가 많고, 키티 부인이 떠난 후에도 그 방에서 생활했던 한 여성의 사진이 남아 있었다. 그녀는 분명 카밀라의 어머니였다. 두 사람이 나란히 찍힌 사진 속 얼굴은 한 사람의 사진 두 장을 나란히 오려붙인 것처럼 똑같았다. 카밀라가 살해했다고 말한 그녀의 어머니가 내내 그 저택 안에 살아 있었던 것이다. 라우라는 충격에 빠졌고, 대학에 다니기 위해 도시로 나갔던 이후 처음으로 저택을 떠나 긴 여행길에 올랐다. 사람들은 카밀라를 잃은 슬픔 때문이라고 생각했다. 물론 라우라는 카밀라의 죽음을 슬퍼했지만, 그것이 전부는 아니었다. 라우라는 카밀라가 왜 자신에게 거짓을 말했는지 혼란스러웠고, 나아가 왜 그녀가 자신의 어머니를 지하에 유폐한 채 누구에게도 알리지 않았는지 궁금했다. 여행을 마치고 저택으로 돌아온 라우라는 한동안 지하에 틀어박혀 카밀라의 자료들을 읽어나가기 시작했고, 어느새 카밀라가 그러했듯이 자신의 인생에 대해 쓰기 시작했다. 내가 알기로 라우라는 그 방을 베르타에게조차 열어 보인 적이 없다.

내가 이 사건의 전모를 알게 된 것은 내 어머니, 그러니까 라우라가 세상을 떠난 뒤의 일이다. 어머니의 일기에 적혀 있던 가구들은 너무 낡아버렸지만, 방은 계속 누군가의 손을 탄 것이 분명했다. 나는 내 두 어머니가 모두 내 곁을 떠난 상실감에서 오래 헤어나오지 못했고, 그 방의 기록물들을 살펴보아야겠다고 생각하기까지는 더 오랜 시간이 걸렸다. 그러나 결국 나 역시 그것을 읽기 시작했고, 한번 읽기 시작하자 멈출 수 없었다. 그리고 내 어머니가 그러했듯 나 역시 어머니의 죽음과는 별개인 깊은 충격에 빠졌다. 라우라는 내가 아는 그 어떤 여성보다 온화하고 선량한 사람이었기 때문이다.

만일 이것이 누군가 지어낸 한 편의 이야기라고 한다면 지금까지의 이야기는 프롤로그에 불과하다. 카밀라와 라우라, 피와 마음으로 맺어진 가계의 비극은 아주 오래전으로 거슬러올라가기 때문이다. 지하실에는 이 저택의 안팎에서 살고 죽어간 여자들의 서로 다른 비극의 기록 또한 넘쳐난다. 내 어머니는 카밀라가 이 모든 것을 물려준 이유를 마지막까지 깨닫지 못했다. 그녀는 자신의 이야기를 덧붙여 쓰는 것 외에는 달리 할 수 있는 일이 없다고 느꼈다. 나 역시 아직 내 어머니의 의중을 파악하지 못했다. 본래 상속이란 그런 것이다. 가치가 명확한 유산만을 물려받을 수도, 물려받기를 원하는 것만을 선택적으로 물려받을 수도 없다. 그러나 우리는 우리가 물려받은 것을 어떻게든 책임져야 한다. 금고에 넣고 아무도 훔쳐갈 수 없게 잠가버리거나 이득을 위해 팔아버릴 수도 있지만, 미처 갚지 못한 빚이 있다면 그것을 갚는 것 또한 상속자의 몫인 것이다. 모든 것을 불태워버리고 파산선고를 받을 수도 있을 것이며, 이 빚을 짊어질 다른 누군가에게 떠넘길 수도 있을 것이다. 그 방법이 무엇이든 간에, 선택해야 한다. 어떻게든 그것에 대한 책임과 대가를 치러야만 하는 것이다. 이 거대한 저택의 유산을 어떻게 책임질 수 있을 것인가. 어쩌면 그 숙제야말로 내가 물려받은 가장 큰 유산이리라고, 나는 생각한다.

내 이름은 카밀라, 내 어머니들의 이름은 라우라와 베르타이다. 친어머니가 누구인지는 모른다. 나는 태어난 지 반년이 되기도 전, 아직 갓난아기였을 때 이 검고 거대한 저택 앞에 버려졌다. 수많은 여자들이 모여 사는 이 저택을 사람들은 카밀라 수녀원이라고 부른다. 그렇다. 나는 이제야 겨우 그 이야기를 시작하려는 참이다.

기울어진

마음

영업용 냉장고에서 들리는 간헐적인 소음만이 영업을 마친 카페 안을 가득 채우고 있었다. 승은은 줄곧 통창 너머를 멍하니 주시하고 있었다. 이차선 도로를 따라 줄지어 늘어선 이팝나무가 떨구는 작고 흰 꽃잎이 가로등 불빛을 받아 작은 나비 떼처럼 반짝였다. 그녀는 비로소 자신이 유난히 추위가 매서웠던 겨우내 기다렸던 봄을 만끽하지도 못한 채 지나쳐버렸다는 사실을 깨달았다. 해가 갈수록 여름은 이르게 찾아와 오래 머물렀다. 얼마 못가 빠르게 일교차가 줄고 무더위도 시작될 것이다. 생각이 거기에 미치자 산책을 나서야겠다는 결심이 섰다. 카페에 차를 두고 집까지 걸어가자면 한 시간 반은 족히 걸리겠지만, 하루쯤은 그렇게 몸을 움직이는 것도 나쁘지 않을 것 같았다. 무엇보다 걸으면서 생각을 정리할 시간이 필요했다. 그러나 그녀는 다 마신 커피 잔을 정리하려 몸을 일으키다 말고 도로 자리에 주저앉았다. 테이블 반대편에 놓인 아이스커피 때문이었다. 얼음이 다 녹아버릴 때까지 입도 대지 않은 유리잔을 타고 흘러내린 이슬이 테이블 위에 흥건했다.

"나 정말 혜원이 사랑해."

결코 웃을 수 있는 상황이 아니었는데, 그때 승은은 자신도 모르게 실소를 터뜨렸다. 기호는 다급히 손을 내저었다. 그 말이 스스로를 얼마나 해맑고 순진하게 보이도록 하는지, 그리고 지금 같은 상황에서는 그런 것들이 하등 내세울 만한 덕목이 아니라는 것쯤은 안다는 뜻이었다.

"혜원이도 동의한 거야?"

"동의했으니까 이렇게 이야기하는 거지."

카페 안에 울려퍼지고 있는 음악과 커피 머신의 우렁찬 소음, 정확히 알아들을 수 없는 사람들의 대화 소리 전부가 희미해질 만큼 무거운 침묵이 두 사람 사이에서 부풀었다. 기호는 두 눈을 내리깔았다. 두 손으로 차가운 유리잔을 움켜쥔 손이 승은의 대답을 간절히 기다리는 것처럼 보였다. 입을 떼자마자 한숨부터 절로 나는 것을, 승은은 막을 도리가 없었다.

"그래서 기저귀도 갈아본 적 없는 나한테 네 애라도 키워달라고?"

의도치 않게 튀어나온 말이었다.

"아니, 그런 말이 아니고……"

말끝을 흐리는 기호의 어깨 너머로 승은과 가깝게 지내는 단골 손님이 문을 밀며 들어섰다. 그녀는 승은을 향해 오른손을 번쩍 들었다가는 이내 손가락으로 기호를 가리키며 입 모양으로 조카냐고 물었다. 승은은 고개를 끄덕였다. 평소라면 두 사람에게 다가와 자연스레 말을 건넸을 테지만, 무언가 어색한 분위기를 감지한 듯 그녀는 눈인사만 건넨 채 곧장 카운터로 갔다. 승은이 다시 기호를 향해 고개를 돌렸을 때 기호는 여전히 고개를 숙인 채였다.

기호가 여자친구 혜원의 임신 소식을 다른 누구도 아닌 승은에게 가장 먼저 전한 게 이상한 일은 아니었다. 중학생 시절 기호가 서울에 있는 그녀의 집으로 상경해 지낸 이후로, 그와 그녀는 보통의 조카와 이모 이상의 관계가 됐다. 사춘기가 시작될 무렵부터는 학업도, 진로도, 교우관계나 연애에 관해서도 기호는 제 부모가 아닌 승은과 상의를 했다. 승은이 어머니 역할을 했다고 해도 과언은 아니었다. 그도 그럴 것이 거의 기적이랄 만큼 노산으로 어렵게 기호를 얻은 승은의 언니는 승은보다 나이가 여덟 살이나 많았고, 일찍 결혼을 한 언니네 내외는 평생 해온 농사일 외에는 다른 이치에 눈이 밝지 못했다. 부부는 어릴 적부터 머리가 비상했던 늦둥이 외아들이 판검사나 의사가 되지는 않더라도, 자신들처럼 몸 쓰는 일로 먹고살지는 않기를 바랐다. 기호의 부모는 경제적인 문제를 제외하면 전적으로 승은에게 의지했고, 승은 또한 그것을 한 번도 부담이라고 여겼던 적 없다.

언니가 자신을 업어 키운 것이나 다름이 없었던 것, 자신이 태어날 무렵 집안 사정이 나아져서 크게 눈치보지 않고 공부를 할 수 있었던 것에 부채감이 없었다고는 말할 수 없다. 그러나 그것이 기호를 적극적으로 맡아 데리고 있겠다고 결심한 결정적인 이유는 아니었다. 마음이 기운 건 이혼 때문이었다. 어느 한쪽의 일방적인 의사로 일어난 결별은 아니었지만, 해방감 따위는 없었다. 팔 년을 함께 살던 사람이 사라지고 난 뒤의 복잡하고 형언하기 어려운 쓸쓸함이 내내 그녀를 사로잡고 있었다. 두 사람 사이에 끼고 다투어야 할 아이가 있었던 것도 아니고, 갑작스러운 경제적인 곤궁이 따라오지도 않았다. 그러나 팔 년이라는 기간은 스스로 선택한 가족이 혈연으로 이어진 가족보다 제 삶과 정체성에 더 큰 영향을 끼친다고 느끼기에 결코 짧지 않은 시간이었다. 실패감이나 좌절감이라기보다는 인생에서 무언가가 뭉텅 뽑혀나간 것만 같은 기분을 떨치기 어려웠고, 한동안은 심리 상담을 받기도 했다. 그러던 중에 기호가 서울에서 공부하면 좋겠다는 언니의 고민을 전해들었던 것이다. 그러니 견딜 수 없는 허전함을 어릴 적부터 서울 이모를 잘 따르던 조카를 돌보는 일로 채워보려 했다고 해도 아주 틀린 말은 아니었다. 언니는 승은의 재혼을 염두에 두고 있었고, 기호가 서울 생활에 적응이 될 때까지 당분간이라는 단서를 달았다. 자취를 시키겠다는 뜻이었다. 승은은 그런 언니의 염려를 웃어넘겼다. 못해도 기호가 대학에 갈 때까지는 기호를 맡 겠다고 장담했다.

기호와는 함께 사는 내내 친구처럼 지냈지만, 아주 가끔은 자식 을 키우는 기쁨이 이런 것인가 생각했던 적도 있다. 승은은 자기 자식이라면 그토록 자유롭게 키울 수 있었을까 자문하고는 했다. 기호가 이모를 다른 어른들과는 달리 특별히 개방적인 사람으로 생각한 것도 그와 무관하지 않았다. 그래도 기호가 부모에게 털어 놓을 수 없는 고민들을 승은과 나누고, 중요한 결정들을 그녀와 먼저 상의할 때 느꼈던, 기호의 삶에 자신이 긍정적으로 기여하고 있다는 묘한 성취감을 부정할 수는 없었다. 여자아이도 아닌 남자 아이를 맡아 사춘기를 지나 수험생과 재수생 시절까지 함께 보내 며 갈등과 고민이 아주 없었겠냐마는, 아무리 돌이켜봐도 고생스 러웠다거나 위험했다는 생각은 들지 않았다.

이번엔 달랐다. 기호가 학업을 마치기도 전에, 그것도 임신 때 문에 결혼을 하겠다 나서리라고는 상상조차 해본 적이 없었다. 자 신이 어떤 도움을 줄 수 있을지 도무지 알 수 없었고, 어떻게 해야 하는지 선뜻 다른 사람과 의논을 할 수도 없었으며, 나아가서는 이 문제에 자신이 나서도 되는지조차 확신이 서지 않았다. 그러나 승은의 생각이 도통 갈피를 잡지 못하고 헤매는 이유는 그 무엇도 아닌 혜원 때문이었다. 혜원 역시 동의했다는 기호의 단호한 말이

의심스럽기보다는 그저 혜원이 처해 있을 상황 자체를 떠올리면 그랬다. 승은이 당장 할 수 있는 일이라고는 한시라도 빨리 상황을 진전시키고 싶어 안달이 난 기호를 일단 떼밀어 보내는 게 전부였다.

승은은 매장에 유일하게 켜놓았던 테이블 스탠드를 끄고 자리에서 일어섰다. 가로등 불빛에 의지해 테이블 위에 놓여 있던 잔을 카운터로 옮기고 카페를 빠져나왔다. 선선한 공기가 얼굴을 뒤덮은 후에야 그녀는 자신의 이마가 뜨겁게 달아올라 있었다는 걸 깨달았다. 온몸의 피가 빠져나갈 것처럼 심장이 달음박질하는 것도 그제야 느꼈다. 집까지 걸을 수 있을 것 같지 않았다. 그녀는 문단속을 하고 카페 뒤편의 주차장으로 가 차에 올랐다. 시동을 켜고, 창을 열고, 기어를 드라이브로 옮겼지만 곧장 출발하지 못했다. 뭐에 홀리기라도 한 사람처럼 브레이크 페달을 밟은 채 한참이나 미동도 없이 앉아 있었다. 그때 승은의 귓가에 맴돌던 것은 기호의 목소리였다.

"정말 딱 한 번이었어."

철딱서니 없는 아이 보듯 눈을 흘겼지만, 차마 더 나무랄 수 없었다. 모든 게 이미 벌어진 일이었다. 그리고 단 한 번뿐이었다는 뻔한 변명을 덧붙이지 않고서는 견딜 수 없는 마음만큼은 승은이 그 누구보다 잘 알고 있기 때문이었다.

*

사무실로 가는 길에 있는 아케이드 상가의 가게 대부분이 영업을 시작하기 전이었다. 인파는 사무실 단지가 있는 방향으로 바삐 이동했다. 승은은 앞으로 나아가고 있는데도 사람들의 빠른 속도 때문에 자신이 뒤로 밀려나는 듯한 감각에 휩싸였다. 그녀는 휴대폰을 여닫으며 출근 시간까지 얼마의 여유가 남았는지를 거듭 확인하고, 가끔 문 열지 않은 식당의 어두운 유리창에 비친 자신의 모습을 살폈다. 밤새 불이 꺼지지 않는 두 개의 편의점과 언제나 손님이 즐비한 카페 겸 베이커리, 종종 너무 춥고 허기가 질 때 들러 아침을 먹는 분식집을 지나쳤다. 그리고 곧 약국의 간판이 승은의 눈에 들어왔다. 간판이 눈에 띄자마자 그녀는 중요한 무언가 깜빡 잊고 온 것을 방금 떠올린 사람처럼 자리에 멈춰 섰다. 등뒤에서 걷고 있던 사람이 갑자기 몸을 틀어 그녀의 어깨를 치고 지나갔다. 계속해서 등뒤에서 사람들이 양 갈래로 흩어지는 것이 느껴졌다.

승은은 숨을 고르고 다시 발을 뗐다. 약국으로 향하는 사이에 한 명이 약국 문을 열고 나왔고, 두 명이 약국에 들어갔고, 다시 한 명이 나왔다. 자신이 약국에 닿기 전에 다른 한 명이 약국을 나왔으면 좋겠다는 마음이 간절했다. 퇴근길에 동네 약국에 들르는 편이 좋을지도 모르는 일이었다. 그러나 약국 문 앞에 당도한 순간 더는 기다릴 수 없다는 생각이 망설임을 앞섰다. 밤새 잠들지 못하고 아침이 오기만을 기다리지 않았던가. 문을 잡아당기자 안에 있던 사람이 그녀에게 묵례하며 밖으로 걸어나왔다.

피임 없이 한 섹스가 처음은 아니었다. 당연히 그뒤에 생리가 늦어진 적도 있었다. 임신 진단 키트를 사본 일도 적지는 않았다. 하지만 매번 괜찮았고, 또 임신이 아니라는 걸 확인하고 나면 약속이라도 한 것처럼 생리가 시작되고는 했다. 그런데 이번에는 달랐다. 직감으로 확인할 수 있는 것이 아님에도, 직감적으로 단단히 잘못되었다는 걸 알았다. 승은은 생리 예정일을 고작 나흘 넘겼을 뿐인데도 임신 가능성을 떠올리자마자 불안에 휩싸였다. 정말이지 이번엔 무언가 잘못된 것이 틀림없었다.

"임신 테스트기 하나 주세요. 아니, 두 개 주세요."

최대한 침착하게 말을 꺼냈지만, 처음이 아니라 해도 약사에게 그런 말을 뱉으려니 거북한 감정이 들었다. 임신을 기다리는 게 아니라 두려워하고 있다는 사실이 당당하지 못한 일이라도 되는 것처럼 눈치를 살피게 됐다. 누가 벌컥 문을 열고 들어오기라도 할까 마음을 졸였으나, 그나마도 부자연스러워 보일까 뒤를 돌아볼 수 없었다. 약사는 아랑곳 않았다. 굼뜬 손으로 봉지에 진단 키트 상자를 넣고, 돈을 받고, 거스름돈을 건네주었다. 그는 좋은 소식도 그 반대의 소식도 짐작하지 않는 듯 내내 무표정했다가 승은이 황급히 돌아서 약국을 빠져나가려 하자, 비로소 밝게 웃으며 인사를 했다.

"안녕히 가세요."

약국을 벗어난 뒤로는 앞서가던 사람들을 헤치고 부리나케 앞으로 나아갔다. 그리고 곧장 사무실이 있는 건물 일층의 공용 화장실로 향했다. 빈 화장실의 맨 끝 칸에 들어가 가방걸이에 핸드백을 걸고, 둘둘 말아 넣어두었던 봉지에서 임신 진단 키트를 꺼냈다. 아침 첫 소변의 검사 정확도가 높다는 말에 참아왔던 요의가 밀려왔다. 바지를 내리고 변기에 앉으려다 무릎까지 내려오는 코트가 거추장스러워 코트까지 벗어 핸드백 위에 걸었다. 평소에도 사용해왔던 화장실이 어쩐지 비좁고 청결하지 않게 느껴졌다.

소변을 묻혀놓은 키트를 올려둘 곳이 마땅치 않아 승은은 변기에 앉은 자세 그대로 키트를 손에 쥐고 결과가 나오기를 기다렸다. 기다림이랄 것도 없었다. 결과가 나오기까지는 일 분도 채 걸리지 않았다. 두 줄, 옅지만 분명 한 번도 본 적 없는 붉은 검사선이 대조선 옆에 나란했다. 부정이나 의심은 없었다. 가방에 남아 있는 새것을 꺼내 다시 테스트를 해보겠다는 의지도 없었다. 그저 한참 동안 더는 색이 짙어지지 않는 키트를 내려다보며, 심장박동이 빨라지는 것을 감각할 뿐이었다. 출산과 임신 중단 사이에서 고민을 하는 건 승은이 해야 할 일이 아니었다.

이 아이를 낳을 생각은 추호도 없다.

선택은 간명했는데도 마음이 왜 그토록 요동치는 것인지 알 수 없었다. 느닷없이 지금껏 살아온 삶이 후회스러웠고, 인생을 모조리 말아먹은 기분이었다. 첫 성관계를 경험한 이후로 임신 가능성에 대한 두려움에 시달리지 않은 적 없으나, 실제로 그 일이 일어난 것은 전혀 다른 차원의 공포였다. 그렇다고 정확히 무엇이 그토록 자신을 겁에 질리게 하는지가 명확하지도 않았다. 울고 싶었다. 그러나 울 형편이 못 됐다. 상황을 수습하는 게 먼저였다. 승은은 키트를 도로 상자에 넣은 다음 휴지로 둘둘 말아 휴지통에 버리고 변기에서 일어나 옷매무새를 정리했다.

세면대에서 손을 씻으며, 승은은 거울에 비친 자신의 얼굴을 유심히 살폈다. 조금 기운이 없어 보이는 것 외에는 평소와 조금도 달라 보이지 않았다. 그 일은 자신의 몸속에서 너무나 비밀스럽게 일어나고 있었다. 당장에는 그녀가 스스로 입 밖으로 내기 전에는 누구도 알 수 없으리라. 그녀는 손의 물기를 털어내고 코트 주머니에서 휴대폰을 꺼냈다. 출근 시간까지는 아직도 십오 분이 남아 있었다. 다시 건물 밖으로 나서며 아직 다 마르지도 않은 손으로 익숙하게 전화를 걸었다. 몸이라는 게 사라진 것처럼 다리의 감각이 무뎠다.

"내일 폭설이라던데."

가끔 출퇴근길에 마주치던 얼굴만 아는 사람들의 대화가 그녀를 스쳐지나갔다. 그녀는 그가 통화 연결음으로 지정해둔 남자 가수의 발라드에 귀를 기울이며 무심결에 하늘을 올려다봤다. 눈이 오려고 날이 이렇게 따뜻하구나. 그렇게 생각할 때, 노래가 멈추더니 이내 자동 응답 서비스의 안내 음성이 들려왔다. 그녀는 그대로 전화를 끊었다. 다시 한번 걸어볼까 싶었지만, 그런다고 해서 그가 전화를 받을 것 같지는 않았다.

—나 임신인 것 같아. 저녁에 통화해.

승은은 문자를 보냈다. 그리고 그대로 돌아서 다시 건물 안으로 들어갔다.

*

안내를 받아 예약된 룸으로 들어서자 휴대폰을 만지작거리던 혜원이 토끼 눈을 뜨며 자리에서 일어났다. 기호와 함께 자주 카페에 와 놀기도 하고, 공부를 하기도 한 혜원이었다. 애교가 많거나 살가운 성격은 아니더라도 승은을 아주 어렵게 대하지는 않던 아이가 잔뜩 긴장한 모습이 역력했다. 그녀는 혜원에게 편히 앉으라고 손짓하며 재킷을 벗었다. 점원이 메뉴를 가져오기도 전에 가장 간단한 한정식 코스를 주문하고, 디저트를 제외한 모든 식사를 한꺼번에 내달라고 요청했다.

"많이 기다렸니?"

"아니에요. 저도 방금 왔어요."

혜원은 손에 들고 있던 휴대폰을 옆자리에 놓아둔 백팩 앞 주머니에 집어넣었다. 가방이 불룩했다. 아침부터 수업이 세 개나 몰려 있는 날이라고 했다. 노트북이며 전공 서적으로 빼곡하게 차 있을 가방이 평소보다 더 무거워 보였다. 유난히 체구가 작고 마른 혜원에게 항상 너무 커 보이던 가방이기는 했다. 가방에서 시선을 떼자마자 자신을 똑바로 바라보고 있는 혜원과 곧장 눈이 마주쳤다. 안 그래도 좁은 어깨가 더 움츠러든 모양새였지만, 그건 온전히 승은의 관점에 불과했다. 또렷한 혜원의 눈빛은 주눅든 사람의 그것은 아니었다. 안심이 됐다. 조심스럽게 의사를 묻기는 했지만, 단둘이 만나자고 혜원을 불러내는 게 혹여 혜원에게 부담이 되지나 않을지 마음을 졸여온 터였다.

"둘이서만 보자고 해서 미안해."

"괜찮아요. 기호한테도 얘기했는데, 이모님이 괜한 말씀 하시진 않을 거라고…… 아, 혹시 얘기하지 않는 편이 나았을까요…… 뭐라도 숨기고 싶지는 않아서 그랬는데."

"아무렴. 괜찮아."

승은은 작게 미소 지었다.

"오 주라고 들었어. 아직 몸 불편한 데는 없지?"

"네. 아직은요."

그때 노크 소리가 들리고 카트에 음식이 한가득 실려 들어왔다. 음식이 테이블 위에 전부 놓일 때까지 두 사람은 어색하게 침묵했다. 승은은 구운 전복이며 갈비 같은 좋은 요리가 상에 놓이는 족

족 혜원 앞으로 접시를 밀었고, 혜원은 그런 그녀의 손을 묵묵히 바라보기만 했다.

"종일 수업이었다며. 일단 밥부터 먹자."

식사를 하는 중에 임신과 관련된 이야기는 일절 오가지 않았다. 상에 깔려 있는 음식의 가짓수가 너무 많아, 젓가락을 댈 때마다 음식에 대해 한마디씩만 덧붙여도 대화가 빌 틈이 없었다. 밥을 먹으며 혜원은 드문드문 최근의 학교 이야기를 들려주었다. 교양 삼아 듣기 시작한 서양미술사 수업이 전공인 경영학과 수업보다 오히려 어렵게 느껴진다는 얘기나, 틈만 나면 이런저런 핑계를 대며 팀 과제에 제대로 참여하지 않는 선배 이야기, 교양 시간에 완전히 잊고 있었던 중학교 동창을 우연히 만나고 세월이 참 빨리 흐른다는 생각을 처음 해보았다는 이야기 같은 것. 승은은 대부분 고개를 주억거리고, 때로 맞장구를 치고, 간혹 호탕하게 웃었다. 평소 카페에 찾아와 기호와 셋이 수다를 떨 때처럼 편안했다. 혜원은 언제나처럼 잘 먹었고, 잘 웃었다.

그러나 그 시간은 오래가지 않았다. 식사가 끝나갈수록 승은은 초조해졌다. 대화를 어떻게 이끌어야 할지 며칠을 고민하고 온갖 상황을 상상해보았는데도 정작 혜원과 마주보고 앉아 있으니 무슨 말로 운을 떼야 할지 감이 오지 않았다. 아무렇지도 않게 일상 이야기를 나누다보니 점점 더 본론으로 들어가기가 어렵게만 느껴졌다. 기호는 승은이 자신을 지지해주리라 철석같이 믿었겠지만, 이번에는 아니었다. 애당초 따로 약속을 잡으면서까지 혜원에게 하고 싶었던 말은 출산을 재고해보라는 것이었다. 문제는 그 말이 혜원에게 어떤 식으로 가닿을지 알 수 없다는 사실이었다. 기호의 부모는 아니지만, 어찌됐건 자신은 기호의 가족이었다. 혜원의 오해를 사지 않을 길이 요원한 듯했다.

식사를 물린 뒤에도 망설이던 승은을 두고 먼저 말을 꺼낸 건 혜원이었다.

"양쪽 부모님 다 쉽게 허락하지 않으실 거란 생각은 해요."

의외의 말에 잠시 당황했지만, 승은은 드디어 제대로 된 이야기를 할 수 있다는 사실에 안도했다. 진지한 표정의 혜원은 진술해 보였다. 승은은 자신 역시 솔직한 태도로 혜원에게 다가가는 게 그녀의 마음을 여는 길이라고 생각했다.

"우리 언니네는 아닐 거야. 둘 다 너희 부모님보다 연배도 훨씬 높고, 손주 보면 좋아하겠지. 제 자식이 힘들여 키운다는 실감도 없을 거고. 어디 딸 가진 부모 마음이랑 같겠니. 나야 자식이 없긴 하지만, 내가 혜원이 네 엄마라면 당장에라도 기호 놈 불러다 흠씬 두들겨패지 않고는 못 배길 거야. 그런다고 속이 풀리는 것도 아닐 테지만."

틀린 말은 아니라는 듯, 혜원은 손뼉까지 쳐가며 깔깔대고 웃었다.

"그래서 혜원아, 오해하지 말고 들었으면 좋겠는데, 나 오늘은 기호 이모가 아니라 그냥 여자로서 너랑 이야기하러 나온 거야. 정말 괜찮겠니? 졸업까지 이 년은 더 남았잖아. 네가 잃어야 하는 게 너무 커. 너도, 기호도 서로에 대한 감정이 너무 소중해서 혹시라도 지금 다른 선택을 하는 게 그 감정을 저버리는 일이라고 생각하는 건 아닌지 걱정도 되고. 그런데 절대 그런 게 아냐."

"하지만 아이가 생긴 건 돌이킬 수 없는 일인데요."

잠시 말을 참았다가 꾹꾹 눌러 뱉는 혜원의 얼굴이 조금 상기되어 보였다.

"혜원아, 나도 너처럼, 지금의 너보다 몇 살 더 많았지만, 나에게도 그런 고민을 해야 했던 때가 있었어. 내 선택에 대해서는 지금 너도 알 거고. 그냥……"

승은은 그대로 입을 다물었다. 필요하다면 혜원에게 자신의 경험을 이야기하리라 미리 마음먹은 바가 있었지만, 별안간 그 말이 혜원을 불편하게 할지도 모른다는 생각이 들어서였다. 감추려고 해도 감춰지지 않는 놀란 기색이 혜원의 얼굴을 뒤덮었다.

"괜한 얘길 꺼냈나보다. 괜찮아. 나는 후회 안 하니까."

"……정말, 아무렇지도 않으셨어요?"

후회하지 않았을 뿐 아니라, 살면서 대부분의 시간 동안 잊고 살았다. 승은의 전남편도 그녀처럼 아이를 원하지 않았고, 사는 동안 아이가 아쉬웠던 적도 없다. 그런데 아무렇지도 않았냐는 질문은 또 달랐다.

"아무것도 아닌 일이지는 않았지. 하지만 네 질문이 죄책감에 대한 것이라면."

승은은 잠시 숨을 골랐다.

"아니, 그건 아니야."

*

"그래서 임신이라는 거야? 아니라는 거야?"

그가 전화를 걸어온 것은 승은이 퇴근 후 저녁 진료를 보는 산부인과에 다녀온 뒤의 일이었다. 임신은 맞지만, 아직 초음파로 확인할 수 있는 게 없으니 일주일 후 다시 오라는 의사의 진단을 전하자 그는 그렇게 물었다. 분명 임신이라는 말부터 꺼내놓았는데도 추궁하듯 묻는 그의 목소리를 들으며, 괜한 연락을 했다고 생각했다. 어차피 다른 선택지는 없었다. 굳이 그의 도움을 받을 필요도 없었다. 무엇보다 이제 그와 그녀는 더이상 아무런 사이도 아니었다. 이건 드라마에서나 일어날 법한 일이 아니었다. 하필 헤어진 남자와의 마지막 관계로 임신을 한 여자들의 이야기는 생각보다 흔했다. 그들도 자신이 그 일의 당사자가 되기 전까지는 마지막 단 한 번의 선택이 그토록 아이러니한 결과를 불러오리라 상상해본 적 없었을 것이다. 승은 역시 그런 이야기를 전해들으면서도 그것이 자신의 일이 되리라고는 생각해본 적이 없었다.

그애가 진짜 자기 애가 맞느냐 묻지 않은 걸 다행으로 여겨야할까. 승은은 그에게 당연히 연락을 해야 한다고 생각했다는 사실이 뒤늦게 의아하게 여겨졌다. 그에게 초음파로 분명히 보이지도 않는 작은 세포 덩어리에 대한 절반의 소유권이 있다고 생각해서? 아니면 그에게 어떤 미련이라도 남아서? 이 당혹스러움과 혼란을 그 역시 느껴야 한다고 생각했기 때문에? 아마 그 모든 의도가 복잡하게 얽혀 있었으리라. 그와 그의 태도에 대한 마음이 명확하지 않았음에도, 그가 통화 말미에 이르러서야 병원에 함께 가겠다고 말했을 때 승은은 거절하지 않았다.

승은은 곧장 중절수술을 받을 병원을 물색했다. 처음 검사를 받으러 갔던 병원에서는 아무것도 묻지 못했다. 의사의 얼굴을 보고 불법인 임신중절수술을 받을 수 있는지 도저히 물을 수 없었다. 그러나 전화로 병원을 찾는 일은 생각보다 어렵지 않았다. 어렵지 않다고 말하기도 민망한 수준이었다. 회사와 자취방 중간쯤에 있는 한 작은 산부인과에 건 첫번째 통화로 모든 게 결정됐다. 미리 검사를 받으러 오라거나 특별한 주의 사항을 당부하지도 않았다. 전화를 받은 간호사가 임신이 몇 주 차쯤 되는지 아느냐 물었고, 삼십팔만원의 수술 비용은 현금으로 부담해야 한다고 했다. 정말로 그게 전부였다.

금요일 오후, 승은은 반차를 내고 일찍 회사를 빠져나왔다. 일주일 내내 눈이 오다 말다를 거듭하고 있었다. 그녀는 인도 곳곳에 생긴 빙판을 피해 걸으며 버스 정류장으로 향하다 말고 택시를 잡아탔다. 그냥 그렇게 해야 할 것만 같았다. 택시는 지저분하게 녹은 눈으로 질퍽거리는 도로를 느리게 달렸다. 병원으로 향하는 이십 분 남짓, 휴대폰을 만지작대는 일을 멈출 수 없었다. 수술을 받기로 한 병원 앞 카페에서 만나기로 한 이후로 그에게서는 아무런 연락이 없었다.

─아무래도 내가 연차라도 내고 올라갔어야 하는 게 아닌가 싶어. 수술 잘 마치고 바로 연락 줘.

문자 수신함에 들어 있는 마지막 문자는 승은의 임신 소식을 들은 유일한 친구 미애가 아침에 보낸 것이었다. 미애에게 그가 동행할 것이라고, 그것은 그의 책임이기도 하다고 누차 얘기했음에도 약속 시간이 가까워오도록 연락이 없자 승은은 가장 친한 친구의 제안을 거절한 일을 후회했다. 그러다가 그의 약속 이행 여부와 무관하게 차라리 혼자 병원에 들어가는 편이 나으리라는 생각도 들었다. 짧은 시간 동안에도 마음은 시시각각 변했다. 차 안의 더운 공기가 갑갑해 그녀는 뒷좌석 창문을 조금 열었다.

그에게서 전화가 온 건 택시에서 내려 카페로 들어서려는 찰나였다. 카페가 아닌 병원 지하 주차장에 있다는 전화였다.

"차 마시느니, 밥이라도 먹는 게 나을 거 같아서."

입맛이 돌 리 만무했다. 그녀는 그대로 지하 주차장으로 내려가 그의 차를 찾았다. 그는 그녀가 차에 오를 때를 제외하고는 줄

곧 정면을 주시했다. 어두운 차 안에서 보는 헤어진 지 한 달도 채 되지 않은 연인의 옆모습은 여전히 익숙하고, 동시에 한없이 낯설었다.

"미안해."

한참의 침묵 끝에 들은 한마디였다. 그 말이 뭐라고 승은의 불안했던 마음에 부드러운 안도감이 슬며시 비집고 들어왔다. 그 안도감 때문에, 그리고 고작 미안하다는 말에 안도하는 스스로의 연약함에, 임신 사실을 알게 된 후 처음으로 눈물이 났다. 들키고 싶지 않은 눈물이었지만, 눈물은 삽시간에 흐느낌으로 번졌다. 승은은 연신 손등으로 눈물을 닦다가 자연스레 글러브박스를 열고 티슈를 꺼내들었다. 진이 빠지도록 우는 승은을, 그는 예전처럼 다독여 위로하지 않았다. 마치 넘어설 수 없는 경계가 둘 사이에 놓여 있기라도 한 것처럼.

승은은 두고두고 그때 그가 수술 비용을 부담하게 했던 것이 옳은 일인지 생각했다. 그는 그녀가 미리 언질을 하지 않았는데도 현금이 두둑하게 든 지갑을 망설이지 않고 열었다. 그때는 그것이 그가 질 수 있는 최소한의 책임이라고 생각했다. 그런데 그도 그것이 자기 책임의 최소라고 생각했을까. 그가 할 수 있고, 해야만 하는 일의 전부라고 생각했던 건 아닐까. 그것으로 이 사건에서 자유로워질 수 있다고 믿었던 건 아닐까. 아니, 애당초 이 밖에 그가 짊어질 수 있는 더 무거운 책임이라는 표현이 가당키나 한 것일까. 그러나 그때 승은은 자신이 그에게 무엇을 바라고 있고, 또 바랄 수 있는지 몰랐다.

산부인과 진료대의 비스듬한 등받이에 기대앉은 걸 제외하면 수술은 수면 내시경을 받는 것과 별반 다르지 않았다. 순식간에 마취에 들었고, 회복실로 쓰이는 듯한 좁은 입원실 침대에서 눈을 떴다. 변한 건 아무것도 없는 것 같았다. 찌릿한 통증이 아랫배에 느껴지는 게 전부였다. 침대 옆에 그가 앉아 있었다. 둘은 눈을 마주쳤고, 서로의 눈을 응시했다. 매우 짧은 시간이었다. 그가 곧 간호사를 호출했다.

*

승은은 꽉 막힌 도로에서 브레이크 페달을 밟았다 놓길 반복하는 중이었다. 집까지 태워다 주겠다는 승은을 한사코 떼밀던 혜원의 마지막 모습이 자꾸만 떠올랐다. 택시비라도 쥐여 보내야 했다는 생각을 하다 말고, 승은은 뒤늦게 혜원에게 홀로 생각할 시간이 필요했으리라는 사실을 깨달았다. 그녀 역시 마찬가지였다. 선택이나 설득, 모두 그녀의 몫이 아니라 할지라도 두어 시간 남짓 혜원과 나눈 대화로 승은도 머리가 복잡해졌다.

"어리석은 선택일 수도 있다는 생각, 해보지 않은 건 아녜요."

승은은 잠자코 듣고 있는 것이 혜원의 말에 대한 동의의 뜻이 될까봐 마시던 차를 제대로 삼키지도 못한 채 재빨리 손을 내저었다. 그런 그녀를 보고 혜원은 말하지 않아도 다 안다는 듯 웃었다. 승은에게는 혜원의 얼굴에 간혹 스치는 그 미소가 항상 인상적이었다. 어리고 발랄한 여자아이가 지을 수 있다고는 믿기지 않는, 세상을 다 이해한다는 온화하고 성숙한 표정. 한없이 해맑기만 한 기호에게서는 찾아볼 수 없는 그런 표정을 보면 승은은 혜원이 더 믿음직스럽게 느껴지고는 했다. 그러나 이제는 왜 혜원이, 나아가서는 왜 어린 여자아이들만이 어떤 순간에 이르러 그런 표정을 지을 수밖에 없는지를 궁구하지 않을 수 없었다. 이십대의 자신이 실제로는 조금도 안심하거나 이해하지 못하면서도 지을 수밖에 없었던 어떤 표정들을 상기하면서.

"요즘 같은 세상에선 멍청하고 바보 같은 짓이라는 이야기를 들을 수밖에 없다는 것도 알고요."

그즈음엔 침착하던 혜원의 목소리도 조금씩 떨렸고, 얼굴도 새빨갛게 달아오르고 있었다. 승은은 혜원의 말을 부정하거나 가로막지 않았다. 잠자코 귀를 기울여야 할 때가 온 것이다.

"저, 사실은 별다른 꿈이 없어요. 특별히 되고 싶은 것도, 갖고 싶은 직업도요. 항상 그 사실에 시달려왔어요. 물론 기왕이면 좋은 직장에 취업하고 싶기는 하죠. 그래서 공부도 열심히 했는데. 생각해보면 그것도 그저 당연한 거라고 배워왔으니까요. 그래도 그게 꿈은 아니잖아요. 허황된 것이라도 성취하고 싶은 게 분명하게 있는 사람들이 어릴 적부터 항상 부러웠거든요. 기호가 군대가 있는 동안 어학연수 다녀온 것도 그런 이유 때문이었어요. 새로운 세상을 보면 더 넓게 생각할 수도 있지 않을까 했어요. 다들 그렇게 말하니까요. 근데 변하는 게 별로 없더라고요. 완전히 다른 문화권에서 지내는 게 성격에 잘 맞는 것도 아니었어요. 고립 감만 컸지. 여태껏 계속 떠밀려가듯이 그렇게 살아온 기분이었어요. 처음엔 덜컥 겁이 난 게 사실이지만…… 문득 그런 생각이 들더라고요. 이모님 앞에서 이런 식으로 말씀드리긴 좀 그렇지만, 사랑하는 사람의 아이를 낳아서 같이 키우는 일이라면 보람을 찾을 수 있지 않을까. 좀 덜 외롭고 막막하지 않을까. 후회할지 안 할지는 시간이 지나봐야 아는 거 아닐까. 바보 같죠. 실은 친구들 한테도 이런 얘긴 아직 못했어요."

말을 마친 혜원의 얼굴은 몇 분 전과 달리 한없이 여린 아이처럼 보였다. 손을 뻗어 테이블 위에 놓인 혜원의 손을 잡아주고 싶었다. 대신에 그녀는 핸드백에서 손수건을 꺼내 혜원 앞으로 밀어놓았다.

"혜원아, 나는 어떤 것도 너에게 강요하고 싶지 않아."

"그런 분 아니시라는 거 알아요. 그래서 말씀드리는 거예요."

"오해는 하지 말고 들어줬으면 해. 내가 너보다는 좀더 오래 살았잖니? 나한테 혜원이는 아직 너무 어려. 꿈이라는 걸 갖기에 네나이가 그렇다는 거야. 전혀 늦지 않았어. 아니, 애당초 꿈이라는 걸 갖는 데 나이가 뭐가 중요하겠어. 그런 건 언제든지 생길 수 있어. 또 사라지기도 하고. 타인의 꿈을 자기 것이라고 착각하는 사람도 수두룩해. 영영 꿈이 없는 게 불행이나 실패를 의미하는 것도 아니지. 난들 무슨 대단한 꿈이 있어서 이 나이까지 이러고 살고 있겠니. 인생이라는 게 그렇게 거창한 게 아니더라. 그러니까, 너도 솔직하게 털어놓았으니 나도 솔직하게 말할게. 혹시라도 만약 꿈이 없는 현실이 너무 두려워서 지금 같은 선택을 하는 거라면, 다시 생각해보면 좋겠어. 나는 네가 적극적으로 포기해야 하는 커다란 것에 대해 말하는 게 아니야. 네가 마땅히 누려야 할 작은 일들에 대해 말하려는 거지."

혜원은 눈가가 벌겠지만, 눈물을 흘리지는 않았다. 대신 승은이 내밀었던 손수건을 왼손 주먹 안에 꼭 쥔 채 말없이 고개를 끄덕였다.

"손수건은 혜원이 네가 써. 십 년 전쯤 일본에서 사 온 거라 낡기는 했지만, 제법 비싸게 주고 산 거야. 혹시라도 내 말이……"

"걱정 안 하셔도 돼요."

승은은 마감 시간을 한 시간여 앞두고야 카페에 도착했다. 늦은 시각인데도 매장은 손님들로 북적였다. 대부분이 저녁 예배를 마치고 온 인근 교회 사람들이었다. 승은의 가게는 빌라와 주택 단지 사이에 있는 카페 중에서도 제법 규모가 있어 동네 사람들이 모임을 갖는 일이 적지 않았다. 승은은 여기저기 눈인사를 하며 서둘러 카운터로 가 앞치마를 둘렀다.

"와, 구세주 오셨네."

정신없이 음료를 만들던 두 직원 중 하나가 그녀를 보며 환호성을 내질렀다. 카운터에는 밀린 주문서가 길게 늘어놓여 있고, 싱크대 주변으로 설거짓거리가 산더미였다. 그녀는 자연스레 설거지를 시작했고, 중간중간 나온 음료를 서빙하고 화장실을 점검했다. 영업 종료 안내를 듣고도 끝까지 남아 있던 두 테이블을 모두 내보내고 뒷정리까지 마치자 열한시가 훌쩍 넘어 있었다.

"사장님, 언니 오늘 애들이랑 남편 시댁에 보냈다고 해서 다 같이 맥주나 한잔하려고 했는데."

승은은 말도 말라는 듯 두 팔을 내저었다.

"적당히들 마셔. 또 날 잡았다고 고주망태 되지 말고."

인사를 나누고 그대로 차에 올라타려던 승은은 차문을 열어둔 채 버스 정류장을 향해 걸어가는 두 사람의 뒷모습을 잠시 바라보았다. 언젠가 회식 삼아 셋이서 승은의 집에서 야참을 먹으며 개인적인 이야기들을 나누었던 날이 떠올랐다.

"나는 어릴 때부터 빨리 결혼해서 애 많이 낳는 게 꿈이었어요. 우리집이 형제가 많았으니까. 북적북적하게 살면 좋을 것도 같고, 젊을 때 빨리 낳아야 고생도 덜할 거 같고. 고등학교 졸업하고 바로 취업해서 일이야 했지만, 어디 결혼할 남자 없나 혈안이 되어가지구…… 애 셋 키우는 게 그렇게 미친 짓일 줄은 상상도 못했지. 우리 엄마 진짜 대단한 사람이야. 구닥다리 남편이 육아를 하길 해 뭐를 해."

승은은 그저 유쾌하게 웃었더랬다. 어린 나이에 가정을 이루고 아이를 많이 낳아 기르는 삶을 꿈꿨던 이야기를 들으며, 그 꿈 때문에 잃은 것을 생각하지도 그 꿈 때문에 더 많이 이룬 것을 생각하지도 않았다. 자신은 상상조차 해보지 않았지만, 그런 삶이 있다는 걸 다 이해한다고 믿었다. 그런데 왜 혜원 앞에서는 결혼이나 출산 같은 일도 그 아이의 꿈이 될 수 있다는 걸 고려조차 하지 않았던 걸까. 순전히 혜원이 아직 학생이기 때문에, 아니면 갑작스러운 혼전 임신이기 때문에? 아니면 정말 혜원이 기호의 여자친구이기 때문에? 승은은 어딘지 모르게 자신이 기만적이라는 생각을 떨칠 수 없었다. 그럼에도 혜원에게 어쩌면 지금의 결정도 너에게는 꿈이 될 수 있다는 말을 할 수는 없을 것 같았다.

—이모님, 여유가 많지는 않지만, 오늘 해주신 말씀 잘 새겨듣고 다시 진지하게 고민해볼게요. 어려운 이야기 해주셔서 감사하고요. 기호한테는 비밀로 할게요. 조심히 들어가세요. 기호 너무 많이 혼내지 마시고요.

승은은 차에 타고 나서야 혜원이 한참 전에 보낸 문자메시지를 확인했다.

—혜원아, 나는 네가 어떤 선택을 하든 그 결정을 존중할 거야. 도움 필요하면 언제든 연락하렴.

답장을 쓰고 한참 동안이나 망설이던 승은은 마지막 문장을 제외한 모든 말들을 지운 후에야 비로소 전송 버튼을 눌렀다.

—나도 고맙다 혜원아.

*

그토록 어린 나이에 앞으로 펼쳐질 다른 삶을 포기하고 아이를 낳을 수 없었다는 것. 헤어진 연인과의 사이에서 생긴 아이를 낳을 수는 더더욱 없었다는 것. 그것을 제외하면 승은은 그때 자신이 무엇을 원하는지 정확히 알지 못했다. 이를테면, 병원을 나와 집으로 데려다주겠다던 그의 제안을 거절할 때의 마음 따위. 일말의 미련이 남았다 한들 그와 다시 함께하기를 바라지는 않았다. 수술 후 정신을 차린 승은을 두고 그가 잠시 담배를 태우러 자리를 비웠을 때, 승은은 그와 눈을 마주치는 것이 불편해 줄곧 감고 있던 눈을 떠 회복실을 제대로 둘러봤다. 그러고는 이 일이 완전히 끝난 두 사람의 관계를 상징하는 사건이라고도 생각했다. 남아 있는 사랑인지, 아니면 생활에 밴 관성인지 알지 못한 채 때때로 그에게 전화를 걸고 싶던 밤도 끝난 것 같았다. 일어나지 않고 그대로 잠들고 싶을 만큼 몸은 지쳐버렸지만, 정신은 차츰 또렷해졌다. 모든게 끝난 줄 알았다. 그가 축축하고 역한 담배 냄새를 풍기며 병실로 돌아왔을 땐, 확신했다. 이제 정말 모든 게 끝난 것이다.

그러나 병원 건물의 약국에서 처방약을 조제받아 지하 주차장으로 함께 내려온 그가 당연하다는 듯 집에 데려다주겠다고 말한 순간, 승은은 마음속에 존재하는 줄도 몰랐던 무언가가 무너진 듯 혼란에 사로잡혔고, 설명하기 어려운 분노로 마음이 요동쳤다.

"미애한테 가기로 했어."

열었던 차문을 닫고 계획에도 없던 말을 내뱉으며, 승은은 그의 보살핌을 원하고 있는 자신의 욕망을 어렴풋이 깨달았다. 아니, 그가 당연히 그렇게 하리라고 기대했다는 사실에 모멸감을 느꼈다. 그건 사랑이나 미련과는 별개의 감정이었다. 승은의 욕망은 자신이 치른 대가에 대한 응당한 보상에 관한 것이었다. 그러나 차마 함께 있어달라는 말은 입 밖으로 나오지 않았다.

"미쳤어? 거기가 어딘데. 그 몸으로 거길 가겠다는 건데."

침착하고 낮은 목소리가 승은을 몰아세웠다. 승은은 그의 얼굴을 쏘아보았다. 그녀가 짐작하기에 그가 걱정하는 것은 그녀의 몸이 아니었다. 아마도 그가 묻고 싶은 것은 미애가 어디까지 알고 있는가 하는 것이었으리라. 가장 친한 친구인 미애 말고 다른 누가 이 사실을 또 알고 있는지 묻고 싶었을 것이다. 미애가 살고 있는 곳이 승은의 고향이라는 사실이 마음에 걸렸을 것이다. 그러나 그는 더없이 비겁했다. 자신의 예상을 명백한 사실로서 확인할 용기가 그에게는 없었다. 승은은 확신했다.

"이런 기분으로 혼자 있고 싶지 않아. 그냥 가. 택시 타고 갈게."

그가 승은의 팔을 몇 번쯤 붙잡았던가. 기억나지 않는다. 그녀는 그의 손을 뿌리치고 한참을 기다려야 하는 엘리베이터를 무시한 채 달아나듯 비상계단으로 걸음을 옮겼다. 계단을 오르다 말고 몇 번인가 걸음을 늦췄지만, 등뒤에서 닫혀버린 무거운 철문은 열리지 않았다.

—나 지금 너희 집으로 가도 될까.

고속버스 터미널로 가는 택시 안에서 승은은 미애에게 문자했다. 기다렸다는 듯 전화를 걸어온 미애는 몸에 무리가 되는 게 아닌지 재차 물으면서도 당연히 괜찮다고, 주말 내내 같이 있어주겠노라고 승은을 안심시켰다. 터미널에 도착할 때까지 그에게서 문자나 전화는 오지 않았다. 승은은 버스에 올라 미애에게 출발 시간과 도착 예상 시간을 문자로 보낸 뒤에 휴대폰을 꺼버렸다.

복잡한 생각을 멈추고 싶었고, 지친 몸이 그런 승은의 바람을 이루어주었다. 그녀는 의자를 조금 뒤로 젖히고 빈 옆 좌석에 머리를 기댄 채 버스가 서울을 벗어나기도 전에 깊은 잠에 들었다.

요람 같은 버스의 흔들림이 멈추어 눈을 뜨자 창밖에는 이미 완연한 밤이 찾아와 있었다. 그러나 어둡지는 않았다. 세상을 뒤덮은 새하얀 눈과 고속도로에 꼬리를 물고 선 차들의 점멸하는 비상등 불빛으로 눈이 부셨다. 사고라도 난 모양이었다. 바람 없이 떨어지는 굵은 눈송이들이 거의 앞으로 나아가지 못하는 차들의 지붕 위로 고요히 쌓여갔다. 승은은 버스 앞에 걸린 커다란 전자시계로 눈을 돌렸다. 미애에게 알려준 도착 시간까지는 한 시간 가까운 여유가 남아 있었다. 승은은 다시 창밖을 살폈지만 도로 바깥의 눈 덮인 산등성이와 눈을 쏘아대는 불빛 속에서 자신이 어디쯤 와 있는 것인지 알 수 없었다. 그녀는 다시 휴대폰을 켰다. 별다른 메시지는 도착해 있지 않았다.

"사고가 난 것 같아. 혹시라도 터미널 나와서 기다리지 말라고. 택시 타고 갈게."

전화를 받은 미애는 알겠다고 대답했지만, 승은이 버스에서 내리자마자 두꺼운 패딩 점퍼와 장갑으로 중무장을 한 채 그녀를 향해 달려왔다. 미애의 한 손에는 커다란 우산이 들려 있었고, 다른 팔에는 두툼한 패딩 점퍼 한 벌이 들려 있었다. 찬바람을 맞아 벌겋게 된 얼굴로 울상을 지으며 다가오는 미애를 보자 승은은 그만 웃음이 터졌다.

"어, 웃네."

승은의 손에서 작은 핸드백을 억지로 빼앗으며 미애가 말했다.

"그럼 우냐? 나오지 말라니까."

"그냥 울어. 어색해."

미애가 건네준 점퍼를 걸쳐 입으며 승은은 또다시 웃었다. 웃으면서, 왜 눈물 대신 웃음이 터져나오는 것인지 스스로도 의아하기만 했다.

"저녁 안 먹었지?"

"어. 배고파."

"얼른 가자. 내가 미역국 끓여놨어."

미역국. 그것은 승은에게 그날 겪은 일의 무게를 비로소 실감하게 한 단어였다.

*

"이모 나 지금 갈 거야. 막차 타고."

수화기 너머로 들려오던 기호의 목소리가 아직도 생생했다. 승은은 소파에 웅크리고 누워 잠들어 있는 기호를 물끄러미 내려다보았다. 아직도 술냄새가 진동을 했다. 그녀는 빛이 들기 시작하는 창에 커튼을 치고 현관으로 나서다 발길을 돌려 부엌으로 갔다. 식탁에 놓여 있는 공책 한 장을 찢어 선 채로 메모를 적었다. 해장국 사 먹고, 더 할 얘기 있거든 가게로 와. 그녀는 반으로 접은 종이 사이에 만원짜리 지폐 한 장을 넣고, 그것을 기호의 백팩 옆에 가지런히 놓아두었다.

"이모, 혜원이한테 대체 무슨 얘길 어떻게 한 거야. 이모 아니면 혜원이가 갑자기 왜 그런 소릴 하겠냐구우."

혼자 버스를 타고 집까지 온 게 믿기지 않을 정도였다. 기호는 몸을 잘 가누지 못할 만큼 취해 있었다. 기호가 만취한 모습을 승은은 처음 봤다. 몇 년 전, 승은이 서울 외곽으로 이사를 결정하며 기호는 학교 인근에 자취방을 얻었다. 그녀는 기호가 술을 어디까지 마셔봤는지, 마실 수 있는지, 또 만취하면 사람이 어떻게 변하는지도 알지 못했다. 성인이 되고서는 가끔 승은과도 가볍게 술잔을 기울이는 일이 없지 않았지만, 주사를 부릴 만큼 취한 적은 없었다. 그녀는 가끔 언니가 기호의 속내를 알 수 없다며 답답함을 토로하던 날들을 떠올렸다. 그럴 때면 의뭉스러운 구석이라고는 없는 아이가 뭐 그리 걱정스러울까 싶었고, 떨어져 사는 시간이 길어져 벌어지는 당연한 일이라고 언니를 설득하고는 했다. 모든 부모가 갖는 괜한 조바심이라고도 여겼다. 그러나 술에 취해 비틀거리는 기호를 보며 승은은 언니의 마음을 조금은 짐작할 수 있을 것 같았다. 충격적이라거나 걱정이 되는 것은 아니었다. 다만 그동안 자신이 기호를 다 알고 있다고 너무 쉽게 확신해왔다는 게, 그런 착각에 빠져 살아왔다는 게 놀라울 뿐이었다.

승은이 따뜻한 꿀물을 준비하는 동안 기호는 식탁에 엎드려 끊임없이 무언가를 중얼거렸다. 혼잣말처럼 들리기도, 승은을 향한 말처럼 들리기도 했다. 정신 차리고 아침에 다시 얘기하자는 말이 먹힐 턱이 없었다.

"혜원이한테 애 지우자고 한 거야?"

승은이 꿀물을 탄 머그를 식탁 위에 내려놓자 기호가 몸을 벌떡 일으키며 그녀를 올려다봤다. 한숨이 나왔다. 그녀는 자신을 빤히 응시하는 눈을 피하지 않고 자리에 앉았다.

"그런 적 없다."

"그러면 걔가 왜 갑자기 그러는 건데."

"이렇게 술이 떡이 돼서, 내가 무슨 말을 하는지나 알아듣겠어?"

"어, 이모 나 안 취했어. 아니, 취했는데 다 알아들어. 대체 혜원이가 왜 그러는 거냐고."

기호는 눈앞에 놓인 꿀물에는 손도 대지 않고, 두통이 밀려오는 듯 관자놀이를 눌러댔다.

"너 정말 다 책임질 수 있어? 혜원이랑 애랑 먹여 살릴 수 있냐는 말이 아니야. 너희 둘 다 부모 도움 받을 수 없는 처지도 아니고, 너 졸업만 하면 어딜 가서든 먹고살 만큼 벌이는 하겠지. 그런데 혜원이 인생은 생각해봤어? 혜원이가 지금 나이에 누릴 수 있는 일들. 혜원이가 포기해야 하는 거. 아이를 안 낳으면 그럼 그건 아무렇지도 않은 일일 것 같니. 어떤 결정을 내리든 그애한테는 둘 다 감당하기에 벅찬 일이야. 지금 네가 이렇게 술이나 퍼마시고 하소연할 일이 아니고. 너 이러고 있는 거 혜원이가 알까 무섭다. 그러니까 정신 차리고 혜원이가 하자는 대로 해. 그리고 혜원이가 뭘 필요로 하는지나 잘 살펴. 이불 내줄 테니까 꿀물 마시고 잠이나 자. 더 할 얘기 있으면 내일 하고."

승은은 어느새 격앙되어가는 말투에 황급히 말을 정리했다. 기호는 정신이 번쩍 든 것 같은 표정으로 자리에서 일어나는 그녀를 바라보고는 곧 고개를 떨궜다. 이불을 가지러 가던 승은의 시야에 축 처진 기호의 어깨가 얼핏 들어왔다. 여자로서 혜원의 편에 서는 게 응당 해야 할 일이라고 믿으면서도, 조카가 안쓰럽게 느껴지지 않는 것은 아니었다. 한편으로 무언가 치받는 자신의 감정을 기호에게 투영하고 있는 것 같다고도 느꼈다. 그녀는 손을 뻗어 기호의 등을 두드렸다. 지금 그 이상 자신이 해줄 수 있는 일은 달리 없어 보였다.

"사실은 내가 겁을 먹은 거야. 티내지 않으려고 했는데. 혜원이한테도 이모한테도. 근데 들켜버렸을까봐. 그래서……"

기호의 어깨가 미세하게 떨리고 있었다.

"기호야, 일단 자. 자고 일어나서 내일 얘기하자."

*

걱정과 달리 몸은 쉽게 회복됐다. 병원에서 주의를 주었던 빈혈이나 출혈도 없었다. 소독을 위해 병원을 찾았을 때 의사는 별다른 문제가 없다면 처방약을 먹는 것으로 충분하니 다시 방문할 필요도 없다고 했다. 모든 게 너무 쉽고 빠르게 지나갔다. 그간의 걱정과 불안이 전부 허탈하게 느껴질 정도였다. 그러나, 아니 오히려 그랬기 때문일까. 승은은 자주 깊이를 가늠할 수 없는 공허를 느꼈다. 밤에 잠에 들려 침대에 누우면 간혹 얼굴이 화끈거려왔다. 잘못이 아닌 줄 알면서, 들키면 안 되는 비밀을 갖게 된 것 같아 가슴이 두근거리기도 했다. 부모님이나 언니와 통화를 할 때, 사람들이 아이에 대해 이야기를 할 때면 더욱 그랬다. 수술 당일의 일들은 종종 떠올랐다. 그날을 몇 번이고 곱씹으며 임신 사실을 알게 되었던 때부터 수술을 받던 날까지 한 번도 하지 않았던 생각들을 했다. 만약 그와 헤어지지 않았다면 출산을 고려할 수도 있었을까. 만일 그에게 이 아이를 낳겠다고 했다면 그와의 관계를 어떻게든 다시 시작할 수도 있었을까. 물론 답은 언제나 정해져 있었고, 한 번도 달라지지 않았다. 승은의 인생에 아이를 낳을 계획 같은 건 처음부터 없었고, 그녀는 그 당연한 선택을 했을 뿐이다. 하나 그런 가정 속에 빠져들고는 한다는 사실 자체를 견디기 힘들었다. 그녀는 그 생각들을 당장에 떨쳐내기란 불가능하다는 걸 받아들여야 했다. 좋은 것이든 그 반대의 것이든, 강렬하게 기억되는 체험이 있고, 그것이 희미해질 때까지는 시간이 필요했다.

그가 어떻게 지내고 있는지 궁금한 것은 당연했다. 병원 지하 주차장에서 헤어진 이후로 그는 한 번도 연락하지 않았다. 그에게 기대할 것이 남아 있지 않다고 생각했으므로, 승은 역시 연락은 하지 않을 생각이었다. 굳은 결심이랄 것도 없었다. 두 사람의 관계는 그 일이 있기 전에 이미 끝나 있었고, 그 일로 새롭게 시작된 것도 없었다. 승은은 가차없이 그의 번호를 지웠다. 그런데 왜 그랬을까. 승은은 그때의 경험을 거의 잊고 살 정도로 시간이 흘러

모든 걸 객관적으로 바라볼 수 있다고 확신하게 된 때에도, 그 시절 자신이 겪은 일들에 대해 명확히 설명할 수 없는 지점들이 있다고 느끼고는 했다. 수술을 하고 반년이나 지나 그에게 충동적으로 전화를 걸었던 밤도 그랬다.

회식 자리에서 가볍게 술을 마시고 집으로 돌아가던 길이었다. 거리가 여름의 활기로 넘치던 그 밤에, 편의점 앞에서 와자지껄하게 떠드는 한 무리의 또래 직장인들을 무심코 바라보다 그를 떠올렸다. 정말이지 그와는 아무런 상관도 없는 일상적인 장면이었다. 승은은 지하철역을 향해 걸어가며 휴대폰을 꺼내들었다. 휴대폰에서 번호를 지웠다 한들 머릿속에 남아 있는 기억마저 지울 수는 없는 일이었다. 익숙한 발라드가 흘러나왔다. 음악의 템포를 따라 승은의 걸음은 조금씩 느려졌다. 흘러나오던 음악이 멈추고 자동 응답 서비스의 안내 음성이 들려오자 그녀는 걸음을 멈췄다. 그 자리에 멈춰 선 채로 다시 전화를 걸었다. 노랫소리가 들려왔다. 부쩍 습해진 더운 바람이 목덜미를 쓸고 지나갔다. 그리고 노래가 끊겼다. 건너편에서는 아무 말도 들려오지 않았다. 숨소리가 새어 나오는 것조차 경계하고 있는 듯했다.

"나야."

"어."

"잘 지내?"

"그냥 그렇지."

다리가 후들거렸다. 눈앞에 있는 빌딩 앞 벤치에 가 앉고 싶었지만 발이 떨어지지 않았다.

"연락할 줄 알았어."

"……이제 와서 왜 그래."

"적어도 괜찮은지 물어는 볼 줄 알았어."

"괜찮은 거잖아."

"그걸 말이라고 해?"

주변의 소음에 묻히지 않는 또렷한 한숨 소리가 귓가에 흘러들었다.

"그러니까, 내 말은……"

"……이런 말 하고 싶지 않은데, 대체 뭘 더 바라는 거야. 나도 할 만큼 했잖아. 이제 와서 뭐 하자는 건데."

더는 참을 수 없다는 걸 인지하지도 못한 채로 승은은 목소리를 높였다.

"야, 이 새끼야. 니가 그러고도 사람이니? 내가 네 애를 지웠다고."

그녀는 도심 한복판에서 자신이 얼마나 큰 소리로 그런 말을 외치고 있는 줄도 몰랐다. 그 순간에는 아무래도 상관이 없었다. 그런 계산이 불가능한 지경에 이르러 있었다. 자신만큼은 아니더라도 그 역시 두려움과 불안에 직면했으리라 생각했던 시간이 무색했다. 자신에게는 피할 수도, 돌이킬 수도 없었던 일이 그에게는 아예 일어나지 않은 일이 될 수도 있었다. 아니, 이미 그렇게 됐다.

그는 무언가 더 말하려 했지만, 듣고 싶지 않았다. 그녀가 토해낸 말로 상처 입은 대상이 그가 아니라는 사실은 명백했다. 일순간의 분노가 무너뜨린 것은 끝까지 지키고 싶었던 그녀 자신의 품위와 존엄이었다. 그녀는 자신에게 일어난 사건을 자신의 목소리로 명명함으로써 스스로의 경험을 훼손한 것이다. 끝내 그 말을 꺼낼 수밖에 없게 만든 사람이 그였다고 해도, 이미 마음을 할퀴고 지나간 말을 거두어들이는 방법을 그녀는 알지 못했다. 승은은 그대로 전화를 끊어버렸다. 그러고는 그녀의 고함에 놀라 멈춰 섰던 사람들 사이로 거침없이 걷기 시작했다. 사람들의 시선은 안중에도 없었다. 그녀의 마음이 불현듯 너무 깊고 좁은 곳에 갇혀버린 탓이었다.

이번에도 그는 다시 연락을 해오지 않았다. 승은도 다시는 그에게 연락하지 않았다. 그리고 언제 잊었는지도 의식하지 못하는 사이에, 그의 전화번호도 까맣게 잊었다.

*

승은은 디저트를 채우려 열어두었던 쇼케이스를 닫는 내내 휴대폰 화면에서 눈을 떼지 못했다. 해야 할 일이 남아 있었지만, 그녀는 그대로 카운터 옆에 마련해놓은 바 체어에 비스듬히 기대앉았다.

"사장님, 어디 안 좋으세요?"

"아니야. 잠깐 중요하게 연락할 데가 좀 있어서."

긴 문자를 쓰고 있는 건지, 썼다 지우기를 반복하는 건지 헤아리며 승은은 오지 않는 다음 메시지를 마냥 기다렸다.

—이모, 저 혜원이에요.

첫번째 문자의 내용은 그게 전부였다. 기호가 술에 취해 찾아왔다가 돌아간 지 나흘이 지난 뒤였다. 그날 기호는 카페로 찾아오지 않았다. 대신 식탁 위에 고맙고 죄송하다는 메모 한 장을 남겨두었다. 그 이상은 두 사람의 일이라고 여겼고, 조언이 필요하면 다시 연락을 해올 거라 생각했다. 그러나 혜원이 보낸 단문의 문자가 이어지기를 기다리며, 승은은 이미 자신이 개입할 수 없는 결정이 내려졌으리라는 예감이 들었다. 묘하게도 그 결정을 짐작할 수 있을 것 같았다. 승은을 안달하게 한 건 두 사람이 그 선택을 한 이유였다. 그럼에도 혜원의 두번째 문자가 도착한 직후, 승은은 어쩐지 망연했다. 짐작은 빗나가지 않았다.

—이모님께는 제가 말씀드리고 싶다고 했어요. 이번 주말에 저희 부모님 찾아뵈려고 해요. 이모님께도 곧 인사드리러 갈게요.

이미 아는 두 개의 선택지가 있었고, 혜원은 그중 하나의 답을 선택했을 뿐이었다. 그 결정의 이유에 대해 언질이라도 해주기를 기대하기는 했다. 왜 그런 선택에 이르렀는지, 어떻게 용기를 냈는지, 앞으로의 현실을 어떻게 뚫고 나갈 것인지, 무엇을 포기하거나 포기하지 않기로 했는지 궁금했다. 언젠가는 알게 되겠지만, 기다릴 수 없었다. 그러나 그 조급함에서 승은은 어른의 염려라는 말 뒤에 숨겨두었던 것이 무엇인지 보았고, 더는 자신을 속일 수 없었다. 그 궁금증들은 결국 여전히 기울어져 있는 마음의 반영이기도 했다. 승은은 자신이 끝내 혜원을 한 방향으로 설득하려 했다는 걸 인정해야 했다. 그것은 그녀가 과거에 내린 선택과 무관하지 않았다. 후회하지 않았다는 말이 거짓은 아닐지언정 그 선택이 옳았다고 설득하려는 의지로부터 자유로웠던 적은 없는지도 몰랐다. 설득의 대상이 자기 자신인지, 그녀의 경험을 모르는 가까운 사람들인지, 혹은 사회가 주입해놓은 편견인지도 확실하지 않았다. 그저 희부연 유령 같은 무언가가 그 기억 주변을 배회해왔다는 것만이 분명했다. 머리가 맑아지는 기분이었다.

물론 그런 깨달음이 단숨에 승은을 그 유령으로부터 벗어나게 할 수는 없었다. 더 늦기 전에 그들의 마음을 돌려세울 수 없을까 하는 질문도 지워지지 않았다. 과연 나에게 그러한 권리가 있는가. 승은은 힘겹게 자문했지만, 확실한 답을 내놓을 수는 없을 것 같았다. 그제야 알 것 같았다. 바로 그게 그녀가 내릴 수 있는 결론이었다. 지금의 자신은 온전히 그들의 선택을 지지할 수 없다. 그녀로서는 절대로 하지 않았을 선택을 한 아이들의 심정을 끝내 이해할 수 없을지도 모른다. 그렇다 하더라도 다른 선택지는 없다. 승은이 원했던 것을, 그들 또한, 무엇보다 혜원이 깊이 바랄 것이므로.

승은은 긴장 속에서 답을 기다리고 있을지도 모를 혜원에게 메시지를 썼다.

―연락 줘서 고맙다. 도움 필요하면 언제든 연락하렴.

언젠가 혜원에게 썼다 지운, 그 문장이었다. 그녀는 잠깐의 망설임 끝에 전송 버튼을 누르고 자리에서 일어섰다. 카운터에 손님에게 낼 커피와 디저트가 담긴 쟁반이 놓여 있었다. 그녀는 주문서에 적힌 좌석을 확인하고 쟁반을 들어올렸다. 작은 화단 앞에 놓인 야외 테이블에 젊은 두 여자가 앉아 있었다. 그들 너머의 도로를 따라 이팝나무가 서 있었다. 맑게 갠 하늘 아래, 며칠 전까지만 해도 새하얀 꽃잎으로 가득하던 나무에 듬성듬성 연둣빛 이파리가 올라와 있었다.

승은은 나무가 꽃을 피우는 것을 희망에, 꽃을 떨구는 것을 상실에 비할 수 없다는 걸 이미 알고 있었음을 새삼 떠올렸다. 돌이킬 수 없는 선택을 하고 예측할 수 없는 미래를 걸어가야 하는 삶이라는 것이 다른 무언가에 도저히 비유될 수 없다는 걸. 그러자 무척이나 오랜만에 자신이 아직 그렇게까지는 늙지 않았다는 데까지 생각이 미쳤다. 그때 승은은 묘한 해방감을 느꼈다. 자신이 충분히 현명해지지 않았다는 것, 아마도 영원히 그럴 수 없으리라는 사실에.

우리에게

다시 사랑이

그러나 폭우에 대해서, 혹은 베를린장벽이 무너진 일이나
차우셰스쿠의 처형처럼 지난 오 개월간 벌어진 세계적인 뉴스들 가운데
하나를 한 페이지 정도로 자세히 써내라고 한다면, 나는 할 수 없다.
글을 쓰는 시간은 열정의 시간과는 전혀 상관이 없었다.
— 아니 에르노

그녀와 그 사이에 놓인 테이블은 너무 작지도 크지도 않았다.
그들은 손을 뻗어 마주잡을 만큼은 가까웠지만, 자연스럽게 포용
을 하거나 입을 맞출 수는 없을 만큼 멀었다. 그것은 그 관계의 심
리적 거리나 마찬가지였다. 몸이 파묻히는 푹신한 소파에 어떻게
든 허리를 꼿꼿이 펴고 앉아 있으려 애를 쓰는 그녀와, 그녀를 향

해 상체를 숙이고 테이블 위에 놓인 그녀의 손을 자신 쪽으로 끌어다놓는 그의 행동 사이에서도 읽어낼 수 있는 거리였다. 그는 한동안 핏발이 선 축축한 눈을 깜빡이더니, 이내 모텔방에서 그녀를 기다리다 깜빡 잠이 들었다고 속삭이듯 말했다. 밤새워 과제를 하거나 새벽 첫차를 기다리는 피로한 표정의 손님 두어 명이 전부인 카페 구석 창가에 앉아 웃으며 떠들어낼 수 있는 종류의 말은 아니었다.

그녀는 네 시간 전 카페에 도착했다. 이미 대중교통 운행이 끝난 시각이었다. 몇 차례 전화를 걸었고, 응답이 없자 한 통의 문자메시지를 남겼다. 첫차가 다니기 전에 답하지 않으면 돌아가겠다는 내용이었다. 그는 첫차 운행 시간이 얼마 남지 않은 때가 되어서야 술냄새를 풍기며 카페로 들어섰다. 그녀가 새벽길을 조금 걸어야겠다고 생각하던 참이었다. 간발의 차였다. 그녀의 휴대폰 배터리는 바닥이 나기 직전이었다. 그녀는 충전기를 가지고 있지 않았으며, 그의 전화번호를 외우지 못했고, 그가 어디에 살고 있는지도 몰랐다. 그녀가 그의 갑작스러운 전화를 받았을 때 그는 이미 취해 있었다. 정확한 시간과 장소가 정해지지 않은 돌발적인 만남이었고, 서로를 신뢰할 만한 관계가 아니었다.

애당초 기대할 것이 없기 때문이었다. 그녀는 자신을 맛도 없는 커피를 파는 카페에 내버려둔 그에게 화를 내지 않았다. 별말 없이 그를 따라 자리에서 일어났다. 그에게 붙잡힌 손 때문에 엉거

주춤한 자세로 소파와 테이블 사이를 빠져나왔다. 그는 그녀의 어색한 동작을 지그시 바라봤다. 그의 눈동자는 조금 지치고 취하고 젖어 있을 뿐이었다. 그러나 그녀에게는 눈꺼풀이 열리고 닫힐 때마다 말을 건네는 듯 느껴졌다. 보이는 것 이상을 짐작게 하는 눈이었다. 나는 그녀와는 달랐다. 나는 대체로 표면을 믿었다. 드러나지 않은 것은 보통 드러날 필요가 없거나 그래서는 안 되는 것이었고, 그렇지 않다 하더라도 드러나지 않은 것의 깊이란 대개 환상이기 마련이었다.

그녀는 그것을 몰랐다. 알았다 해도 상관하지 않았을 것이다. 어차피 그녀에게 일어나고 있는 모든 사건이 낯선 모험의 영역이었다. 따라서 스스로의 선택을 신뢰하는 위험을 감수하지 않았다. 봉인된 비밀에 매혹당하기를 기도하며 그에게 자신을 내맡길 참이었다. 그녀는 그가 절반의 선택권을 가져가기를 바랐다. 그는 기다리는 그녀를 찾아와야 했고, 테이블 위에 놓인 그녀의 손을 잡아야 했고, 불편한 자세로 앉은 그녀를 일으켜세워야 했다. 그가 도착한 뒤로 그녀는 모든 의지를 상실했다. 그가 움직이기를 기다렸고, 그의 의지에 저항하지 않았다. 그것만이 매우 능동적인 선택이었다.

그녀는 삶의 주권을 포기한 자조차 끝내 제 인생은 스스로 책임질 수밖에 없다는 사실을 아직 알지 못했다. 수많은 여자들이 그러하듯 한 남자로 인해 몰락의 시간을 겪게 되리라고는 상상하지 못했다. 실은 몰락을 욕망했지만, 그것이 얼마나 치명적일지는 예상하지 못했다. 몰락은 단순히 그녀가 손에 쥐고 있던 무언가를 빼앗기는 것을 의미하지 않았다. 그것은 자신의 삶에 대한 통제력을 완전히 상실하는 것을 뜻했다. 그럼에도 통제 불능의 인생을 감당해야 하는 사람은 오직 그녀 자신이며, 그 시간을 견디기 위한 몸부림조차 비겁한 변명에 불과하게 되리라는 사실을, 그녀는 예감조차 하지 못했다.

반면에 나는 모든 걸 알고 있었다. 그녀는 그가 권하는 술을 마실 것이고, 그녀가 보호받을 수 없는 낯선 공간에서 그와 잠자리를 가질 것이다. 설렘과 두려움이 혼동되는 중에, 망설임이 확신으로 변하기도 전에, 동의나 거부의 의사를 표현하지 않는 것이 승낙의 제스처가 되도록 놓아둘 것이다. 첫번째 기만은 그렇게 시작될 것이다. 동이 트는 것을 알아챌 수도 없는 비좁은 그늘에 누워 그녀는 깨달을 것이다. 그에게 아무런 기대를 하지 않겠다고 다짐했지만, 자기 자신에게 건 기대는 버릴 수 없었다는 걸. 아무런 의미가 없는 존재에게 자신을 걸어보는 용기에 자신 또한 그에게 무의미한 존재일 수 있다는 가능성은 포함한 적이 없었다는 것도. 그러나 매 순간 깊은 잠의 세계로 이동하려는 그를 울음으로 붙잡으며 자신을 버리지 말라고 애원하는 중에도, 그녀는 미처 알지 못할 것이다. 그녀는 이제 겨우 그를 따라 카페를 벗어나고 있었고, 나는 아주 오래전 그녀가 아직 도착하지 않은 곳에 앞서 도착해 있었다.

　행복했던 순간을 다시 살기를 바란 적 없다. 행복의 순간은 짧고, 그 달콤함을 맛보려면 쓴 약을 훨씬 더 많이 삼켜야만 한다. 과거가 아름답게 여겨지는 건 현재를 유지하기 위해 지나간 고통에 의미를 부여했기 때문이다. 종교를 가진 자들이 과거의 좌절을 더 큰 위험을 경고하기 위한 자비로운 신의 계시였다고 믿는 것과 같다. 그럴 때 인간은 신보다 위대하다. 그러나 만일 신이 시간을 되돌려 그들을 모든 것을 잃은 직후로 데려가 놀라운 축복을 다시 느껴볼 기회를 준다면, 그들은 대부분 신을 증오하게 될 것이다.

　삶은 대개 나아졌다. 흔히 행복의 지표가 될 수 있다고 믿는 기준들과 무관하게 조금씩 쉬워졌다. 그건 그저 경험이 쌓인 결과였다. 삶은 불행에 제련되어가는 과정이다. 경험이 두께를 이루는 것, 그것은 상상력의 고갈을 의미하기도 한다. 불행의 실감은 상상력에 비례한다. 시간이 우리의 호기심을 앗아가는 것은 생물학적 노화 때문만은 아니다. 우리는 경험된 세계라는 착각이 보장해주는 안락함에 서서히 눈을 뜬다. 똑같은 크기의 시련이라면, 살아온 날의 길이가 길어질수록 조금 더 수월히 버티게 되는 까닭이기도 하다. 그렇게 불행에 의해서, 삶은 대개 나아졌다. 그러니까 불행했던 과거를 바꿀 수 있다고 해서 현재의 삶이 더 의미 있어지거나 행복해지리라는 보장 같은 건 없으므로. 그것이 진정한 깨달음인지 비관적인 자포자기인지, 아니면 자기 극복의 거짓 신화

인지는 중요하지 않다. 현재의 고통은 미래의 고통으로 교환된다. 과거는 아물지 않는다. 머물지 않을 뿐이다.

그럼에도 돌아가고 싶은 삶의 시점이 존재했다. 되돌린 과거와 아직 도래하지 않은 미래에 온통 불행만이 휘몰아치게 되더라도, 가능하다면 돌아가고 싶었다. 그때의 선택들을 바로잡을 수만 있다면 이미 약속된 행복도 거절할 수 있을 것 같았다. 고쳐쓸 수 없는 커다란 운명이라면 돌아간 자리에서 목숨을 끊어도 좋았다. 기억을 장기처럼 메스로 도려낼 수 있다면 더는 바랄 것이 없었다. 과거의 한 시절은 아물지도 머물지도 않았지만 때때로 나의 현실 위에 벼락처럼 내리꽂혔다. 그리고 삶의 아주 허약한 부위, 이제 막 시작되려는 희망이나 자기 확신을 찢고 지나갔다. 아무리 경계해도 새로운 허점이 생기는 걸 막을 도리가 없었다. 어쩌면 내가 충분히 불행하지 않은 것은 그 때문인지도 몰랐다. 그때가 거듭 나를 찢고 달아나는 한 의심 없는 행복이 존재할 수 없었듯이, 몰두할 수 있는 불행도 존재할 수 없었다.

한 편의 장엄하고 연극적인 꿈에서 깨어나 몸을 떨 때, 그러한 나를 사랑하는 누군가가 곁에 있는 일의 치욕을 설득하고 싶다. 당신이 나를 헌신적으로 사랑해도 누더기처럼 기운 나를 새것으로 바꿀 수는 없어. 그렇게 생각하면서도 새것이 되기를 소망하는 일을 멈출 수가 없는 인간, 다가오는 사랑의 고백에 사랑한다 응답하면서도 자신의 사랑을 믿을 수 없는 인간이 된다는 것. 내가 얼마나 손쓸 수 없을 만큼 망가져 있는지를 감추는 것보다 들키기가 더 어렵다는 무한한 절망. 당신이 이해해야 하는 건 절대로 나를 이해할 수 없으리라는 사실뿐이야. 나는 돌아가고 싶었다. 그날 이후의 모든 미래를 끝장내기 위해서.

정신을 차렸을 땐 고속도로를 달리는 택시 안이었다. 내가 어디를 향해 가고 있었는지 기억나지 않았다. 방금 전까지만 해도 침대에 누워 휴대폰을 만지작대고 있었던 것만이 떠올랐다. 술에 취했던 걸까. 꿈이었던 걸까. 하지만 정신이 몽롱할 뿐 취기는 느껴지지 않았다. 택시는 도로의 다른 차들을 제치며 달렸다. 가로등은 휘듯이 기울며 흘러가고, 불빛은 긴 노출로 촬영된 사진 속 장면처럼 길게 번졌다. 곁에서 낮게 코를 골며 잠들어 있던 남편의 얼굴이 떠올랐다. 깊이 잠들지 못해 작은 소음이나 기척에도 깨어나는 나를 배려하는 그가 조심할 수 없는 유일한 일이었다.

담배 좀 태워도 될까요. 나는 등받이에 기댔던 몸을 곧추세웠다. 기사가 룸 미러를 통해 뒷좌석을 못마땅하게 보는 것이 느껴졌다. 아, 예. 기사가 답하며 뒷좌석의 창을 열었다. 나는 당혹스러움을 감추지 못하고 두리번거렸다. 차 안에는 나와 기사 단 둘뿐이었다. 죄송합니다. 그 순간 말을 뱉은 것이 다름 아닌 나였다는 사실을 깨달았다. 적당히 서늘한 봄바람이 도로의 소음과 함께 차 안으로 밀려들었다. 담배를 끊은 지 오래라는 자각과 동시에 나는 내 손이 핸드백 안에서 담배와 라이터를 꺼내드는 것을 내려다보는 중이었다. 그제야 무언가 잘못되고 있음을 감지했다. 그러는 사이에 담배에 불이 붙었고, 담배 연기가 들숨을 따라 폐에 차올랐다.

휴대폰을 찾기 위해 다시 가방으로 손을 뻗었다. 그 순간 모든 것이 떠올랐다. 한때 피우던 담배, 즐겨 들던 가방, 싸구려 하이힐과 트렌치코트, 낡은 휴대폰. 뿌연 연기가 격렬한 춤사위처럼 흩어지고, 내 손은 휴대폰의 작은 액정에 뜬 최근 통화 목록을 확인하고 통화 버튼을 누른다. 나는 그 일체의 행위, 그러니까 휴대폰을 찾으려 가방으로 손을 뻗는 것마저 나의 의지와는 무관하게 일어난 일임을 알아차렸다. 도로 위로 흐르는 하얀 점선이 어지럽게 쏟아진 나무토막처럼 보였다. 혼란스러웠다. 눈을 감았지만 그것은 나의 의지가 아니었다. 나는 기어이 내 머리채를 잡고 있는 시절에 도착해 있었다. 열린 창 밖으로 팔을 뻗어 피우던 담배를 던져버리고 받지 않는 전화를 끊었다. 모두 나의 의지와는 무관한 일이었다. 나는 내가 아니었다.

지나치게 생생하고 긴 꿈이었다. 아주 어릴 적부터 그런 꿈을 꿨다. 꿈에서는 현실에서 도저히 일어날 수 없는 일들도 현실보다 선명했다. 색깔도, 소리도, 냄새도 모두 느낄 수 있었다. 가끔은 눈을 뜨자마자 꿈속에서 증발해버린 사람에게 다급히 전화를 걸거나 텔레비전을 켜고 긴급한 속보 따위가 없는지를 손에 땀을 쥐고 주시하기도 했다. 그러나 시간이 흐르면 꿈의 세부는 대부분

잊혔다. 깨자마자 누군가에게 꿈 이야기를 들려주거나 적어두지 않으면 아무리 기상천외한 내용이라 할지라도 반나절이면 꿈을 꾸었다는 사실조차 잊는 경우가 태반이었다. 그러니 그저 꿈에서 깨어나기만 하면 됐다. 정신이 드는 순간은 끔찍할 테고, 겨우 뜻 대로 움직이기 시작했다는 사실에 몸서리치겠지만, 아무 일도 없 었다는 듯이 두 눈을 감고 다시 잠들면 되었다. 기억한다 해도 꿈 에서 그를 다시 만났다는 것 외에는 떠오르지 않을 것이다. 깨어 있는 순간에도 좀비처럼 되살아나던 기억이었다. 그러자 한결 마 음이 편안했다. 그렇게 오랫동안 그 꿈에서 깨어날 수 없을 줄 차 마 몰랐다. 하물며 그 모든 것이 꿈이 아닐 가능성이라고는 상상 조차 할 수 없었다.

우리가 어째서 이런 선택을 하게 되었는지 지금은 정의하지 말 기로 해. 그녀는 그날 밤 이후 그가 그녀에게 보낸 첫번째 메일의 마지막 문장을 읽고 있었다. 나는 그녀의 표정을 볼 수 없었다. 내 가 볼 수 있는 것은 오직 그녀가 보고 있는 것들로 제한되어 있었 다. 내가 그녀였을 때에도 나는 같은 것을 보고 있었다. 고개를 돌 려 거울을 보았으면 좋았을까. 움직일 수 없으므로 무심한 생각 을 많이도 했다. 먼저 메일을 보낸 건 나였다. 거기에 내가 왜 그 런 선택을 했는지 모르며, 지금은 모르는 상태로 두고 싶다고 썼 다. 모르지 않았다. 정확히 아는 것도 아니었다. 알고 있는 것을 부정하는 중이었다. 하찮은 존재가 되고 싶지 않았다. 만난 지 몇 시간밖에 되지 않은 낯선 여자를 따라와 다정한 말을 건네며 부축하고, 가방을 들어주고, 더러워진 손을 씻기고, 포옹을 하고, 자연스레 입을 맞추려는 사람에게 딱 그렇게 하기 쉬운 여자가 될 수도 있다는 걸 받아들일 수 없었다. 그 불안에서 벗어나기 위해, 그는 나를 사랑해야만 했다. 버림받지 않으려면 먼저 버려야 하지만, 먼저 버리려면 아직 버림받지 않았다는 확신이 필요했다.

그녀는 이미 읽은 짧은 메일을 몇 번이고 다시 열어보았다. 방이나 카페에서 과제를 하다 말고, 도서관의 전산실 모니터 앞에서 과제를 출력해놓은 채로. 기억에서 사라진 순간을 다시 대면하자 그때의 상념들도 함께 돌아왔다. 그녀의 머릿속이 훤히 들여다보이는 듯했다. 그녀는 정의되지 않는 갈망의 상태를 바라고, 또 견딜 수 있다는 걸 그에게 보여주었다고 믿었다. 하지만 동시에 자신이 보여주고 싶은 그대로의 인간일 수 없다는 사실도 확실하게 깨닫는 중이었다. 그녀에게 동의하는 그의 말은 그녀를 허전하게 했다. 물론 그 공백을 만든 것은 그의 메일이 아니라 그녀 자신이었다. 이미 버려졌다는 사실을 짐짓 모른 체하려고 절망의 공간을 검게 채워넣어버린 것이다. 그리고 무엇이 자신을 절망하게 했는가를 바라보지 않는 한 그 절망에서 영원히 벗어날 수 없다는 사실로부터도 달아났다.

그녀는 과거의 나였으므로 나는 금세 그녀의 마음을 헤아릴 수 있었고, 그녀와 내가 밀착되어 있다고 느꼈다. 우리는 함께 식사를 하고, 수업을 듣고, 책을 읽고, 글을 쓰고, 친구들을 만났다. 어떤 일들은 예상치 못한 기쁨이었다. 방안에 신디 셔먼의 포스터를 붙일 때, 잔디밭의 친구들에게 뜬금없이 버로스가 쓴 벤웨이 박사의 수술 장면을 읽어줄 때나 어설프게 바르트의 문장을 인용하며 문학을 이야기할 때, 그녀는 나를 조금 난처하고 부끄럽게 만들었지만 사랑스러웠다. 그러면서도 그에게 메일을 쓸 때, 그에게서 전화가 걸려올 때, 그가 쓴 시를 읽을 때면 내 것도 아닌 심장이 곧 멎을 것 같았다. 시간이 흐르는 속도는 그녀의 발랄하고 진지한 일상의 빛이 주는 즐거움에 비례했고, 내가 가장 두려워하는 날들이 시시각각 다가오고 있었다.

그가 두렵지는 않았다. 내가 두려워한 것은 그녀의 열병이었다. 자신의 선택을 합리화하기 위한 것이었다 해도 이미 시작된 감정이 그녀에겐 현실이었다. 나로서는 있는 그대로 인정하기가 힘겨운 사실을 그녀를 통해 재차 확인해야만 했다. 그녀는 그를 사랑할 것이었다.

그랬다. 내 눈앞에서 그 모든 일이 다시 일어났다. 그녀는 순식간에 그의 모든 것과 사랑에 빠졌다. 그의 낮은 목소리를, 엉뚱한 농담을, 짧고 두툼한 손가락을 사랑했다. 그녀보다 스무 살이나 많은 남자라는 사실마저도 사랑했다. 살아온 시간을 뛰어넘어 진지한 대화를 나누고 서로를 어루만질 수 있음에 환희했다. 무엇보다 그가 뛰어난 작가라는 사실에 그녀는 깊이 빠져들었다. 그녀는 한창 문학의 광휘에 압도되어 있었고, 그는 그녀가 열망하는 것을 이룬 사람이었다. 그가 어두운 방의 책상 앞에 앉아 언어를 조탁하고 있을 때 모니터의 흰빛이 만드는 부드러운 실루엣은 그녀를 숨막히게 했다. 그가 술을 들이켜는 소리는 악기 소리처럼 들려왔다. 그가 보여준 영화, 들려준 음악, 골라준 책이 곧 그를 의미했다. 그는 해석의 대상이었다. 그의 불안, 우울, 불행한 과거, 부정적인 사고방식, 우월감과 열패감까지도 그녀를 자극했다. 그녀는 그가 보여주는 세계를 뿌리칠 수 없었다. 그를 사랑해서. 혹은 그를 사랑하기 위해서.

그녀는 곧 그에게 사랑한다고 말했다. 그도 같은 고백을 하는 순간이 있었다. 눈을 감고 싶어도, 귀를 막고 싶어도 내 마음대로 되지 않았다. 그녀가 보는 것 외의 것을 볼 수 없었고, 그녀가 보고 있는 것을 보지 않을 도리 또한 없었다. 그녀가 그와 작은 스탠드 불빛 아래 나란히 누워 그에게 한 편의 희곡을 처음부터 끝까지 읽어주던 밤의 감각을, 내가 고스란히 기억하고 있다는 사실만으로 당장에 그 자리를 벗어나고 싶었다. 그런 일은 일어나지 않았다. 내 의식과 감각은 어긋났고, 그녀의 입가에서 느긋한 목소리가 퍼져나갔다. 그즈음 그녀는 자신이 최초에 품었던 마음이 어떤 것이었는지를 서서히 잊어가고 있었다. 인간은 자신이 느끼는 감정 또한 삶의 무수한 경험과 마찬가지로 스스로 선택한 것일 수 있다는 사실을 의식하지 못한 채 살아간다. 선택한 감정을 유지하기 위해 불필요한 불행 안으로 걸어들어가고 있는 줄도 모른 채.

비가 내리는 거리를 헤매며 젖은 몸을 말릴 곳을 찾고, 타인인 지 자기 자신인지 알 수 없는 누군가를 부르고, 그와 재회하기 위 해 끝없이 같은 장소를 배회했다. 그녀는 일인극의 유일한 배우였 다. 책상과 책장, 침대와 텔레비전이 한 공간에 모두 놓인 좁디좁 은 방에 담배 연기가 자욱했고, 그녀의 목소리는 시야 상실의 지 대를 낮은 포복 자세로 건넜다. 이후 그녀의 삶에서 가장 뜨거웠 던 사랑의 순간으로 기억될 그 시간을 나는 묵묵히 지켜볼 수밖에 없었다. 그녀가 무엇을 연기하고 있건, 그때 그녀는 자신의 배역 에 충실했고, 그래서 자신이 배우가 되었다는 사실을 자각하지 못 했다. 그것을 거짓이라 할 수 있을까. 나는 그녀의 다른 유쾌한 일 상을 함께 보내듯 경계심을 늦췄다. 먼 훗날, 간절한 기도와 달리 이 기억을 송두리째 뽑아낼 수 없다면, 어차피 그렇다면, 완전히 끔찍한 것이 되지 않도록 두는 편이 낫다고 생각했다. 그 어떤 환 영도 믿는 자에게는 현실일 수 있을 테니까. 나는 잠시 내가 되기 를 포기하는 길을 택했다. 낭만적으로. 내가 먼 과거에 그랬듯이. 짧게 끝나게 될 낭만의 세월을. 그러나 그때의 나도 모르는 것이 있었다. 그것은 시작에 불과했다.

이따금 낭만이라고 하면, 문학 동아리의 신입생 환영회 날이 떠 올랐다. 문학 동아리에 가입한 건 대학에 입학해 가장 처음 사귄 친구가 시를 써보고 싶다고 했기 때문이었다. 요즘 같은 세상에 여전히 시를 쓰려는 사람이 그렇게 많다는 사실이 무척 의아했지만, 반드시 무엇을 쓸 필요는 없다는 조건이 마음에 들었다. 아무도 읽지 않을 것 같은 낡은 책이 가득한 그 동아리방에 제법 많은 사람이 둘러앉아 술을 마셨다. 저게 문학이지. 술에 취한 누군가의 새된 음성에 일순간 모두가 입을 다물었다. 흥얼대는 노랫소리가 들렸다. 나름대로 멋을 부린 마담에게. 그런 가사. 돌연 폭소가 터졌다. 저도 모르게 노래를 부르고 있던 선배도 머쓱한 표정으로 노래를 멈추었다. 언제 나온 노래인지는 몰라도 제목을 모르는 사람은 아무도 없었다. 낭만에 대하여. 사람들이 스물셋 예비역의 취향을 타박하는 중에 나는 그 단어를 곱씹었다. 낭만. 이상했다. 그 단어에 그런 이물감을 느낀 것은 처음이었다.

나쓰메 소세키가 로맨티시즘의 번역어로 물결 랑浪에 질펀할 만漫을 처음 사용했다. 문학에서 낭만주의를 설명하기 위해, 로망 roman과 발음이 유사하며 그 사조의 뉘앙스를 담아낼 수 있는 한자어를 선택했던 것이다. 로망을 추적해가면 거기엔 중세 프랑스의 통속소설이 있고, 프랑스어의 역사를 다시 추적해 올라가면 근대적 의미의 소설이 존재한다. 억제되지 않는 감정의 흘러넘침을 묘사하는 낭만과, 허구의 이야기를 가리키는 로망 사이의 긴장을 유지시키는 인력과 척력을 그와의 모든 관계를 정리하고 시간이 흐를수록 나는 더 자주 생각했다.

자신에게 그를 버릴 수 있는 기회가 오지 않으리라는 사실을 그녀는 그리 머지않아 깨달았다. 그가 전화를 받지 않고, 말없이 여행을 떠나고, 새로운 시를 써 세상에 내놓고, 필요할 때에는 그녀를 찾고, 필요가 없어지면 폭언과 함께 내쫓고, 술에 취해 전화를 걸고, 사랑한다 말하고, 새로운 여자가 생겼다고 말하고, 그 여자는 친한 동료일 뿐이라고 말하고, 다시 자신을 떠나라고 명령하는 일들이 반복됐다. 그가 사라지면 그녀는 독방 같은 자취방에 스스로를 가둬놓은 채 술을 마시고, 그와 함께 듣던 음악을 듣다 잠에 들고, 술이 깨기 전에 잠에서 깨어나 다시 술을 마시고, 그와 함께 보던 영화를 보다 다시 잠에 들고, 술에서 깨면 식사를 하고 먹은 것을 게우기를 반복했다. 그리고 그가 쓴 시를 읽었다.

그것은 내가 두려워한 과거 중에서도 가장 맞닥뜨리고 싶지 않은 일이었다. 그가 없는 시간에 그가 그럴 수밖에 없는 이유를 찾아내기 위해 그의 시를 읽었다는 것. 그녀를 만나기 이전에 쓰인 것들은 그가 왜 그런 사람이 될 수밖에 없었는지를 항변하고 있었고, 그녀를 만난 이후에 쓰인 것들은 그녀를 향한 그의 변덕을 설명하고 있었다. 시가 그것을 말해주었다기보다는 그녀가 바라는 대로 의미를 덧붙였다. 그녀는 왜 자신이 그를 포기하지 않는지, 왜 그의 부름에 항거하지 않고 그에게로 돌아가는지 묻지 않고, 그의 진심을 유추하고 그를 이해하려 애썼다. 모든 게 지나가 그와 완전히 이별할 것을 알면서도, 나도 그 순간만큼은 당장 그녀의 현실을 바꿀 수 있을지도 모른다는 실낱같은 기대를 품었다.

그녀를 그대로 방치해둘 수는 없었다. 마치 그녀가 완전한 타인이라도 되는 양, 젊음의 에너지를 함부로 탕진해버리는 가여운 어린 여자를 구원할 수 있는 양, 간절하게 부르면 그녀가 내 목소리를 들을 수도 있으리라는 가망 없는 바람을 실현하려 했다.

당장이라도 찢어질 것 같은 얇은 슬픔의 언어를, 그녀는 연민했다. 세상이 원하는 대로 살아갈 수 없는 인간, 남다른 예민함 때문에 타인의 호의에도 상처를 입는 인간, 그러한 자기 자신을 스스로 소외시킬 수밖에 없는 인간, 자신이 소외시킨 것들이 가하는 폭력을 견뎌야 하는 인간, 자기 자신을 믿을 수 없고 그리하여 상대의 사랑을 믿을 수 없는 인간, 상대를 망가뜨리고야 말리라는 불안 속에서 위악을 부릴 수밖에 없는 인간의 비극을 생각했다. 그녀에게 그의 무책임함은 연약함의 반증으로, 공격성은 더 깊은 상처를 받지 않으려는 방어적 행동으로 여겨지고 있을 것이었다. 이미 사랑에 빠져버렸지만, 그 사랑을 거부하려는 몸짓이 그녀를 버리고 되찾기를 반복하도록 만들었다고, 그에게 직접 요구한 적조차 없는 해명을 스스로 찾아가고 있으리라.

하나 내게는 그 모든 것이 한 인간의 지독한 자기혐오로 보일 뿐이었다. 깊은 자기혐오는 자기연민의 다른 얼굴일 뿐이며, 그 연민은 언제든 타인을 향한 폭력을 합리화하는 수단이 될 뿐이라는 걸 그녀가 깨닫기를 나는 간절히 바랐다. 사랑만으로 한 인간을 구원할 수 있으리라는 너의 오만한 마음 뒤에 무엇이 있는지

들여다보라고 안간힘을 다해 생각했다. 네가 그가 만난 수많은 여자들과 다를 수 없는 이유는 너에게 있지 않다. 그를 통해 너의 특별함을 증명할 필요가 없다. 그러나 그녀를 설득할 수는 없었다. 그녀는 이미 자신만의 서사를 쓰고 있었고, 그 이야기 속으로 걸어들어가는 중이었다. 나는 내가 이미 알고 있는 이야기 바깥으로 빠져나올 길을 알지 못했고, 철저히 무력했다.

그녀는 잠에 들 때에도 휴대폰을 손에서 놓지 못했다. 그는 항상 돌아왔다. 그녀가 그를 거절하지만 않는다면 두 사람의 관계는 결코 끝난 것이 아니었다. 그 인내가 그녀의 사랑이었다. 예상대로였다. 그는 연락을 두절했다가도 어김없이 다시 그녀를 찾았다. 집에서, 자주 가는 술집에서, 지방의 여행지에서, 때로는 가까운 해외에서, 그녀에게 그립다는 메일을 쓰고, 당장 보고 싶다는 전화를 걸었다. 그렇게 재회할 때마다 그들은 격렬하게 섹스했다. 나는 그때마다 수치심을 느꼈다. 그것은 정신적인 폭행에 가까웠다. 그가 강압적인 육체관계를 맺으려 한 건 아니었다. 오히려 그녀가 그를 원했다. 그렇게 그가 여전히 자신을 원하고 있다는 사실을 확인하려 했다. 그 욕망을 믿을 만한 증거가 필요했다. 사랑한다는 말은 아무것도 증명하지 못했다. 그의 고백은 언제고 그녀가 다른 여자들과 똑같다는 말로, 그녀의 행동이 모두 연기였다는 말 한마디로 짓밟힐 수 있었다. 그녀는 자신이 그로 하여금 도저히 참아낼 수 없는 욕망을 불러일으키는 존재라고 느껴야만 했다. 그 순간에만 그의 사랑이 진실로 느껴졌고, 다정한 배려가 와닿았다.

섹스가 끝난 뒤, 아무리 자도 개운해지지 않는 잠을 자고 일어나면 다시 초조함이 찾아왔다. 그녀가 아직도 술냄새를 풍기며 잠들어 있는 그의 어깨에 얼굴을 묻고 있을 때, 나는 그녀가 오랜만에 그의 집으로 돌아가 발견한 것들을 되짚고는 했다. 알 수 없는 누군가가 그를 향해 쓴 정성스러운 메모, 그가 스스로 절대 사지 않을 값비싼 옷, 요리라고는 할 줄 모르는 그의 냉장고에 채워진 새로운 식료품들, 그녀가 눈감아버리기를 선택한 것들. 결국 그가 되돌아갈 사람은 자신뿐이라고 생각했기에 아무래도 상관없다고 무시하려 애쓴 것들이었다. 그의 모든 행위에 정당성을 부여하고 있는 것은 그녀 자신이었다. 그녀는 더는 어리석을 수 없을 만큼 어리석었다. 나는 그녀를 원망했다.

아직 그녀에게는 도래하지 않은, 그러나 내게는 이미 지나간 어느 날이었다. 동아리방에서 기말 리포트를 작성하던 중이었다. 학기 내내 밤낮을 가리지 않고 붐비고 자주 술판이 벌어지는 곳이기는 했지만, 시험 기간이 되면 약속이라도 한 것처럼 누구도 소리 높여 떠들지 않았다. 대여섯 명의 동아리 회원들이 커다란 강의용 테이블에 흩어져 앉아 각자 일을 하거나 책을 읽고 있었다. 자판기 커피를 연거푸 들이켜고 찬 공기를 아무리 쐬어도 잠이 달아나지 않았다. 나는 하던 것을 접어두고 헐고 찢어진 가죽소파에 머리를 대고 누웠다. 수직으로 뻗어오른 의자들의 가느다란 철제 다리 사이로 사람들의 피로한 다리가 이리저리 움직였다. 소파에서는 퀴퀴한 냄새가 났다. 이 소파가 말을 할 수 있으면 동아리를 거쳐간 사람 중에 얼굴 들고 다닐 수 있는 사람이 없을 거야. 누군가 그렇게 말한 적이 있었다. 가끔 동아리방 문이 안에서 걸어 잠겨 있는 때가 있다거나 방학중에 반쯤 벌거벗은 남녀가 목격된 일이 있다거나 누군가 노상방뇨를 했다거나 하는 이야기들과 함께. 그럼에도 그 긴 세월 동안 소파를 내다버리려는 사람은 없었다. 앉고, 눕고, 술을 마시고, 잠을 자고, 그리고 또 낭만에 대해 노래했다. 먼 훗날 소파가 입을 연다면 나에 대해 어떻게 술회할지 상상했던 것 같다. 언제 그에게서 전화가 걸려올지 모르는 휴대폰을 손에 쥔 채로.

깜빡 잠이 들었다는 사실을 깨달은 건, 여전한 피로감 속에서 눈을 뜬 후였다. 눈앞의 풍경은 소파에 누웠던 그때와 조금도 다르지 않았지만, 나를 둘러싼 환경이 내게 육박해오는 충격의 강도는 이전과 전혀 달랐다. 나는 이방의 존재가 된 듯했다. 모든 게 부자연스러웠다. 눈앞의 빈 의자가 받는 중력의 크기가 커진 것처럼 보였다. 의자는 으스러질 것 같은 압력을 버텨내며 떨고 있었다. 그것은 그냥 내던져진 사물이 아닌, 제 위력을 과시할 수 있는 생명력 넘치는 존재였다. 식은땀이 흘렀고 의지대로 몸을 가눌 수 없었다. 눈길이 닿은 자리의 모든 사물이 내게 적의를 드러내고 있었다. 가위에 눌린 사람이 손가락 끝을 움직여 깨어나려고 하는 것처럼, 나는 생각했다. 저것은 의자이다. 그러자 곧장 의식 속에서 다른 목소리가 튀어나왔다. 저것을 의자라고 부를 수 있을까. 분명 저것은 의자이다. 아니, 의자가 아닌 저것을 봐.

그는 수시로 물었다. 친구들에게 나를 만나고 있다고 이야기했니. 나는 아니라고 답했지만, 그가 믿지 않는다는 것을 알았다. 다른 사람들은 우리를 이해할 수 없어. 사람들은 나를 유명세를 이용해 어린 여자애를 가지고 노는 늙고 추한 남자 취급을 할 테고, 너에 대해서는 소설을 쓴답시고 작가나 따라다니는 애라고 함부로 생각할 거야. 그가 맞았다. 나를 처음 문학 동아리에 데려갔던 친구는 말했다. 네가 네 마음에 솔직해졌으면 좋겠어. 그 사람이 엉망이라는 걸 알면서도 그를 떠나지 못하는 네 마음이 뭔지. 그를 떠받들던 동료 작가 무리 중 하나는 물었다. 그에게 인정받고 싶은 거예요? 아니면 그의 친구들인 우리에게 인정받기를 바라는 거예요? 그가 처음이자 마지막으로 나를 그의 친구들에게 소개한 자리였다.

의자를 의자라고 생각하기 위해 얼마나 큰 자기 확신이 필요했는지 깨닫게 된 후로 나는 나 자신에 대해서 명징한 언어로 진술하지 못했다. 일기장에 그날 일어난 사건을 서술하기는커녕 허구의 이야기를 지어내는 것조차 할 수 없었다. 정신적이며 신체적인 통증의 실감을 제외하면 무엇도 믿을 수 없게 되어갔다. 그마저도 언어화하는 것은 불가능했다. 나는 그 어느 때보다 매 순간의 감정을 기록하고자 하는 열망을 느꼈지만, 의미를 알아볼 수 있는 단 하나의 문장도 온전히 완성시킬 수 없었다. 나는 가끔 그 시절에 내가 쓴 것들을 꺼내 보고는 했다. 거기에는 사탕 껍질처럼 화려하지만 아무것도 지시하지 않는 단어들이 나열되어 있다. 수치화할 수 없는 고통만이 확실했던 시절이었다. 그리고 나는 그때부터 고통이 사라지면 나 자신마저 사라질지 모른다는 공포에 시달리기 시작했다.

네 번호를 지웠는데, 네 목소리가 너무 듣고 싶다. 너무 죽고 싶어. 지금 네가 없으면 죽어버릴 것 같아. 당장 달려오지 않으면 영원히 헤어지겠다던 위협이 목숨을 끊을지도 모른다는 애원으로 변한 지 오래였다. 그녀는 그가 몇 주 전 또다시 일방적인 결별을 통보하고 내내 그녀의 연락을 받지 않았다는 사실을 되새기지 않았다. 한 사람의 목숨이 달린 일이었다. 시간과 장소를 막론하고, 자신에게 주어진 다른 책임을 모두 방기하고, 택시를 잡아타고 그에게 달려갔다. 그럴 때마다 눈물을 쏟았다. 나는 그녀를 향해 말했다. 그는 죽지 않을 거야. 이건 애원이 아니라 협박이고, 그는 너를 시험하고 있는 거야. 그가 너를 망가뜨릴 거야. 그녀가 택시 뒷좌석의 시트에 머리를 기대고 동이 트기 시작한 하늘을 바라볼 때, 나는 분홍빛 하늘에서 그녀가 내 비명의 사인을 발견할 수 있기를 바랐다. 그녀는 이제 그가 촉발하는 고통에 완전히 복종했다. 물론 그 고통을 사랑이라 믿지는 않았다. 그렇다고 사랑이 아니라고 믿은 것 또한 아니었다. 생생한 고통 외에 믿을 수 있는 것은 아무것도 남아 있지 않았다. 그녀는 그저 그 고통을 향해 끌려갈 뿐이었다.

현관문이 잠겨 있지 않았다. 집안에서 역한 냄새가 풍겨왔다. 거실 바닥에는 빈 술병과 아무렇게나 비벼 끈 담배꽁초가 널려 있었고, 마시다 만 술잔에서 쏟아진 술과 담뱃재로 뒤범벅인 바닥을 밟고 지나다닌 흔적이 역력했다. 그녀는 신발과 양말을 벗고 마루에 올라섰다. 침실로 들어서자 침대 위에 누워 있는 그의 곁에 상의를 벗은 낯선 남자가 술에 취해 잠들어 있었다. 그녀처럼 그가 죽을까봐 달려온 사람으로는 보이지 않았다. 그도 방금 전까지 자살을 결심했던 사람으로 보이지 않았다. 그들이 언제부터 술을 마셨는지, 얼마나 많은 술을 마셨는지 알 수 없었다. 그녀는 작은방으로 걸음을 옮겼다. 방은 그가 자주 읽지 않는 책과 옷가지로 가득했다. 책장 위에 지금껏 본 적 없는 작은 선물 상자 하나가 놓여 있었다. 그녀는 상자 안에 들어 있는 메모의 주인이 그가 험담 한 번 한 적 없는 그의 오랜 연인이라는 걸 알았다. 그애는 나밖에 몰라. 그애는 정말로 뛰어난 문학적 재능을 가졌어. 그애는 프랑스 여배우를 닮았어. 그녀는 상자를 제자리에 되돌려놓고 책과 옷으로 둘러싸인 먼지 가득한 방바닥에 쪼그리고 누웠다.

그녀가 어떤 생각을 하고 있는지 알았다. 그를 떠나야 한다. 그를 떠날 수 없다. 그를 사랑한다. 그가 내게 가한 고통을 그에게 돌려주고 싶다. 내 고통을 그에게 보여주고 싶다. 그는 나를 사랑한다. 사랑하지 않는다. 그는 변할 수 있다. 절대로 변하지 않는다. 여전히 사랑하고 있기 때문에 떠나지 않는 것이다. 그가 나를 진심으로 사랑한다는 걸 확인하게 되길 기다릴 뿐이다. 내가 버릴 것이다. 그러면 떠날 수 있을 것이다. 그는 나를 한 번도 진심으로 사랑한 적 없다. 그렇다면 지금 떠나야 할까. 그런데 이 고통의 정체는 대체 무엇일까. 이토록 선명한 감각. 혹시 이 고통도 나 자신을 속이기 위한 전략일 뿐인가.

　나는 문득 그녀가 이미 내 목소리를 듣고 있다는 걸 깨달았다. 과거 내 의식을 의심하고 부정하던 그 목소리가 어쩌면 먼 미래의 나, 지금의 나였는지도 모른다는 생각이 들었다. 그건 과거의 내가 현재의 나와는 다른 인간이지만, 그럼에도 내가 그녀를 객관적으로 관찰할 수 없음을 받아들여야 한다는 뜻이었다. 내가 나 자신의 다른 목소리를 듣고도 그 목소리가 가리키는 방향을 향해 가지 않았듯이, 그녀도 마찬가지일 것이었다. 모든 걸 겪어내기를 기다리는 수밖에는 없었다. 인기척이 들렸다. 그녀는 눈을 감았다. 곧 현관문이 열리고 닫히는 소리가 들려왔다. 낯선 남자가 집을 떠나는 소리였다. 얼마 지나지 않아 그가 작은방으로 들어와 그녀의 곁에 나란히 누웠다. 나는 그녀에게 그를 뿌리쳐야 한다고 더는 요구할 수 없었다. 대신에 그의 온기를 기억하라고 속삭였다. 그게 너를 살릴 것이라고. 지금의 고통도 언젠가는 끝날 것이라고. 그러자 내게도 그의 체온이 느껴졌다.

　나는 무기력하지 않았다. 꿈에서 벗어나기를 바라지도 않았다. 그녀는 점점 더 깊은 절망 속으로 빠져들었지만, 나는 그 미래에 내가 있다는 걸 알았다. 나는 그녀의 고통을 함께 느끼기 위해 애썼다. 내 목소리가 그녀에게 들리고 있다고 믿었다. 우리는 더이상 둘이 아니었다. 어차피 그와의 끝이 다가와 있기 때문인지도 몰랐다. 고통은 여전히 그녀를 지탱하고 있었지만, 고통의 크기는 그녀가 감당할 수 있는 임계를 넘어서고 있었다. 그녀는 이제 그 앞에서 칼을 뽑으러 달려가고, 그가 음악을 듣는 헤드폰 줄로 그의 목을 조르고, 그의 눈앞에서 담뱃불로 피부를 지지고, 가위로 그의 옷을 찢었다.

　그가 죽거나 내가 죽지 않는 한 이 관계는 끝나지 않을 것이다. 우리는 생각했다. 그날, 우리는 한 모금의 술도 마시지 않은 채 밤을 새워 울었다. 우리가 우리 자신에게 저지르고 있는 악행을 멈추는 방법은 그것이 유일했다. 우리는 식칼을 꺼내들고 욕실로 갔다. 고통을 끝내는 방법은 그것뿐이었다. 왼팔을 세면대에 걸쳐놓고 손목을 그었다. 갈지 않은 식칼은 무뎠다. 힘을 주자 피부가 얇게 썰려나갔고, 피가 맺히기 시작했다. 날카롭다기보다는 둔중한 통증이 지그시 밀려왔다. 칼을 쥔 손이 사납게 떨렸다. 우리는 그것을 놓치지 않으려 했지만, 우리의 정신은 우리 육체의 의지를 끝내 꺾지 못했다. 칼은 세면대 안으로 굴러떨어졌다. 도움이 필요한 것 같아. 도저히, 도저히 버틸 수가 없어. 죽을 수조차 없어.

우리는 처음으로 멀리 떨어져 있는 가족에게 전화를 걸었다. 그리고 몹시 깊고 긴 잠을 잤다.

나는 그렇게 두 번의 인생을 살았다. 그와 헤어진 뒤에도 계속해서 절반의 의식으로, 내 의지대로 할 수 없는 육체에 머물렀다. 꿈이 아니었다. 이후로도 그와 몇 차례의 만남과 이별을 겪었지만, 더는 그의 연락을 기다리지 않았다. 그가 부르면 그에게 갔고, 그가 떠나라고 말하면 그를 떠났다. 나는 그를 만나기 이전과 이후로 나뉘었다. 나는 수동적이고 회의적인 인간이 되어 있었다. 처음이자 마지막이었던 자살 시도 뒤에는 무엇보다 확실했던 고통조차 신뢰할 수 없었다. 내가 누군가를 진심으로 사랑할 수 있으리라는 기대는 완전히 잃어버렸다. 행복한 순간이 찾아와도 있는 그대로 받아들일 수 없었다. 나를 아프게 하는 불행의 원인들을 모두 진열하고, 아파하며, 그 아픔을 믿지 않았다. 그 누구의 격려와 설득도 통하지 않았다. 나조차 이해할 수 없는 고독을, 다른 누군가 이해할 수 있을 리 만무했다.

그와 마지막으로 만난 건 헤어지고 두 해가 지난 여름이었다. 시인이 되고자 했던 친구는 시인이 되었고, 그 친구에게서 그가 문학상을 받고 결혼을 했다는 소식을 전해들은 뒤였다. 그는 밤늦게 전화를 걸어왔고 이야기를 나눌 사람이 필요하다고 했다. 작은 일본식 술집에 앉아 있는 그의 행색은 초라했다. 그가 언제나 그리움 속에서 더 아름다웠다는 게 새삼스러웠다. 걷어붙인 소매 아래로 드러난 그의 팔은 채 아물지 않은 날카로운 상처로 가득했다. 그는 결혼이 자신을 바꿀 수 있을지도 모른다고 생각했던 게 착각이었다고 했다. 그리고 언젠가 내가 한 말을 잊을 수 없다고도 했다. 당신은 다시는 나 같은 여자를 만날 수 없을 거야. 내 얼굴을 떠올리며 죽게 될 거야. 나는 그가 내 말을 복기하는 이유를 단번에 알아차렸다. 내가 아직도 당신이 아니면 사랑할 수 없는 사람이라고 생각하지 마. 그의 말을 막아서며, 나는 내가 그와 조금도 다르지 않은 인간이 되어버렸는지도 모르겠다고 생각했다. 그는 내가 그와 헤어져 있는 사이에 다른 남자와 잠을 잤는지 물었고, 나는 그렇다고 답했고, 그는 좋았냐고 물었고, 나는 그렇다고 답했다. 그는 내가 일부러 자신에게 상처를 주고 있다고 화를 냈다. 그러다가도 모든 걸 정리하고 올 테니 받아준다면 무릎이라도 꿇겠다고 말했다. 나는 코웃음을 치고 자리를 박차고 나왔다. 처음부터 바라 마지않던 일이었다. 그가 내게 매달려야만 하는 때에 그를 버릴 수 있게 되는 것. 그러나 조금도 통쾌하지 않았다. 나의 완전한 패배였다.

이틀 뒤, 그에게서 다시 전화가 걸려왔다. 죽고 싶다고 했다. 집 앞에서 얼굴만이라도 볼 수 있게 해달라고 했다. 그가 정말로 죽어버린다면 그 죄책감을 감당할 수 있을까 하는 질문이 떠올랐다. 나의 침묵은 길지 않았다. 그냥 죽어. 그게 내가 그에게 베풀 수 있는 마지막 선의였다. 그제야 그를 이해할 수 있을 것 같았다. 자기 자신을 혐오하는 인간이 어떻게 타인의 삶을 훼손할 수밖에 없는 운명에 놓이는지를. 그때가 되어서야 정말로 알 수 있을 것 같았다.

나는 내가 과거로 돌아가는 시점에 당도하는 날을 손꼽아 기다리지 않았다. 그리고 실제로 내가 다시 나의 의지로 사물을 보고, 만질 수 있게 되었을 때에도 특별히 자유로워졌다고 느끼지 않았다. 그녀와 나는 이미 하나의 삶을 공유했고, 서로의 목소리를 주고받을 수 있었다. 내가 그녀에게 그랬듯이, 그녀 역시 내 의식의 절반이었다. 나는 쥐고 있던 휴대폰을 내려놓고 잠들어 있는 남편의 이마를 짚었다. 그에게 했던 모진 말들에 대해 사과하고 싶었다. 그를 믿지 않았기 때문이 아니라 그를 믿고 싶어하는 우리 자신을 믿을 수 없기 때문이었다. 우리는 우리가 얼마나 불행하고 위험한 인간인지를, 당신이 가진 사랑 따위로 회복시킬 수 없을 만큼 망가진 인간이라는 것을 당신 또한 알면서도 우리를 감당할 수 있을지 궁금했다. 네가 이 사람을 망가뜨렸을 수도 있을까. 그녀는 물었다. 나는 그가 우리처럼 약한 사람이 아니라고 답했지만, 그녀는 알고 있었을 것이다. 우리에게 필요한 것은 확신이 아니었다. 지금까지와는 다른, 어떤 결심이었다.

나는 침대를 벗어나 책상 앞으로 갔다. 무척 오랜만에 무언가 쓰지 않으면 안 될 것 같은 절박함이 나를 쓰게 만들었다. 과거의 한 시절로 돌아가 이미 산 인생을 다시 살게 된 한 여자의 이야기였다. 누구도 내게 일어난 일을 믿지 않을 것이므로, 누구도 이 이야기를 내 이야기라 생각하지 않으리라. 그렇게 생각하자 다시 쓸 수 있었다. 확신 대신 질문으로 쓸 수 있는 이야기가 있었고, 나는 그런 이야기를 쓰기 시작했다.

그 이후로 수없이 많은 소설을 썼다. 소설가가 되었다. 어쩌면 어디에선가 한 번쯤 그를 마주칠 수도 있었다. 그러나 다시는 만날 수 없었다. 그와 함께 만났던 그의 동료 작가들을 만나기는 했다. 그들은 과거의 나를 기억하지 못하거나 못하는 척했다. 간혹 그의 새로운 작품을 읽기도 했으니 그가 죽거나 다친 것은 아니었다. 그의 문학도 그가 받았던 찬사들로 말미암아 더욱 빠르게 희박해졌다. 그의 작품에 헌사를 바친 사람들도 이제는 다른 신선한 작가들의 작품을 찾아내 조명하는 데에 열을 올렸다. 과거에 그가 만든 것들은 변하지 않았지만, 그 시절은 머물지 않았다. 모든 것이 서서히 떠밀려 내려갔다. 가끔은 그의 불행한 삶에 대한 소문이 들려오기도 했지만, 나는 그 소문에 귀를 기울이지 않았다. 그는 그의 삶을 가십으로 삼는 이들이 짐작조차 할 수 없을 만큼 불행할 테니까.

그의 얼굴을 다시 본 것은 뜻밖에도 언론을 통해서였다. SNS를 통해 예술계에 만연한 온갖 성범죄가 고발되던 시기였다. 수많은 작가들 중에 그의 이름이 있었다. 그가 저지른 일들은 입에 담고 싶지 않을 만큼 저질스럽고 처참했다. 나는 그대로 앓아누웠다. 열이 끓고 몸이 부서질 듯 아파왔다. 그와 나의 과거를 아는 사람들로부터 연락이 왔지만, 그들과 그에 대해 이야기하고 싶지 않았다. 나는 주변과 연락을 두절한 채 홀로 그를 생각했다. 그와 헤어진 이후로 부러 꺼내보지 않았던 책과 듣지 않았던 음악, 가지 않았던 장소를 하나씩 소환해냈다. 헤어져 있을 때마다 그와의 관계를 대입해 읽었던 소설들도 읽어나갔다. 그에게 내가 그 책 속에서 우리를 보고 있노라 말한 적은 없었다. 딱 한 번, 아니 에르노에 대해 어떻게 생각하느냐고 물은 게 전부였다. 그는 한때 그녀를 대단하다고 생각했지만, 지금은 조금 얄팍하다는 생각이 든다고 답했다. 그의 말에 동의하지 않았지만, 솔직하게 털어놓을 수는 없었다. 그래, 당신 말이 맞아. 그녀의 책을 책장에서 꺼낸 것은 그때 이후 처음이었다. 그녀는 한 기혼 남성과 불륜 관계에 있던 시절을 쓴 자전적 소설 말미에 이런 말을 덧붙였다. "그 사람은 이것을 읽지 않을 것이며, 또 그 사람이 읽으라고 이 글을 쓴 것도 아니다. 이 글은 그 사람이 내게 준 어떤 것을 드러내 보인 것일 뿐이다." 마지막 페이지를 덮자마자, 나는 오래전에 쓴 내 두 번의 삶에 관한 이야기를 찾아냈다. 그리고 문학잡지의 편집자에게 파일을 첨부해 메일을 썼다. 지면이 남아 있다면 게재를 부탁드립니다.

내 사랑이 진심이었는지 더는 저울질할 필요가 없었다. 그가 나를 한순간이라도 진심으로 사랑했었는지는 더욱 궁금하지 않았다. 내가 사랑한 것이 그였는지 그가 내게 준 고통이었는지도 되묻지 않았고, 내 사랑이 자기기만의 결과였는지 광기였는지도 중요하지 않았다. 나는 아무것도 의심하지 않았다. 그것은 사랑이었다. 다만 그 사랑을 인정하자 내가 그에게 했던 말을 거두고 싶었다. 나는 이제 그가 생이 끝나는 순간에 절대로 내 얼굴을 떠올리지 않기를 바랐다. 출판사의 업무는 몇 시간 뒤에나 시작될 것이지만, 창밖은 이미 여름의 빛으로 밝아오고 있었다. 나는 입고 있던 잠옷 바람 그대로 집을 나섰다. 아직 일상의 활기가 회복되지 않은 좁은 골목은 비어 있었다. 나는 그 길을 멍하니 걸었다. 그러는 동안에는, 그녀도 내게 아무런 말을 걸어오지 않았다.

* 본문에 인용한 아니 에르노의 문장은 『단순한 열정』(최정수 옮김, 문학동네, 2001)에서 가져왔다.

피아노

룸

고모가 위독하다는 소식을 듣고 이곳으로 돌아왔다. 아버지는 이제는 정말로 시간이 얼마 남지 않았다고 나를 종용했다. 비행기에서 내리자마자 곧장 병원으로 향했지만 중환자실의 면회 시간은 지난 뒤였다. 나는 가져온 짐만을 아버지의 차에 실어두고 부탁해둔 열쇠를 받아 고모의 집으로 왔다.

　알츠하이머 치매에 걸린 고모가 시설에 들어간 뒤에 나의 부모도 이 집을 떠났고, 집은 이후로 오랫동안 관리되지 않은 채 비어 있었다. 나 역시 내 십대 시절의 기억 대부분을 차지하고 있는 이 집을 특별히 그리워하지는 않았는데, 그건 아마도 이 집이 줄곧 내가 원하기만 하면 언제든 출입할 수 있는 상태로 유지되어왔기 때문이리라. 그러나 고모의 삶이 끝에 다가간다는 것은 곧 이 집과 나의 관계에도 마침표가 찍힐 날이 다가온다는 것을 의미했다. 아버지는 슬슬 집의 처분을 생각하는 모양이었다. 그러자 이 방을 생각하지 않을 수 없었다. 나는 마지막으로 고모부의 그랜드피아노를 보고 싶었다.

오랫동안 닫혀 있던 방문을 열자 쾟내와 곰팡이 냄새가 끼쳐온다. 결코 크지 않은 방의 중앙에 덮개를 씌운 익숙한 그랜드피아노 한 대가 놓여 있다. 덮개를 걷는다. 뿌연 먼지가 공기 중에 흩어진다. 겉으로 보기엔 예전과 똑같아 보인다. 이 방에 처음 들어왔을 때에도 피아노는 이미 낡고 오래된 물건이었다. 뚜껑을 열면 보이는 가지런한 흑백의 건반들도 여전하다. 묘한 긴장이 어깨를 타고 흐른다. 눈을 감고, 건반을 누른다. 그러나 해머가 튀어오르는 소리만이 공허하게 울릴 뿐 기대했던 소리는 들려오지 않는다. 나는 다시 건반을 누르고, 연이어 또다른 건반을 누른다. 현이 느슨해진 건반들은 정확한 음정을 내지 않는다. 어떤 건반은 깊게 눌린 채 제자리로 돌아오지 않는다. 그것들이 내게 마치 고모가 잃어버린 기억들처럼 보이기 시작한다.

우리 가족이 고모의 집에서 함께 지내기 시작한 건 내가 아홉 살이 되던 해 여름이었다. 여름방학이 시작된 직후 내 부모는 고모네 집으로 떠날 채비를 했다. 반년 전 겨울, 고모부가 살인사건의 피해자가 되었기 때문이었다.

그 이전까지 고모나 고모부에 대한 기억은 거의 없는 것이나 다름없다. 공연 기획자의 꿈을 꾸며 공연장에서 일을 하던 고모는 그곳에서 피아니스트인 고모부를 만났다고 했다. 고모는 내가 세상에 태어날 무렵 이미 결혼을 해 러시아 유학중인 고모부와 함께 살았고, 세 살쯤 되었을 때에는 독일에서 체류하며 고모부의 연주 여행에 동행하고 있었다. 그러니까 고모 내외를 만날 기회가 아주 없었던 것은 아니겠지만 당시의 일들을 기억하기에 나는 너무 어린 나이였다. 물론 고모부의 연주를 보러 갔을 때의 기억들, 이를테면 객석 입장이 불가능해 대기실에서 공연이 끝나기를 기다렸다거나 그때마다 고모가 나를 위한 선물을 챙겨주었다거나 하는 일 정도는 남아 있지만, 그 또한 썩 구체적인 것은 아니다. 고모부에 관한 기억은 더욱 희미한데, 내가 고모부를 만나는 건 대부분 공연이 끝난 직후였기 때문이다. 고모부는 매번 녹초가 되어 있었다. 오히려 내 기억 속에 선명히 남아 있는 것은 고모나 고모부가 아니라 두 사람이 외국에서 가져온 고급 초콜릿이나 원목 블록, 외국어로 된 그림책, 얼굴과 팔다리가 자기로 된 파란 눈의 인형 같은 것들이다.

아무튼 내게 고모는 매번 낯선 사람이었지만 고모와의 만남은 특별한 선물을 받게 된다는 것을 의미했고, 그래서 나는 그때 고모부의 일에 대해서는 조금도 알지 못한 채로 그저 여름방학을 고모네 집에서 보내게 된 데에 조금 들떠 있을 뿐이었다.

아버지는 마지막까지 그 심각한 상황을 어떻게 설명해야 할지 고심했던 것 같다. 아버지는 고모집으로 떠나는 날 아침에야 나를 거실에 불러 앉혔다. 그러나 아버지가 고민을 해야 했던 건 비단 내가 어린아이이기 때문만은 아니었다. 당시에만 해도 고모부는 실종 상태였다. 조금 더 구체적으로 말하자면, 사건의 정황상 누구도 고모부가 살아 오기를 기대할 수 없었지만 시신이 발견된 것은 아니었다. 결국 아버지는 내게 상황을 설명하는 대신 내가 고모집에서 지켜야 할 것 몇 가지를 넌지시 당부했다. 우리는 몸이 아픈 고모를 보살피러 가는 것이며, 고모가 많이 쇠약해져 있기 때문에 집안을 소란스럽게 만들거나 고모를 귀찮게 해서는 안 된다는 정도의 이야기였다. 그러면서 아버지는 내가 더는 어린아이가 아니라는 사실을 강조했다. 나는 떼를 써서 얻을 것이 있을 때를 제외하면 언제나 자신이 의젓한 사람이라고 생각하는 대개의 어린아이들과 다르지 않았고, 큰 갈등 없이 아버지가 원하는 것들을 약속할 수 있었다.

부모의 침묵에서 심상치 않은 분위기를 느끼며 고모의 집에 도착했을 때, 나는 아버지가 그토록 엄하게 단속한 이유를 의아해할 수밖에 없었다. 고모는 놀랍도록 활기차고 건강한 모습으로 우리를 맞이했다. 빛이 잘 드는 단층의 단독주택은 온통 여름의 빛으로 가득차 있었고, 전축에서는 경쾌한 가곡이 흘러나왔으며, 거실 테이블에는 나를 위한 간식이 준비되어 있었다. 고모는 당황한 기색이 역력한 부모를 현관에 세워두고 제법 몸무게가 늘어난 나를 번쩍 안아 들었다. 책장 가득한 LP와 거대한 전축, 읽을 수 없는 언어가 적힌 책등, 벽에 걸린 추상적인 그림들, 세계 이곳저곳을 다니며 모아온 이국적인 소품까지, 그때는 그 모든 것이 새로웠다. 나는 두 눈을 휘둥그렇게 뜨고 고모가 안내하는 집안 곳곳을 구경하는 데에 넋이 나가 있었다.

그리고 고모가 다섯 개의 방 중 마지막으로 그 방의 문을 열었다. 사방과 천장에 모두 방음 처리가 된 어두운 방에 그랜드피아노 한 대가 놓여 있었다. 그것은 콘서트홀에서 쓰는 것보다는 작았지만, 당시 내게는 무대 위의 고모부가 치던 것과 별반 다르지 않게 보였다. 그 아름다운 곡선을 자랑하는 거대한 물건은 나의 마음을 단번에 빼앗았다. 당장에 그것을 두드려보고 싶은 마음이 솟구쳤다. 하지만 나는 피아노의 주인이 따로 있다는 사실을 알고 있었다.

고모부는요?

일순간 모두가 입을 다물었고, 때마침 웅장한 클라이맥스에 다다랐던 가곡 또한 멈추었다. 어머니는 소스라치게 놀라며 두 손으로 자신의 입을 틀어막았고, 아버지는 즉시 달려와 나를 고모 품에서 끌어냈다. 그러나 고모는 당황하지 않았다.

고모부는 조금 긴 연주 여행을 떠났어.

고모는 상냥하게 답하고는 피아노에서 눈을 떼지 못하는 나를 피아노 의자 위에 데려다 앉혀놓았다. 고모와의 여름은 그렇게 시작되었다.

고모의 상태가 예상보다 괜찮아 보였기 때문에 아버지는 무리해서 냈던 휴가도 이틀 만에 반납하고 다시 출근을 했다. 어머니와 고모는 자주 만나지 못하는 사이였던 것에 비해 무척 돈독하게 지냈는데, 그건 어머니가 고모를 보살펴야 하리라는 예상을 깨고 도리어 고모가 평소 어머니가 해야 했던 일들까지 도맡았기 때문이었다. 고모는 식사 준비나 청소는 물론이거니와 나의 방학 숙제를 돕거나 나와 놀아주는 일까지 팔을 걷어붙이고 나섰다. 어쨌거나 한동안 고모는 아무런 문제도 없이 일상을 회복하기 위해 애를 쓰는 것처럼 보였고, 실제로도 그렇게 되어가고 있었기 때문에 우리가 고모 앞에서 고모부의 이야기를 꺼내는 일은 없었다. 그러나 고모에게 일어난 일을 생각한다면, 고모가 지나치게 멀쩡해 보인다는 것이야말로 고모가 멀쩡하지 않다는 증거였다.

*

그날 새벽, 해변을 바라보고 있는 몇 개의 방갈로 중 하나의 현관 앞 타일이 어둡게 젖어 있는 것을 발견한 사람은 밤샘 근무를 마치고 퇴근중이던 리셉션 직원이었다. 그는 비나 눈도 내리지 않았는데 밝은 색깔의 타일 위에 새까만 물이 고여 있는 것을 이상하게 여겼다. 그는 청소를 지시하기 위해 로비로 돌아가려다 말고 무엇에 홀리기라도 한 것처럼 현관으로 다가갔다. 그리고 이전에 그와 비슷 경험이 단 한 번도 없음에도 불구하고 현관 앞을 물들인 것이 사람의 피라는 걸 직감했다. 혼자서는 도저히 문을 두드릴 엄두가 나지 않은 것이 당연했다. 그는 그대로 뒷걸음질을 쳤고, 곧바로 경찰에 신고를 했다. 방금 출근을 해 신고 과정을 지켜본 다른 직원이 객실로 전화를 걸었지만 아무도 전화를 받지 않았다. 직원들이 마스터키를 가지고 방갈로 앞으로 모여드는 사이에 경찰이 도착했다. 몇 차례 문을 두드려 답이 없는 것을 확인한 뒤에 방안으로 진입한 경찰들은 입구에 엎드려 있는 여자를 발견했다. 처음 핏자국을 발견한 직원은 그 방에 부부가 투숙중이라는 사실을 이미 확인한 이후였기 때문에, 남편이 아내를 살해하고 도망쳤다고 순간적으로 생각했다. 하지만 경찰이 상태를 확인하기 위해 몸을 돌려 눕힌 순간, 눈을 뜬 여자가 비명을 지르기 시작했다.

여자는 쉽게 진정하지 못했고, 결국 구급차에 실려가 진정제를 투여받고 병실에서 몇 시간을 자고 일어난 뒤에야 정신이 돌아왔다. 경찰은 여자에게 곧장 남편의 행방에 대해 물었고, 여자는 그 질문을 듣자마자 무언가 끔찍한 일이 벌어졌으리라는 걸 예감했다. 그러나 더욱 끔찍한 사실은 따로 있었다. 간밤에 일어난 일의 가장 결정적인 장면이 그녀의 머릿속에 존재하지 않았던 것이다.

연말연시를 보내려 고국에 돌아왔던 두 사람은 뒤늦게 결혼기

넘일을 축하하기 위해 해변에 방갈로가 있는 리조트를 예약했다. 둘은 해안도로를 따라 늦은 오후까지 드라이브를 즐겼고, 리조트에 돌아와 저녁을 먹었다. 그리고 방안에서 밤이 깊도록 피아니스트인 남편의 새해 연주 일정에 관한 이야기를 나누었다. 여자의 남편은 오랜만에 꽤 많은 양의 맥주를 마신 상태였다. 그는 예정되어 있는 상당히 난해한 현대곡의 초연 무대에 대한 부담감을 토로하느라 밤이 깊어가는 줄도 몰랐다.

누군가 문을 두드린 건 새벽 세시가 넘은 시각이었다. 자리에서 일어난 남편은 그대로 현관을 향해 걸었다. 여자는 그 순간 시간을 확인했다. 너무 깊은 밤이었다. 이상한 기분에 휩싸인 여자는 그가 방을 가로질러 걸어가는 사이에 큰 소리로 누구냐고 물었다. 문을 두드리는 소리가 멈췄다. 바람이 휘몰아치는 소리가 들렸다. 다시 문을 두드리는 소리가 들렸다. 누구시냐고요. 문을 두드리는 소리는 이번엔 멈추지 않고 점점 더 크고 빠르게 들려왔다. 그가 손잡이를 향해 손을 뻗었다. 그녀는 황급히 일어나 문을 잡아당기려는 그를 향해 달려가며 열지 말라고 소리쳤다. 그러나 그녀가 늦었다. 문이 열렸고, 파도 소리와 함께 차가운 겨울바람이 방안으로 밀려들어왔다. 그러나 거기까지였다. 아무리 되짚어보아도 그다음 장면은 물리적으로 도려낸 것처럼 떠오르지 않았다.

여자는 가장 결정적인 순간의 목격자로 추정되었지만, 바로 그 순간을 전혀 기억하지 못했다. 사건 초기 주요 용의자이자 결정적

인 목격자였던 그녀는 머지않아 그 사건의 유일한 목격자가 되었
다. 사건의 순간을 완전히 망각한 남자의 아내가 바로 나의 고모
였다.

고모가 충격을 받은 것은 사실이지만, 그 비극적인 사건을 잘
견뎌내고 있다고 생각한 데에도 나름의 이유가 있었다. 우리가 고
모의 집에 머문 여름은 사건이 일어난 지 반년이 지났을 무렵이었
다. 이미 충분한 조사가 이루어진 시점이었다. 고모는 경찰의 공
식 요청으로 최면 수사까지 받았지만 끝내 당시 상황을 기억해내
지는 못했다. 정신과 치료도 기억을 되살리는 데에는 큰 효과가
없었다. 그런 고모가 할 수 있는 일이라고는 고모부의 생사가 확
인되기를 기다리며 생활을 회복하는 것 외에 달리 없어 보였다.
그러나 고모가 어쩔 수 없는 상황을 순순히 받아들이리라는 것은
내 부모의 소망에 불과했다. 우리가 그 집에 머문 지 얼마 만의 일
인지는 모르겠다. 그렇게 오래는 아니었을 것이다. 그 남자가 고
모를 찾아왔다.

나는 얼마든지 피아노를 쳐도 괜찮다는 허락을 받은 후 틈만 나
면 피아노 앞에 앉아 배운 적도 없는 피아노를 두드려댔다. 고모
는 피아노를 능숙하게 다루지는 못했지만, 내게 건반에 손을 올려
놓는 자세나 계이름 따위를 알려주었다. 고모부가 어릴 적부터 쳐
왔다는 그 피아노는 고가가 아니었다. 그러니 고모부가 평소 연주

하던 악기들과 견준다면 형편없는 것이었지만, 오직 피아노 한 대만이 놓여 있는 작은 방 안에 울려퍼지는 음색은 이전에 들어보았던 피아노들의 그것과는 완전히 다르게 들렸다. 소리는 건반을 누르는 동시에 방안을 가득 채웠고, 공기의 밀도가 순식간에 높아지면 나는 숨을 멈추고 소리에 귀를 기울였다. 선명했다가 흐릿해지며 뒤섞이는 배음들, 그 모든 소리가 사라져 적막에 휩싸이는 순간이 나를 완전히 사로잡았다. 나는 음악을 연주하고 싶었던 게 아니라 방안에 울렸다가 사라지는 소리들에 매료되었던 것이다.

어머니가 장을 보러 나간 그날 오후에도 나는 피아노 앞에 앉아 있었다. 고모가 가르쳐준 건반을 치는 법 따위는 깡그리 무시한 채 아무렇게나 건반을 두드리고 있을 때 등뒤의 방문이 열렸다. 문밖에는 평소와 달리 옷을 차려입은 고모가 서 있었고, 고모의 뒤로 낯선 남자가 방 안쪽을 들여다보고 있었다. 고모는 거실 쪽을 가리키며 간식이 준비되어 있다고, 고모는 잠시 안방에서 손님과 이야기를 나눌 거라고 했다. 남자가 나를 향해 손을 흔들었다.

누구세요?

나는 목을 길게 빼고 처음 보는 남자를 경계하며 물었다. 고모가 뒤를 돌아보았다. 남자는 안심하라는 듯 고모를 향해 미소를 지어 보이고는 익살스러운 목소리로 말했다.

양파를 사과로 바꾸는 사람.

그는 고모가 숱하게 만난 최면사들 중 내가 본 첫번째 최면사였다.

경찰의 요청으로 진행된 최면 수사는 총 세 차례에 걸쳐 이루어졌고, 최면은 고모가 기억해내리라고는 상상도 못했던 장면들을 고모에게 보여주었다. 고모는 최면 속에서 그날 유심히 들여다보지 않았던 사람과 사물들을 확실하게 기억해냈다. 그러나 그것이 고모의 삭제된 기억마저 되돌려주지는 않았다. 모두 실패였다. 그런데 실패를 거듭하는 최면을 고모는 포기할 수 없었던 것이다.

사실을 알게 된 아버지는 기함했다. 고모가 그 장면을 기억하지 못하는 데에는 그럴 만한 이유가 있을 것이 분명했다. 그리고 그것이 매우 충격적인 장면이리라 예상하기도 어렵지 않았다. 결국 고모의 사라진 기억은 그날 밤 고모부에게 일어난 일이 얼마나 참혹했는가를 설명하는 근거이기도 했던 것이다. 고모부의 시신이 발견되기 전이었지만 방갈로 현관 앞에 말라붙은 혈액의 양을 생각하면 고모부가 살아 있으리라 기대하기는 어려웠다. 그러니 범인을 찾아내는 것이 아무리 중요하다 한들, 아버지는 고모가 살아 돌아오지 못할 고모부를 위해 깊은 무의식 속에 가둬버린 기억을 끌어올리지 않기를 바랐다. 아버지는 차마 고모에게 그렇게까지는 말하지 못하고, 다만 최면이 고모의 건강을 해치리라고 조언했다.

오빠, 이걸 기억해낼 수 있는 사람은 오직 나밖에 없어. 그 사람이 돌아와도 이 기억을 되찾을 수 있는 건 오직 나밖에 없을 거라고.

고모는 완강했고 멈추지 않았다. 그리고 꽤 오랜 세월 동안 수많은 최면사를 만났다. 고모부의 시신이 발견된 뒤에도 최면은 계속됐다. 고모가 그들을 찾아갈 필요도 없이 그들이 고모의 집을 찾아왔다. 유명 피아니스트에게 일어난 끔찍한 사건에 세간의 이목이 집중되는 것은 이상한 일이 아니었고, 그들은 고모를 통해 스스로의 능력을 증명이라도 하려는 듯 경쟁적으로 최면을 시도했다. 물론 때로는 최면사가 먼저 고모를 설득하려는 경우도 있었다. 그는 최면을 중단하도록 권고했다. 반대로 최면의 부작용은 영화 속에나 등장할 뿐이라고 말하는 사람도 있었다. 거의 돌팔이나 다름없는 작자들도 수없이 많았다. 그러나 중요한 것은 그들 중 누구도 고모의 기억을 되돌려놓을 수 없었다는 사실이다.

*

　중환자실의 침상 위에 누워 있는 고모의 모습은 낯설기만 하다. 코에는 산소 튜브가, 배에는 투석을 위한 튜브가 꽂혀 있고, 오른팔에 꽂혀 있는 링거 바늘을 따라가면 기능을 알 수 없는 주머니들이 한가득 걸려 있다. 고모는 마치 의료 기기의 일부가 된 것처럼 보인다. 아버지는 필요한 물품을 채워넣기 위해 병원 매점에 갔고, 어머니는 중환자실 앞까지 따라왔을 뿐 고모를 볼 엄두를 내지 못했다. 나는 혼잡한 중환자실 한가운데에서 어색하게 고모의 손을 붙잡고 있기가 내내 신경쓰인다. 벽에 걸린 시계는 남아 있는 면회 시간이 삼 분뿐이라는 사실을 알려준다. 삼십 분의 면회 시간은 생각보다 빠르게 흘러간다. 면회 시간이 끝나가는데 고모는 끝내 눈을 뜨지 않는다. 어차피 깨어난다 해도 나를 알아보지는 못할 것이다. 고모는 당뇨와 동맥경화, 만성 신부전증까지 온갖 합병증으로 생사의 기로에 내몰리기 한참 전부터 나를 알아보지 못했다. 그리고 지금은 자신이 잃어버린 기억을 찾기 위해 보낸 세월까지 잊어버렸다. 나는 고모가 잊어버린 시절의 고모를 생각한다.

고모의 집에서 보낸 여름방학은 퍽 즐거운 기억으로 남았다. 나는 집으로 돌아오자마자 피아노 학원에 다니겠다고 졸랐지만, 한 달을 다닌 뒤에 미련 없이 그만두었다. 피아노 학원에는 내가 바라던 그랜드피아노도 없었거니와 여기저기에서 들려오는 엉망진창의 소음들은 나의 피아노 소리를 귀기울여 들을 수조차 없게 만들었다. 놓을 자리도 마땅치 않은 집에 피아노를 놓아달라고 떼를 쓰기 시작하던 무렵, 우리는 다시 짐을 싸야 했다. 고모부의 시신이 발견되었다.

고모부의 시신은 리조트에서 차로 이십여 분 떨어진 습지의 매립 현장에서 손과 발이 잘려나간 끔찍한 상태로 발견되었다. 세상은 삽시간에 떠들썩해졌다. 고모부가 사라진 당시와는 비교도

할 수 없을 정도였다. 온갖 뉴스의 머리에 고모부의 사건이 등장했다. 국제무대에서 주목을 받아온 피아니스트가 손이 사라진 시신으로 돌아왔다는 뉴스는 엄청난 화제를 몰고 왔다. 사람들은 언제나 그런 종류의 이야기에 매혹당할 준비가 되어 있었다. 그 손은 자취를 감춰버림으로써 그것이 사람들의 눈앞에 존재했던 때보다 훨씬 가치 있는 것이 되었다. 손과 함께 사라진 두 발이야 아무래도 상관이 없었다. 어떤 사람들은 마치 고모부의 손을 빼앗아 소유할 수 없다면 세상에서 없애버려야 할 진귀한 보물이라도 되는 양 묘사했다. 고모에게 관심이 쏠리는 것도 이상한 일이 아니었다. 취재진이 집으로 찾아오기 시작했고, 고모의 집에서 보았던 양파를 사과로 만든다는 남자도 인터뷰에 등장했다. 아버지는 고모를 혼자 두어서는 안 된다고 생각했고, 이미 여름내 고모와 좋은 관계를 유지해온 어머니도 아버지의 의견에 반대하지 않았다.

처음부터 우리 가족이 고모의 집에 들어가기로 생각했던 것은 아니었다. 처음엔 이웃 주민들의 시선이나 취재진을 피해 고모를 우리집에 머물게 할 계획이었다. 그러나 장례식이 끝나고 나서는 우리집도 썩 안전한 장소가 아니었다. 게다가 방안에 틀어박힌 고모는 아무리 애원을 하고 다그쳐봐도 밖으로 나올 기미를 보이지 않았다. 아버지가 망설이는 사이에 슬픔이 고모를 완전히 잠식한 듯했다. 아버지는 가족과 대화나 식사마저 거부한 고모를 세간의 관심으로부터 보호하기에는 고모의 집이 훨씬 나은 환경이라는 결론을 내렸다. 당분간이 아니었다. 완전한 이주였다.

내가 새로운 학교에 적응하지 못한 게 달리 놀라운 일은 아니다. 그것은 그저 부촌의 낯선 분위기 때문은 아니었다. 내가 살해당한 유명 피아니스트의 조카라는 사실이 교내와 학부모들에게 알려지는 데에는 일주일이 채 걸리지 않았다. 그리고 내가 그 사건과 아무런 직접적인 관련이라고는 없는 아이였음에도 불구하고 몇몇 학부모는 아이들에게 나와 가까이하지 말라며 주의를 주었다. 그즈음엔 나도 고모부에게 일어난 사건을 모를 수 없었다. 나는 내게 못된 말을 일삼는 아이들이나 친절하게 대하는 사람들이 별반 다르지 않다고 느꼈다. 그들이 나를 어떻게 대하든 그 기저에는 내가 불행한 사건에 연루된 아이라는 생각이 깔려 있다는 걸 결코 모르지 않았기 때문이다. 아버지가 밖에서 고모의 이야기를 함부로 하지 말라고 단단히 주의를 주었으므로, 나는 따돌림을 받는 것만큼이나 친구의 어머니가 다정하게 고모의 안부를 묻는 것을 바라지 않았다.

나는 친구들이 운동장에서 공을 차거나 학원을 가고 생일 파티를 여는 동안에 집에서 시간을 보내는 것을 더 좋아하게 됐다. 그렇게 부쩍 고모와 많은 시간을 보냈다. 내 부모는 모든 것을 조심스러워했지만, 나는 그러지 않았다. 고모는 슬픔에 빠져 있었고, 슬픔에 빠진 사람을 혼자 두어서는 안 된다고 생각했다. 내가 어리다는 것은 고모의 경계심을 허무는 무기이기도 했다. 고모는 좋고 싫음의 의사 표현을 제외하고는 거의 말을 하지 않았지만 내가 고모의 방에서 놀거나 떠드는 것을 딱히 거부하지도 않았다. 나는 고모에게 책을 읽어주었고 고모는 내가 침대 위에 엎드려 숙제를 하거나 그림을 그리는 동안에 식사를 했다. 내가 고모의 상태를 관찰할 수 있는 거의 유일한 사람이었기 때문에, 아버지와 어머니도 내가 고모의 방에서 시간을 보내는 데 안심하는 듯했다. 고모는 서서히 건강을 회복했다.

그때 내게 피아노를 치는 것이 허락되었더라면 고모와 그토록 많은 시간을 함께 보내기란 불가능했을지도 모르겠다. 고모의 집에 다시 왔을 때에 피아노를 치는 일은 엄격하게 금지되었다. 방이 훌륭한 방음 상태를 자랑하고 있었음에도 불구하고 아버지는 피아노에 자물쇠를 달 수 있는 덮개를 씌웠다. 고모에게 피아노를 쳐도 좋은지 묻는 일도 해서는 안 되었다. 고모를 위한다고는 했지만, 실제로는 아버지 자신을 위한 것이었다. 고모부의 죽음으로 인해 고통받는 것은 비단 고모만은 아니었다.

나는 피아노를 치거나 망가뜨리지 않는 것을 조건으로 그 방에서 놀아도 좋다는 허락을 어렵게 받아냈고 고모의 방에 머물지 않을 때에는 그곳에서 시간을 보냈다. 나는 피아노 위에 커다란 담요 두 장을 덮어 텐트 형태로 만든 뒤에 잡다한 물건들을 그곳으로 옮겼다. 그리고 작은 종이상자 하나에 고모의 방에서 그린 그림이나 반짝이는 구슬, 마당에서 주워온 돌맹이와 낙엽 같은 것들을 모았다. 언젠가 고모가 방에서 나올 수 있을 때를 대비한 선물이었다. 내심 고모가 다시 피아노를 칠 수 있도록 허락해주기를 바라기도 했을 것이다.

나는 아버지와의 약속을 대부분 지켰지만, 피아노 아지트에 대해 고모에게 말하지 말라는 약속만큼은 지킬 수 없었다. 딱 한 번만 이야기를 한다는 결심이 무색하게 곧 내 아지트에 늘어나고 있는 물건들을 설명하는 것이 일과가 되었다. 내 말을 듣는 고모의 표정은 딱히 괴로워 보이지 않았고, 나는 고모가 그 공간을 좋아하리라고 확신했다.

고모가 방을 벗어난 건 겨울이 끝나갈 즈음이었다. 하교를 하고 돌아온 나는 거실에 앉아 있는 고모를 보고는 환호성을 질렀다. 거실 테이블 위에 평소에 보지 못한 꽃이 꽂힌 화병이 놓여 있었다. 방밖으로 나온 고모를 보고 어머니가 당장에 꽃집으로 달려가 사다놓은 것이라고 했다. 나는 어서 고모에게 내 아지트를 보여주어야겠다고 생각했다. 어머니는 아버지의 허락을 받는 게 어떻겠냐고 물었지만, 마음이 급했다. 아버지라면 절대로 허락하지 않으리라는 걸 알았다. 나는 이미 고모가 내 아지트에 대해 알고 있을 뿐만 아니라 고모는 내가 준비한 선물을 받을 자격이 있다고 목소리를 높였다. 어머니는 결국 고모가 좋다면 함께 들어가도 된다고 허락했다. 나는 고모의 손을 붙잡았고, 고모는 힘없는 걸음으로 나를 따라 방으로 갔다.

창문도 없는 방은 방문을 닫으면 완전히 어두워졌다. 나는 손전등을 켜고 고모보다 앞서 비밀의 공간으로 기어들어갔다. 고모는 머뭇거리지 않고 허리를 숙였다. 몸집이 작은 편이기는 했지만 아직 몸 상태가 회복되지 않은 고모가 피아노 아래로 들어오는 데에는 꽤 시간이 걸렸던 것 같다. 우리는 피아노 아래 웅크리고 앉았고, 나는 고모를 위해 준비해두었던 작은 상자를 꺼내 보였다. 일순간 고모의 표정이 환해졌다.

고마워.

나는 그대로 고모를 끌어안았다.

괜찮아.

몇 달 동안 응, 혹은 그래, 괜찮아, 같은 말만 반복한 고모였다. 고모가 내 머리를 쓰다듬었다.

고모가 슬픔을 잘 극복했으면 좋겠어요.

그건 내가 오랫동안 준비한 말이었다.

슬픈 게 아니야. 두려운 거지.

내 어깨를 감싸쥐는 고모의 손이 어쩐지 날카롭고도 단단하게 느껴졌다. 그리고 그건 지금까지 고모의 품에서 느껴온 것과는 조금 다른 기분이었다. 나는 어색하게 몸을 비틀며 고모의 품에서 빠져나왔다. 고모는 팔을 베고 옆으로 누웠다. 고모에게 무엇이 고모를 무섭게 만드느냐고 물었던 것 같다. 고모는 잠시 생각에 잠긴 듯했다. 고모가 천장을 향해 돌아누웠고, 나는 손전등을 가슴에 없은 채 고모를 따라 누웠다. 손전등 빛이 피아노의 밑면을 환하게 밝혔다. 나는 손전등 앞으로 손을 뻗어 손그림자를 만들었다.

내게 너 같은 아이가 있다면 지금이 덜 무서울까.

무심결에 고모를 돌아보았을 때 고모는 여전히 내가 만든 그림자를 바라보고 있었다. 나는 손가락을 말아 새로운 모양을 만들어보았다.

아니지, 그건 아닐 거야.

귓가에 고모의 웃음소리가 들려왔다. 하지만 이번에는 돌아볼 수 없었다. 정확히 설명할 수는 없지만, 기묘한 웃음소리였다. 그 웃음 뒤에 우리가 어떻게 방을 빠져나왔는지는 기억나지 않는다. 다만 그날 이후 내가 피아노 방에 발을 들여놓기를 꺼려했다는 것과 고모를 조금씩 두려워하게 되었다는 것은 기억한다. 고모는 이미 내가 그전에 알던 고모와는 다른 사람이 되어 있었다.

*

미국 유학을 준비하며 캠퍼스 투어를 갔던 날 만난 일본인 교수가 내게 왜 건축 음향을 공부하기로 마음먹었는지 물었다. 나는 그랜드피아노가 놓여 있던 방의 기억에 대해 말했다. 피아노가 일순간 공기를 빨아들였다가 폭발하는 것 같은 경이로운 소리를 처음 들은 것이 그 방이었고, 얼마 전 그 방의 기억이 돌아왔다고. 그날 그가 나를 보고 껄껄 웃으며 했던 말을 잊을 수 없다. 당신이 묘사하는 그런 지옥 같은 음향이 필요한 건물은 존재하지 않을 텐데요.

문득 그날의 대화가 떠오르는 건 이 이십사 시간 카페의 무자비한 음향 상태 때문일 것이다. 이런 음향은 사람의 귀를 지치게 할 뿐만 아니라 정신을 피폐하게 만든다. 간혹 이것이 고객을 오래 머무르지 못하게 하려는 프랜차이즈의 전략이라고 말하는 사람들이 있지만, 사실상 이건 무슨 설계 전략이라 부를 수조차 없는 형편없는 수준만을 보여줄 뿐이다. 차라리 싸늘한 병원 로비에서 쪽잠을 자는 편이 나을 것이다. 커피를 들고 거리로 나선다. 동이 트고 있다. 지옥 같은. 맞다. 그 끝은 지옥이나 다름없었다. 지난밤 고모에게 심정지가 왔다. 의사는 오늘이나 내일이 고비일 거라고 했다. 누군가의 지옥이 끝나간다.

고모가 건강을 회복한 뒤로 우리가 제법 오랫동안 평화롭게 지낸 것을 부정할 수는 없다. 그 이전이나 이후를 생각한다면 더더욱 그랬다. 고모는 바깥출입을 많이 하지는 않았지만 가끔 연락을 취해오는 지인들을 만나기도 했고, 다시 최면을 받기 시작하긴 했지만 내가 중학교를 졸업할 무렵에는 그마저 중단했다. 그러나 고모부의 시신이 발견된 이후 고모는 확실히 그 이전과는 달랐다. 그 이전과 이후를 나눌 수 있는 특별한 말이나 행동이랄 것은 별로 없었다. 그런데도 우리는 모두 고모가 달라졌다는 걸 알았다. 그것은 분위기로만 감지되는 것이었다. 굳이 말하자면 얼굴에 순식간에 떠올랐다가 사라지는 어떤 표정 같은 것인데, 그 순간을 포착해 설명하기란 거의 불가능하다. 나는 고모와 단둘이 있는 것을 피하게 되었는데, 그건 어머니도 마찬가지인 모양이었다. 어머니는 내가 학교에 가 있는 시간에 무엇이라도 밖에서 할 수 있는 일들을 찾아다니곤 했다. 어쩌면 그때 고모를 두고 그 집을 떠나야 했는지도 모르겠다. 그러나 또한 그렇기 때문에 고모를 홀로 내버려둘 수는 없었다. 내 부모는 그들이 느끼는 설명하기 어려운 불안과는 별개로 큰 상실을 겪은 사람이라면 그 정도의 변화를 겪는 것이 무리는 아니라고 여겼다. 내 생활도 조금씩 달라졌다. 중학교에 올라가면서 내 일상에 고모가 미치는 영향도 점점 줄어들었다. 우리는 각자의 방식대로 고모의 변화를 감내하는 것으로 그 평화를 지켰던 셈이다.

그러나 내가 대학을 다니기 시작했을 무렵부터 상황은 걷잡을 수 없는 방향으로 달려가기 시작했다. 고모는 다시 과거의 사건 속으로 끌려들어갔다. 그 시기에는 사실상 사건의 수사는 중단된 것이나 다름없었다. 마땅히 증거라 할 만한 것을 찾아낼 수 없는 상황에서 고모부가 사회적으로 중요한 인물이라는 사실도 별 힘을 발휘하지 못했다. 그런데 사건 초기에 수사팀에 있었던 젊은 형사가 고모에게 연락을 해온 뒤로 고모는 급속도로 불안정해지기 시작했다. 그와의 통화에서 까맣게 잊고 있던 공소시효가 삼

년 앞으로 다가왔다는 사실을 깨달았던 것이다. 고모는 며칠씩 잠들지 않거나 죽은 것처럼 잠을 자기 시작했다. 잠들지 못할 때에는 유령처럼 새벽 내내 집안을 헤매며 돌아다니고, 낮에는 넋이 나간 얼굴로 거실을 차지하고 앉아 있는가 하면, 때때로 조율을 할 때를 제외하고는 사람이 드나들 일 없는 피아노 밑에서 한참을 누워 있기도 했다. 잠을 자지 않는 편이 그나마 나았다. 잠에 빠져들었다가 깨어난 뒤에는 꼭 형사에게 전화를 걸어 사건의 단서가 될 만한 것이 떠올랐다고 말했다. 형사들이 몇 차례 고모의 증언을 듣기 위해 찾아왔지만 고모의 이야기 중 설득력이 있는 단서는 전무했다. 형사들이 더는 고모의 말을 귀기울여 듣지 않는다는 사실을 알게 되자 고모는 신경질적으로 변해갔다. 비교적 원만한 관계를 유지해온 아버지와 어머니도 그 무렵 싸움이 잦아졌다. 아버지는 어머니만큼 집안에 머무는 시간이 길지 않았고, 어머니가 느끼고 있는 불안을 충분히 이해하지 못했다. 그건 나 역시 마찬가지였다.

결국 어머니가 내게 도움을 청하는 날이 왔다. 불쑥 학교 앞으로 찾아와 점심을 먹자는 어머니의 얼굴을 보자마자 나는 어머니가 고모에 대한 이야기를 꺼낼 심산임을 눈치챘다. 어머니는 고모의 모든 행동을 상식적으로 이해할 수 없으며, 고모가 그렇게 해야 하는 이유만이라도 알고 싶다고 말했다. 내가 예전처럼 고모와 이야기를 해보기를 바라는 눈치였다. 나는 어머니의 겁에 질린 눈동자를 보고서 차마 고모를 상식 차원에서 이해하려는 시도 자체가 말도 안 되는 일이라고는 말하지 못했다.

그날 저녁 평소보다 일찍 귀가한 내게 어머니는 고모가 피아노 방에 있을 거라고 일러주었다. 나는 피아노 방으로 갔다. 오랜만의 일이었다. 나는 더이상 고모도 고모가 있는 피아노 방도 두렵지는 않았다. 고모에게 정신적인 문제가 있다고 느낀 것도, 그런 문제들이 두려움의 대상은 아니라고 느낀 것도 이미 오래전의 일이었다. 작고 낡은 피아노는 자연스레 관심 밖으로 벗어나 있었다. 나는 노크를 하고 고모의 답이 들리기도 전에 문을 열었다. 거실에서 환한 빛이 새어들며 방안은 사물들의 그늘로 빼곡해졌다. 고모는 불도 켜지 않은 채 페달 쪽으로 다리를 뻗고 피아노 아래 길게 누워 있었다.

피아노 좀 쳐볼래?

고모는 기다렸다는 듯 말했다. 예상치 못한 전개였다. 나는 피아노의 유려한 곡선을 따라 구부러진 내 그림자를 바라보며 한동안 그 자리에 서 있었다. 피아노는 잠겨 있지 않았다. 피아노를 치는 사람이 사라지자 피아노를 잠가둘 필요도 함께 사라졌으므로. 그러나 나를 당혹스럽게 만든 건 피아노를 쳐보라는 고모의 말이 아니었다. 그 말을 듣자마자, 그 건반을 두드려보고 싶다는 욕구가 솟구쳤던 것이다.

칠 줄도 모르잖아요. 얘기하러 온 거예요.

나는 피아노 의자에 걸터앉으며 팔을 뻗어 방문을 닫았다. 고모의 요구를 거절하면서도 피아노에 마음이 쏠려 불을 켤 생각조차하지 않았다. 피아노 위에 드리웠던 그림자가 조금씩 이동해 방문바깥으로 빠져나갔다. 방은 완전한 어둠에 잠겼다.

어머니가 고모를 걱정하고 있어요.

겁을 내는 거겠지.

새롭게 기억난 것도 없잖아요.

꿈을 꿔.

무슨 꿈이요.

그날, 우리가 리조트에 돌아가기 전의 해변과 누군가 문을 두드리기 직전까지의 장면들. 내가 최면 속에서 보던 것들.

그런 이야기는 들은 적 없어요.

묻지 않았으니까.

나는 무심결에 건반 뚜껑을 만지작대는 내 손을 의식했다.

기억의 탄성이 끊어진 걸지도 몰라. 최면을 하는 사람들은 그런게 아니라고 말하지만, 나는 이제 최면 없이도 그때로 돌아갈 수있어. 그리고 잠에서 깨어나도 내가 잠 속에서 본 것이 무엇인지분명히 기억하고 있지. 그게 내게 단서를 줘.

이미 지겹도록 본 것뿐일 텐데요. 제 생각에 고모에게 필요한건 치료 같아요.

예전에는 무게가 나간다고 생각했던 건반 뚜껑이 한 손으로 밀려 올라갔다.

너도 이제 다 컸나보다.

범인을 잡을 수 없을까봐 두려워요?

나는 힘을 싣지 않은 채 손끝으로 매끄러운 건반 위를 쓸었다.

아니, 내가 그날이 지난 다음에야 떠올리게 될까봐.

그럴 일은 없을 거예요. 지금껏 떠오르지 않은 게 그때 가서 떠오를 리 없잖아요. 잔인한 말인 줄은 알지만 가망이 없는 건 없는 거라고요.

가망? 넌 내가 찾고 있는 게 뭐라고 생각하는 거니.

잠시 침묵이 흘렀다.

나도 그 꿈을 그만 꾸고 싶다고 생각할 때가 있어. 어제 일어난 일보다 그날의 일이 더 생생해지고 있으니까. 아마 그 빈 부분을 채우기 전에는 끝나지 않을 거야. 점점 나빠지겠지. 너도 내 얘길 듣는다면 날 그냥 미친 사람이라고 생각하지는 않을지도 몰라.

그렇게 생각한 적 없어요.

들어볼래? 아직 아무에게도 한 적 없는 얘기야.

됐어요.

아니, 들어야 해.

고모는 나의 의사와 무관하게 이야기를 시작했고, 나는 마치 피아노의 건반들에 이끌렸던 것처럼 고모의 이야기를 들었다. 그리고 이야기가 끝난 직후, 나는 건반을 두드리는 대신 열려 있던 건반 뚜껑을 내리치듯 닫아버렸다. 충격을 받은 피아노 내부에서 웅웅대는 소리가 들려왔다. 귀가 먹먹했다.

여기는 참 무덤 같구나.

나는 그 말의 의미를 이해하지는 못했고, 고모가 이미 돌이킬 수 없는 상태에 도달해버렸다는 것만큼은 의심의 여지가 없었다.

*

나는 대학을 겨우 한 학기 다닌 뒤에 입대를 했고, 제대 직후 미국으로 어학연수를 떠났다. 그리고 연수가 끝날 때쯤엔 그곳에서 대학을 다니기로 마음을 먹었다. 미국에서 학업을 하는 도중에 내가 한국에 들어오는 일은 흔치 않았고, 돌아와도 머무르는 시간은 매우 짧았다. 그래서 그곳에서도 고모의 소식을 전해듣기는 했지만, 고모가 진짜 어둠 속으로 굴러떨어진 날들에 대해서는 잘 알지 못한다.

고모는 계속해서 나빠졌다. 더 나빠질 것이 없다고 생각될 만큼 나빠지고도 나빠졌다. 고모는 극도로 불안정하고 예민한 중년의 여자가 된 상태로 사건의 공소시효를 맞이했다. 그리고 차라리 공소시효가 지나면 안정을 찾게 될 거라는 가족들의 기대를 좌절시켰다. 점점 말수가 줄어들어 고모부의 시신이 발견되었던 시절처럼 집안에 칩거했다. 잠들어 있지 않을 때 유령처럼 집안을 떠도는 것은 여전했고, 때로는 피아노 방에 들어가 사납게 건반을 두드렸다. 가족들에게는 물리적인 폭력을 쓰지 않았지만 가끔씩 알아들을 수 없는 폭언을 내뱉었고, 때로는 집안의 물건들이 고모의 손에 의해 깨지고 망가졌다. 그러던 고모가 잠옷 바람으로 집을 벗어나기 시작했을 때에는 결국 아버지도 고모의 상태가 고모부를 잃은 것에서 비롯된 심리적 차원의 문제 이상으로 나빠졌음을 인정할 수밖에 없었다.

아버지는 고모의 증상을 조금 더 빨리 눈치채지 못한 것이 모두 자신의 탓이라고 생각했다. 자신의 불찰로 고모뿐만 아니라 어머니와 내가 겪지 않아도 좋았을 고통을 감내해야 했다고 했다. 그러나 그것은 불가항력적인 일이기도 했다. 아버지는 고모의 혼란과 두려움, 그리움과 죄책감을 이해하려 했고, 그 노력이 아버지로 하여금 고모가 병을 키우고 있을 줄로는 상상도 하지 못하게 만들었다.

겨우 오십대에 접어든 고모의 이른 발병은 빠른 속도로 진행되고 있었다. 더는 고모를 집에서 보살필 수 없었다. 고모는 곧 요양 시설로 보내졌고, 아버지와 어머니도 그 집을 떠났다. 고모는 시설에서 칠 년의 세월을 보냈다. 요양원에 들어간 이후에는 병의 진행이 예상보다 더뎌졌다. 그사이에 나는 학업을 마치고 취업을 했고, 이민을 준비하기 시작했다. 도중에 몇 차례 고모가 있는 요양 시설에 다녀오기도 했지만, 고모는 단 한 번도 나를 알아보지 못했다.

언젠가 술을 마시다 처음으로 필름이 끊긴 날, 스스로의 행적을 수소문하기 위해 함께 술을 마신 사람들에게 전화를 돌린 적이 있다. 누구도 내가 실수를 저질렀다거나 사고를 쳤다고 말하지 않았지만 도통 찜찜한 기분을 떨칠 수 없었다. 상대의 웃음이나 말투의 미묘한 변화가 신경을 거슬렀고, 나는 그들에게 그날의 이야기를 전해듣는 중에도 내가 그들의 시야 밖에 있던 순간들을 떠올리려 절로 애를 쓰고 있었다. 한 사람이 자신이면서 자신이 아닐 수도 있는 그 분열적 순간에 대한 불안이 한동안 내 뒷덜미를 붙들고 다녔다. 그러다 문득 내가 느끼는 불안이 유달리 과장되어 있다는 것을 깨달았다. 그러자 고모가 떠올랐다. 어쩌면 내가 유난스럽게 군 것이 고모의 영향 때문일지도 몰랐다. 나는 내 문제가 그저 과도한 음주에서 비롯된 것일 뿐이라며 곧 그 생각을 떨쳐버렸다. 하지만 나이를 먹으며 한 시절의 기억들이 서서히 희미해지거나 삭제되는 것을 느끼면서, 때때로 스스로 기억하지 못하는 자신의 말과 행동을 타인의 입을 통해 듣게 되면서, 나는 기억의 연속성과 그것이 한 인간의 자기감을 만드는 데에 얼마나 크게 기여하고 있는가에 대해 질문하지 않을 수 없었다. 한 인간이 생각하는 자기 자신이란 그저 누적된 기억에 불과하며, 그가 기억하지 못하는 것은 그를 구성하지 않는다. 결국 자신이 기억하지 못한다는 사실을 의식하지 못하거나 그 소실된 기억이 자신의 통제를 벗어나지 않았으리라는 가느다란 믿음만으로 자신을 유지하는 것이다. 그렇다면, 고모는 과연 얼마만큼의 기억이 남아 있을 때까지 스스로를 자기 자신이라고 믿었던 것일까. 아니면 고모가 믿은 것은 진정 고모 자신이었을까. 아직 온기가 남은 고모의 시신을 하얀 시트가 덮는다. 어머니는 눈물을 터뜨리고 만다. 고모가 진단을 받아 시설로 보내지기 전, 어머니는 아버지와 이혼하기로 마음먹었던 적이 있다. 어머니는 내 허락을 받고 싶어했다. 나는 어머니의 눈물에서 불안과 공포가 회한과 연민으로 바뀌는 것을 본다. 이제 어머니의 기억은 다르게 쓰일 것이고, 지금부터의 어머니는 지금까지와는 다른 사람이 되는 것일 테다. 나는 어머니의 어깨를 감싸쥔다. 아버지는 끝내 고모의 손을 놓지 못한다.

*

세상이 고모부를 여전히 잊지 않고 있다는 사실이 나를 적잖이 놀라게 만든다. 빈소는 거대한 화환들로 가득하다. 그리고 거기에는 온갖 음악대학의 교수와 오케스트라의 대표, 심지어 악기사 대표의 이름까지 적혀 있다. 이것을 과연 고모의 장례식이라 불러도 좋은지 모르겠다. 어떻게 알았는지 모를 취재진이 다녀간 뒤에 한 시간도 지나지 않아 포털 사이트에 기사가 내걸렸다. 그것은 한 뛰어난 예술가의 비극적인 죽음과 그의 죽음으로 평생 비탄에 잠겨 살아온 아내의 이야기이다. 남편의 생전에는 기획자로서 지닌 안목과 재능을 오로지 그의 예술을 위해 쏟아부었고, 사후에는 미제로 남은 사건의 실마리를 찾기 위해 전생을 소진시켰다고 기사는 적는다. 마치 고모의 죽음을 기다려온 것같이, 고모의 죽음이 비로소 고모부의 삶을 완성시킨 것처럼. 절을 마친 젊은 남자가 아버지의 손을 붙잡고 길게 이야기를 이어가고 있다. 아버지는 잠시 말을 끊고 남자를 테이블로 안내한다. 나는 아버지의 빈자리를 채우기 위해 빈소로 간다. 추모 공연, 젊은 남자의 입에서 튀어나온 말이 내 귀에까지 들려온다. 그는 고모부가 생전에 녹음한 러시아 음악과 발매된 음반들에 대해 이야기한다. 나는 더이상 그의 이야기에 귀를 기울이지 않고 고모의 영정 앞에 선다. 사진 속의 고모는 젊고, 아름다우며, 남편을 잃지도 않았다. 아버지는 미처 영정 사진을 준비하지 못했다고 했다. 고모부의 죽음 이후 찍힌 고모의 사진은 언론사에서 찍어간 고모부의 장례식 풍경 안에 있는 것이 전부였다. 내가 기억하지 못하는 시절의 고모가 이렇게 돌아온다.

갈색 산등성이가 빠른 속도로 창밖을 지나가고 탁 트인 바다가 눈앞에 펼쳐진다. 바다 위에 반사된 햇빛이 차 안으로 쏟아져든다. 고모는 오른손을 들어 차양을 만든다. 도로와 맞닿은 해안 가장자리에 쌓여 있는 테트라포드 위로 하얀 포말이 솟구친다. 파도가 높다. 그러나 수평선 위에는 섬도 고깃배도 보이지 않고, 오직 날카로운 햇빛이 유연하게 수면을 흔든다. 햇빛이 부서지는 해수면 위에서는 계절이 소멸한다. 그토록 격렬히 유동하면서도 변하지 않는 듯 보이는 수면을 바라보며, 고모는 영원이라는 단어를 실감한다. 창문이 열린다. 찝찔한 바다 냄새를 품은 차가운 바람이 머리를 헝클어뜨린다. 고모는 절반쯤 열린 창에 머리를 기댄다. 라디오 볼륨이 커지고, 히터가 더 뜨거운 바람을 쏟아낸다. 라디오의 음악소리와 파도 소리, 히터의 더운 바람과 겨울의 공기는 섞이지 않는다. 고모는 제각각인 채로 쏟아지는 것들을 그대로 받아들인다. 왼손이 뜨거워진다. 고모는 왼손을 내려다본다. 건조하지만 따뜻한 손이 고모의 왼손을 덮고 있다. 작은 목소리가 들려오지만 파도 소리와 라디오 소리, 그리고 바람소리에 묻혀 들리지 않는다. 고모는 되묻지 않는다. 그저 손을 뒤집어 손등을 덮은 손을 마주잡는다. 결혼은 운명을 바꾸는 거야. 서로 다른 두 개의 운명이 합쳐지는 일이니까. 손을 맞잡을 때마다 고모는 그 말을 떠올린다. 이제 당신을 사랑하지 않아. 고모는 고국으로 돌아오는 날을 기다리며 매일 그 말을 연습했다. 다시는 당신과 함께 돌아가지 않을 거야. 리조트로 향하는 내내 고모는 되뇐다. 그러나 결심했던 말은 도무지 입 밖으로 나오지 않는다. 바다가 아름답기 때문에 잠시 미뤄두고 있을 뿐이라고 고모는 생각한다. 하지만 모든 게 변명에 지나지 않는다. 고모의 말을 막아선 것은 줄곧 뱃속의 아이뿐이었다.

그날, 새까만 어둠 속에서 고모의 이야기를 듣는 동안에 나는 고모가 본 것들을 함께 보는 것 같은 착각 속에 빠져들었다. 기억이 아니라 고모의 눈앞에 그날의 풍경이 생생하게 펼쳐져 있는 듯했다.

그 사람이 사라진 직후에 누구도 모르게 아이를 지웠어. 아이만 아니었더라면 당장에 그에게 헤어지자고 말했을 수도 있었을 테니까. 아무런 죄책감도 느끼지 않았지. 그런데 아이를 지우고야 알게 된 거야. 이제 당신을 사랑하지 않는다고 말할 필요가 없어졌듯이 이 아이를 원하지 않는다는 말을 할 필요조차 사라져버렸다는 걸.

고모는 고모부에게 이별을 선언하지 않고 헤어질 수 있게 된 동시에, 결국 고모부와 영영 헤어질 수 없게 되었다는 것을 그 순간에야 깨달았다고 말했다. 고모의 기억을 그토록 깊은 우물에 가둘 수 있는 것은 오직 고모 자신뿐이었고, 고모는 고모부에게 일어난 참혹한 사건을 은폐한 것이 단지 사건의 충격이나 공포가 아닐 거라 믿었다. 고모는 자신이 도망쳤던 것이라고, 무언가 그 곤경에서 자신을 구해주기를 소망했던 자신으로부터 도망쳤던 것이라고 했다.

내가 두려워하는 건 오직 나밖에 없단다. 그리고 내가 찾고자 하는 것도 나 자신일 뿐이야.

마치 고모의 바람이 아니었다면 그 사건이 일어나지 않기라도 했으리라는 듯이.

　그 이야기가 왜 나를 그토록 혼란스럽게 만들었는지는 모르겠
다. 나는 달아나듯 방을 빠져나왔고 누구에게도 그 이야기를 털어
놓지 못했다. 그러나 끝내 침묵한 것을 후회한 적은 없다. 고모가
진실을 말하려 했는가는 중요하지 않다. 고모는 이미 병들어 있었
고, 결과적으로 그때 고모가 기억하던 것이 진정 고모의 기억이었
는지조차 확신할 수는 없었기 때문이다. 나는 다만 고모가 꿈에서
보는 것들이 고모를 속이고 있을지도 모른다는 말을 해주었으면
좋았으리라고, 좀더 시간이 지난 후에야 생각했다.

*

　멀리서 아기의 울음소리가 들려온다. 눈을 뜬다. 창밖에는 밤이
찾아왔고 객실의 조명도 어둡다. 개인 모니터 위에 비행기가 이륙
한 지 일곱 시간이 지났다는 표시가 떠 있다. 비행기가 이륙하는
순간 정신이 아득해지던 것이 떠오른다. 내리 일곱 시간을 잔 것
이다. 미뤄놓은 일들을 더는 미룰 수 없어 고모의 장례식이 끝나
자마자 공항으로 갔다. 꽤나 오래 잠들어 있었지만 피로는 가시지
않았다. 여전히 눈이 뻑뻑한데 울음소리는 점점 더 요란해진다.
다시 잠들진 못할 것이다. 머리 위의 독서등을 켜고 탑승시에 챙
겨두었던 신문을 펼친다. 글씨가 눈에 들어오지 않는다. 내가 이

나라의 정치와 사회에 대해 무관심해온 세월이 얼마나 길었는지를 잊었다. 정확하게 파악되지 않는 헤드라인만을 훑고 페이지를 넘긴다. 어쩌면 새로운 신문을 가져다달라고 해야 할지도 모른다. 경제면과 문화면이 동시에 펼쳐진다. 익숙한 얼굴이 눈에 들어온다. 고모의 얼굴이다. 하단 광고를 뺀 지면 전체에 고모와 고모부의 이야기가 실려 있다. 다른 기사들과 별다를 것은 없어 보인다. 미제로 남은 피아니스트의 죽음과 기억을 잃은 아내의 비극, 두 사람의 사랑과 고모부의 음악, 수많은 원로 음악인들이 모여들었던 장례식장의 풍경. 그리고 아버지의 인터뷰. 고모의 유일한 혈육이라고, 기사는 아버지를 소개한다.

동생은 기억을 잃어가는 중에도 유난히 처남과 러시아에서 보냈던 시간들만큼은 잊지 않았습니다. 러시아의 혹한 속에서 받은 프러포즈와 난방도 잘 되지 않는 허름한 레스토랑에서 연주해주었던 민속음악에 대해 자주 이야기했지요. 동생과 함께 요양원에 있던 사람들이 다 알 정도였던 피아노 이야기도 러시아에서 있었던 일이라고 했습니다.

결혼을 앞두고 고모부의 공연이 있던 날이었다. 고모는 무대 위에서 고모부의 리허설을 지켜보는 중이었다. 고모부는 무언가 잘 풀리지 않는 듯 같은 소절을 거듭 반복하다 말고 고모를 불러다 연주용 피아노 앞에 앉혔다. 그리고 미리 입고 있던 연주복 바지가 더러워지는 것도 아랑곳 않고 피아노 아래로 기어들어갔다. 고모부는 피아노도 칠 줄 모르는 고모에게 아무렇게나 연주를 해보라고 말했고, 고모는 공연장에 자신을 지켜보고 있는 사람이 없다는 것을 확인한 후에야 어설픈 솜씨로 동요를 연주하기 시작했다. 어릴 땐 친구들이랑 이런 장난을 많이 쳤지. 불을 끄고 이렇게 누워 있으면 소리가 나를 향해 쏟아지는 별 무리처럼 느껴져. 무덤 속에 눕는 게 바로 이런 기분이라면 좋을 거라고 농담처럼 말하곤 했는데 말이야. 이 말은 고모부에게 직접 듣기라도 한 듯 큰따옴표 안에 들어 있다. 기사는 두 사람을 추모하는 음악회가 고모부가 가장 열정적으로 연주했던 러시아 음악들로 꾸며질 예정이라는 내용으로 마무리된다.

신문을 덮는다. 나이를 먹어도 내가 느끼고 있는 기분을 스스로에게 설명할 수 없는 순간은 불현듯 찾아온다. 눈을 감고 머리를 젖히자 독서등의 잔상이 아른대는 어둠 속에서 오랫동안 잊고 있던 고모의 목소리가 떠오른다.

그 사람이 좋은 사람이 아니었다면 말이야. 그랬다면 내가 그 사람과 헤어지려 했었다는 기억을 이토록 형벌처럼 느끼지는 않았을지도 모르지.

어쩌면.

그러나 아마도, 그럴 수는 없었을 것이다. 그 사람이 나의 고모라면.

살인자의

관

그해 겨울, 한 남자를 살해했다.

그녀는 석유난로 위의 주전자를 힘껏 집어던졌다. 낮은 포물선을 그리며 날아가던 양철 주전자의 뚜껑이 열렸고, 남자의 두 팔은 반사적으로 끓던 물이 쏟아지는 주전자를 끌어안았다. 괴성과 함께 주전자는 나무 바닥 위로 내동댕이쳐졌다. 그녀는 열린 문을 향해 내달렸다. 오두막 바깥으로 발을 내딛자마자 무릎이 꺾였다.

달빛을 받아 실크처럼 빛나는 눈더미가 그녀의 몸을 삼켰다. 그녀는 네발로 걷는 짐승처럼 눈밭을 기었다. 긴 부츠 속으로 눈이 밀려들어왔다. 두 손은 가볍게 무너져내리는 눈과 그 아래 단단하게 얼어 있던 흙을 함께 움켜쥐었다. 발가벗은 숲을 가르는 매서운 바람에 뺨과 코끝이 갈라질 듯 아려왔다.

매 순간이 영원처럼 아득했다. 오감은 어느 때보다 예민하게 작
동했다. 얼어붙은 코로도 맡아지는 나무껍질 냄새, 귓가에 들려오
는 자신의 거친 숨소리, 적막한 산에 작게 메아리치는 나뭇가지 부
러지는 소리, 손바닥의 통증과 땀으로 젖은 부츠 속의 발, 그리고
그녀가 헤집어놓은 땅을 길 삼아 그녀를 따라오는 그의 목소리. 할
수만 있다면 차라리 혼절해버리고 싶을 만큼 긴박했다. 그럼에도
그녀는 자신이 무엇을 향해 가고 있는지 똑똑히 알고 있었다.

쌓인 눈 위로 삐죽 솟은 그것은 팔을 뻗으면 겨우 손끝이 닿을
만한 거리에 있었다. 몸을 일으키려 부츠 앞코를 언 땅 위에 내리
꽂듯 찔러넣으며 팔을 길게 내뻗었다. 손아귀에 잡힌 그것을 들어
올리기 위해 몸을 젖히는 동시에, 그것의 무게에 제 몸을 내맡겼
다. 그의 목소리는 속삭이듯 가까우면서 지축을 흔들 듯 커다랬다.
그의 숨이 목덜미에 닿을 만큼 가까이 왔다고 느낀 순간이었다.

그녀의 움직임은 필사적이었다. 둔중하면서도 날카롭게 벼려진
회색 도낏날이 허공에서 반원을 그리며 날았다. 그녀의 몸은 그대
로 눈밭에 나뒹굴었다. 눈이 얼굴을 뒤덮었다. 언 땅은 일어나려
발버둥치는 그녀를 굴복시켰다.

비로소 비명이 터져나왔고, 동시에 팔과 다리에 남아 있던 힘도
완전히 소진되었다. 그러자 체념이 찾아왔다. 그녀는 모든 운동을
정지했다. 가쁜 숨마저 삼킨 채 내쉬지 않았다. 오직 거센 심장박

동만이 온몸의 혈관을 타고 전해졌다. 눈을 감았다. 모든 소음이 낮게 가라앉았다. 아무런 일도 일어나지 않았다. 누구의 목소리도 들려오지 않았다. 그녀는 눈을 떴다. 손을 들어 머리와 얼굴에 붙은 흙과 눈을 쓸어냈고, 가까스로 몸을 일으켰다.

흐릿했던 시야가 서서히 밝아졌다. 도끼는 처음의 기울기를 유지한 채, 다만 그의 오른쪽 가슴 위에 박혀 있었다. 남자의 주변에 쌓여 있던 눈이 도끼를 중심으로 허물어지고 있었다. 땅이 꺼지며 남자의 몸이 떠올랐다. 움직이지는 않았지만, 그가 얕은 숨을 쉬고 있다는 건 알 수 있었다. 그녀는 떨리는 두 팔로 몸을 지지한 채 그를 바라보았다. 그의 숨이 완전히 가라앉기를 기다렸다. 엉켜 있는 가늘고 뾰족한 나뭇가지들의 그림자가 화려하게 짠 베일처럼 그의 얼굴 위에 드리우고 있었다.

서로 분간할 수 없는 나무, 팔과 다리를 스치는 관목들의 이파리, 이름을 알 수 없는 곤충, 소리의 근원을 유추할 수 없는 메아리, 마르지 않은 흙과 썩은 내가 나는 구덩이, 숲의 모든 것이 위협적이었다. 어깨와 머리 위로 가볍게 떨어지는 꽃잎이나 발목을 간질이는 잡풀도 마찬가지였다. 강이나 바다라고 다를 바가 없었다. 미끄러운 해초나 수영복 속으로 밀려드는 모래의 감촉은 견디기 힘들었다. 그녀에게 자연은 전혀 자연스러운 것이 아니었을 뿐 아니라, 불결하기까지 했다.

있는 그대로의 것은 위태롭고 불쾌했다. 자연의 아름다움이란 문명의 망상에 불과하다 여겼다. 인간의 문명을 견인한 것은 자연에 대한 공포였다. 인간은 정해진 경로와 안전한 의복 뒤에 숨어 자연이 휴식이라고 말한다. 보다 더 위험한 방식으로 자연에 뛰어드는 사람들이 있기는 하다. 그들조차 그 속에서 죽음을 맞이하지 않는 한 자연의 일부가 되지는 못한다. 그들은 그저 정복하려는 것이며, 그들이 자연에 안겨 느끼는 부드러움이란 그 정복감의 기만적 표현에 지나지 않는다. 발가벗겨진 육체는 오염되기 쉽고 흉측하다. 있는 그대로의 본능은 무자비하고 사납다.

그녀를 숲으로 이끄는 것은 언제나 그 적나라하고 노골적인 탐욕이었다. 흉측하고 역겨운 숲의 몰골이었다. 낮에도 빛이 들지 않을 정도로 울울한 가지로 뒤덮인 산악도로를 달릴 때면 그녀 안의 꺼림칙하고 불길한 무언가가 풀려나왔다. 오르내리기를 반복하는 경사와 복잡한 커브에 온 신경을 집중하는 일은 특정한 주술적 의식처럼 느껴졌다. 그녀는 숲에 몰입했다. 짙게 코팅된 유리는 어둡고 위험한 숲과 그녀의 매스꺼운 욕망을 연결하는 동시에 서로를 안전하게 보호했다. 공기 순환 장치를 통해 차 내부로 들어오는 젖은 흙 냄새가 그녀를 해방시켰다. 길이 그녀를 점점 더 으슥한 곳으로 데려갈수록 무방비한 감각들이 요동했다.

그러면 어느 순간 머릿속에 강렬한 이미지가 범람했다. 썩은 과일을 쥐고 있는 절단된 팔과 과육을 안쪽에서부터 먹어치우며 뚫고 나오는 구더기들, 똥과 오줌과 피가 섞인 더러운 변기와 멈추지 않는 우레와 같은 물소리, 탯줄을 목에 감고 죽은 아이를 받아드는 쇳내 나는 손과 깜빡이는 푸른 불빛, 내장을 쏟고 엎드린 채우듬지에 안긴 남자의 나체와 새들의 울부짖음, 허벅지 사이로 파고드는 거의 인간이라 부를 수 없는 존재의 혓바닥이나 오른손의 손톱을 뽑는 왼손 같은 것.

차는 도로와 숲의 경계에 멈추어 있었고, 엔진이 식으며 타닥거리는 소리가 불규칙하게 들려왔다. 보닛 위에 떨어지는 빛은 만화경 속에서 흔들리는 색종이 조각처럼 아른거렸다. 눈을 감자 어둠을 휘젓는 빛의 잔상들이 포위망처럼 그녀를 둘러싸고 다가왔다. 호흡은 의식적으로 변해갔다. 보이지 않는 힘에 의해 등받이에 붙어 있던 허리가 들썩였다.

그녀는 단숨에 숲으로 끌려들어간다. 그리고 거칠고 불균일하게 엉킨 나무뿌리를 밟고 선다. 밧줄 안으로 머리를 밀어넣는다. 그녀는 망설이지 않는다. 땅은 순식간에 멀어진다. 신음하며 발버둥친다. 공기가 희박해진다. 두 팔이 맥없이 떨어진다. 끝이 왔다고 생각할 때, 밧줄은 끊어지고 그녀의 얼굴은 진흙 바닥에 처박힌다. 실오라기 하나 걸치지 않은 몸에 생채기가 나고, 그녀는 무기력하게 흙과 부러진 나뭇가지와 썩어가는 낙엽들 위에서 몸을 비튼다. 흙과 피와 땀이 뒤섞인 냄새를 맡고 짐승들이 다가온다. 죽은 고기를 갉아먹는 벌레들은 숨이 끊어지기만을 기다린다. 어서 나를 먹어. 그녀는 생각했다. 더러워진 나를 빨리 먹어치워.

　돌연 낯선 그늘이 시야를 가로질렀다. 눈을 뜨자 창밖으로 적갈색 나뭇잎들이 바람에 소용돌이치다가 유리창 위로 떨어졌다. 낙엽이 와이퍼 위에 쌓였다. 그녀는 다시 눈을 감았다. 아무것도 보이지 않았다. 바짓가랑이에서 야릇한 비린내가 올라왔다. 힘이 빠진 허벅지 안쪽이 덥고 축축했다. 나를 빨리 먹어치웠어야지. 그녀는 룸 미러를 들여다보며 머리를 매만지고, 차마 입 밖으로 꺼낼 수 없는 말들을 뇌까렸다.

　네시 십오분. 그녀는 다소 신경질적으로 시동 버튼을 눌렀다. 시동이 걸리지 않았다. 몇 번이고 반복해도 마찬가지였다. 엔진을 통째로 갈아야 할지도 모른다며 장거리 운전에 주의를 주었던 카센터 직원의 목소리가 떠올랐다. 빌어먹을. 뒷좌석으로 손을 뻗었다. 언제 열렸는지 알 수 없는 가방 속에서 노트북과 종이 뭉치가 밀려나와 있었다. 그녀는 몸을 돌려 앉아 한 손으로는 흩어진 종이 뭉치를 정리하며 다른 한 손으로는 휴대폰을 찾기 위해 가방 속을 더듬었다. 기계의 차갑고 둥근 모서리가 손끝에 닿았다. 무음으로 해둔 탓에 받지 못한 몇 통의 전화와 한 통의 문자가 와 있었다. 가장 나중에 온 문자가 화면에 떴다. 동시에 그녀는 화면 귀퉁이에서 통신 전파를 표시하는 마지막 막대기가 사라지는 것을 목격했다.

브라운관에서 뿜어져나온 형형색색의 빛깔이 아이의 얼굴 위에 쏟아진다. 잡티 하나 없이 흰 얼굴 위에 빛의 얼룩이 나타났다 지워지기를 반복한다. 아이는 어둠 속에서 동공이 확장되는 작은 동물처럼 크고 까만 눈동자로 화면을 응시한다. 두 팔로 무릎을 끌어안고 무릎 위에 턱을 고인 아이의 몸은 미동도 하지 않는다. 화면 속에 다른 아이의 얼굴이 나타난다. 자전거 페달을 밟으며 복도를 질주하는 아이의 표정은 분노도 슬픔도 기쁨도 아니다. 타오르는 불을 심은 듯한 두 눈을 감추려 고개를 숙이고 속도를 높일 뿐이다. 자전거 바퀴의 삐걱거림은 거의 들리지 않는다. 고조되는 음악이 작게 들려오기 시작한다. 천장에 매달린 화분을 돌보기 위해 탁자를 밟고 올라선 어머니를 향해 아이는 멈추지 않고 달린다. 주황색 금붕어가 헤엄치는 어항이 난간 밖으로 추락한다. 난간 기둥을 겨우 붙든 어머니의 손이 미끄러지는 모습을 아이는 물끄러미 바라본다. 그리고 그 장면을 브라운관 밖에 앉은 아이가 바라보고 있다. 갑자기 커지는 비명소리. 아이는 재빨리 둥글게 말았던 몸을 펴고 화면 앞으로 다가간다. 무딘 손은 단번에 볼륨 버튼을 누르지 못한다. 이번에는 전원을 누르기를 연달아 반복한다. 버튼 옆의 붉은 빛이 점멸한다. 비로소 빛이 사라진 화면에 아이의 놀란 얼굴이 비치고, 아이의 뒤로 여자의 하반신이 미끄러져온다. 뒤를 돌아보기도 전에 아이의 몸은 허공으로 들어올려진다.

제발 그 끔찍한 비디오테이프들 좀 치울 수 없어? 아이의 어머니는 식탁 위에 신경질적으로 국그릇을 내려놓으며 말한다. 애 손에 닿지 않는 데 숨겨두기라도 하든가. 남자는 답이 없다. 아이 앞에도 작은 국그릇이 놓인다. 아이가 숟가락을 들자 그녀가 저지한다. 너한테는 뜨거우니까 식을 때까지 기다려. 아이는 플라스틱 숟가락으로 김이 나는 국을 휘휘 젓는다. 국그릇 속에 작은 소용돌이가 인다. 아이의 대각선에 앉은 남자가 아이의 손을 잡고 윙크를 보낸다. 삼촌만큼 어른이 되면. 기다리라고 했지. 아이는 목소리를 흘려들으며 건더기가 가라앉고 있는 맑은 국을 내려다본다. 반사되는 얼굴이 거기에 있는 것을 본다.

아이는 그것이 왜 자신을 매혹하는지 깨닫지 못한 채 그저 끊임없이 이끌리며 자란다. 부모 몰래 브라운관 앞에 앉아 다른 아이들보다 빨리 익힌 언어로 자막을 읽어내려간다. 아버지가 늦게 귀가하면 거실에서 잠든 척을 한다. 음 소거된 비명의 표정에 익숙해진다. 어떤 어른의 방임으로, 또는 조숙한 아이를 향한 다른 어른의 관대함으로. 데미안, 그것은 곧 혀에 올려두었을 때 가장 달콤한 이름이 된다. 자신이 다른 부모를 통해 잉태되었을지도 모른다는 의심을 품는 아이들은 흔하지만, 아이는 거울 앞에서 그녀의 가짜 엄마가 땋아준 머리를 풀며 머릿속으로 악마의 숫자를 찾는다. 세수를 하다 거울을 바라보며 캔디맨을 겨우 세 번만 부르고 불도 끄지 않은 채 화장실을 빠져나온다. 가끔은 불 꺼진 방 안에 누워 악령에 들려 침대 위로 몸이 떠오르고 얼굴이 타들어가는 기분을 상상한다.

그녀는 기억을 더듬어 몇 번이고 자신의 성장을 거듭할 수 있었다.

거울 속의 자신을 바라보며 마녀들이 운영하는 낯선 나라의 무용 학교에 보내진 미국인 수지, 꿈속의 프레디 크루거를 꿈의 바깥으로 끌고 나와 싸우는 낸시가 되기를 기도하기도 하는 소녀의 성장을. 창백한 피부에 검고 노란 머리의 소녀들을 떠올리며 치마폭이 넓은 원피스를 고르고, 가끔은 사람들이 오가지 않는 아파트 지하실에서 영혼 따위를 보았다는 거짓말을 늘어놓는 동안에 아이는 소녀가 된다. 피와 살점으로 얼룩진 삐걱거리는 계단과 닫힌 창 틈으로 밀려드는 귀곡성 같은 바람의 휘파람소리와 참았던 숨을 내쉬는 순간 천장을 할퀴는 흉기의 궤적을 동경하며 소녀와 여자 사이 어디쯤에 머문다. 그러다 문득 초록과 빨강이 섞인 프레디의 니트가 흰 원피스보다 우아하게 느껴지는 날을 보내고, 음흉한 여자아이들의 탐스럽게 굽이진 머리카락을 망치는 저주의 주문 따위를 뒤적인다. 당장이라도 무너질 것처럼 비틀린 건축물과 강렬한 명암으로 가득한 흑백 도시 속의 가혹한 살인마이자 다정한 정신과 의사 칼리가리 박사를 볼 때, 그녀는 자기 안에 프레디와 낸시가 함께 살고 있다고 생각한다.

그것들이 언제나 황홀하게 여겨지기만 한 것은 아니었다. 잔인하고, 소란스럽고, 끔찍한 것들은 공포를 불러일으켰다. 다만 그녀는 잊을 수 없었다.

아홉 살, 걸스카우트 캠프의 담력 훈련에서였다. 한밤중에 논과 숲 사이로 난 비포장도로를 따라 미션을 수행하러 가는 길이었다. 숲을 서성이는 희부연 것이 그녀의 눈에 들어왔다. 그녀는 순간 얼어붙어 함께 걷던 아이의 팔을 붙잡고 숲을 보라고 말했지만, 그녀의 손가락이 가리킨 자리에는 아무것도 없었다. 때를 보던 귀신 분장을 한 선생 하나가 아이들을 겁주기 위해 북을 치며 논두렁에서 튀어나왔고, 아이들은 서로를 꺼안으며 같은 방향으로 우르르 몰려갔다. 그녀는 사색이 된 자신을 진정시키려는 선배 언니의 손을 뿌리치고 달아났다. 북소리와 매미 소리, 아이들의 비명과 웃음소리로부터 멀어질수록 그것들은 더 엉망진창으로 뒤섞였다. 숨이 턱까지 차올라 더이상 달릴 수 없게 되었을 때, 그녀는 누구보다 먼저 미션 장소에 도착해 있었다. 이제 북소리는 부드럽고 규칙적인 리듬으로 아주 먼 곳에서 밤공기를 타고 실려오는 중이었다. 분장을 한 채 숨어 있던 선생들은 혼자 미션 장소에 도착해버린 그녀 앞에 나타나기를 주저하고 있었다. 그녀는 자신이 혼자라고 믿었다. 그러자 강렬한 전율이 발바닥을 시작으로 척추를 지나 머리끝까지 꿰뚫고 지나갔다. 단순한 안도감 이상의 흥분이었다.

초인종 소리는 환청처럼 들려왔다. 그녀는 쓰고 있던 헤드폰을 벗고 방밖의 소리에 귀를 기울였다. 벨소리는 다시 들려오지 않았다. 복잡한 전자음악의 빠르게 반복되는 고음이 헤드폰 밖으로 새어 나오고 있었다. 그녀는 헤드폰을 책상 위에 내려놓고 방밖으로 걸어나가 인터폰 앞에 섰다. 채도가 낮은 화면이 불 켜진 복도를 비추고 있었다. 복도는 비어 있었고, 화면은 곧 어두워졌다. 택배 기사가 다녀간 것인지도 몰랐다. 언젠가부터 택배 기사들은 아파트 공동 현관의 비밀번호를 알고 드나들었다. 경비실에서 물건을 찾는 일을 귀찮아하는 입주자 때문이거나 순찰을 핑계로 자주 자리를 비우는 경비 때문일 것이다. 현관을 향해 몸을 돌리려는 찰나였다. 왼쪽 뺨에 환한 빛이 쏟아졌다. 그러나 밝아진 화면은 여전히 텅 빈 복도를 비추고 있었다. 그녀는 숨을 죽이고 모니터의 음성 버튼을 눌렀다. 미세한 잡음만이 들려왔고, 모니터 속의 복도는 다시 어둠에 잠겼다.

이후로도 그런 일은 몇 번이고 거듭됐다. 벨소리가 들리고, 복도가 밝아지고, 아무것도 보이거나 들리지 않고, 어두워졌다. 그녀는 이상한 전자음악을 반복해서 들었고, 원고는 진전되지 않았다. 웹 하드에 올려둔 것은 삼분의 이 지점에서 멈추어 있는 시나리오와 완성된 시나리오상에서 뒤죽박죽이 되어버린 몇 장의 트리트먼트가 전부였다. 물론 그녀는 이미 몇 주 전에 이야기를 완성했고, 그것을 머릿속에서 불러내기란 어렵지 않았다. 플로피디스크에 파일을 옮겨 다니던 시절에는 수시로 일어나던 일이었다. 모든 디테일이 처음과 똑같지는 않다 하더라도 그녀는 이미 한 번

쓴 것을 충분히 쓸 만한 상태로 복구해놓을 수 있었다. 어쩌면 새로운 노트북을 사는 것만큼이나 간단했다. 그녀의 시나리오에서 무엇보다 중요한 것은 시각적 장치들이었고, 이미지의 연결이 서사를 이루는 만큼 각 숏에 대한 지문은 인물 간 대화보다 더 긴밀하고 구체적이었다. 그런데도 계속해서 같은 자리를 맴돌았다. 쓴 것을 지우고, 다시 쓴 것을 지웠다.

그녀는 어쩔 수 없이 오두막의 낡은 의자 곁에 남겨진 가방 속 노트북과 출력해놓은 초고를 떠올렸다. 노트북 안에는 그녀의 사적인 정보 또한 수없이 담겨 있었다. 비밀번호도 지정되어 있지 않았다. 누군가 제 주인을 찾아주기로 마음만 먹는다면 노트북은 얼마든지 그녀에게 되돌아올 수 있었다. 그러나 물건이 돌아오기를 기다리면서, 기대보다 큰 불안이 그녀의 의식 속에서 자라났다. 누군가 그것을 돌려줄 수 있다는 사실은, 그 물건 대신 그것을 소유하게 된 자가 그녀 앞에 나타날 수도 있음을 의미했다. 그녀는 그곳에서 본 것이 무엇인지에 대한 확신이 없었고, 다른 조치를 취하는 것을 망설일 수밖에 없었다. 그녀는 초조하게 기다렸다. 그것은 오두막의 풍경을 구체적으로 복기하는 일이기도 했다. 석유난로 위의 주전자, 주전자가 뿜어내는 수증기, 김이 서려 불투명해진 쪽창, 가죽이 해진 의자, 재로 더럽혀진 마루와 그 모든 사물에 덧입혀진 두터운 더께를 생각하면, 그녀의 가방 위로 먼지가 내려앉는 것이 보였다. 간혹 오두막 한가운데에 실루엣뿐인 남자의 형체가 나타났다. 검은 표적처럼 선 남자의 표정을, 그녀는 좀처럼 읽어낼 수 없었다. 기다림은 길었고, 일상을 침범하는 숲과 깊어지는 남자의 형상이 불러일으키는 팽팽한 긴장은 서서히 그녀를 옥죄어왔다.

그녀는 노트북에 저장되어 있는 웹 사이트의 비밀번호를 모두 변경했다. 접속 실패를 알리는 메일이나 문자는 오지 않았다. 그녀는 전체 메일함의 메일 개수를 의식적으로 들여다보고, 새로 들어온 중요한 메일을 읽지 않음으로 표시해두고 변동이 생기지 않는지를 감시했다.

현관 벨 소리는 점점 더 자주 들려오기 시작했다. 가끔은 택배 기사가 서 있었고, 가끔은 현관문을 막고 서 있는 택배 상자를 만났으며, 가끔은 불 켜진 복도만이 있었다. 헤드폰의 음량을 최대로 높여도 흐름을 깨뜨리는 희미한 벨소리를 피할 수 없었다. 그녀는 매번 거실로 나가고 책상 앞으로 되돌아왔다. 그러는 동안에 원고의 분량은 차츰 후퇴하고 있었다. 그리고 그녀가 다시 그곳을 찾아가기로 마음먹었을 때, 그녀의 눈앞에는 텅 비어버린 백지만이 남아 있었다.

석유난로 위에서 물이 끓고 있었다. 구석의 벽난로는 여전히 매운 연기를 뿜었다. 공기는 충분히 덥혀지지 않아 불에서 조금만 멀어지면 한기가 느껴졌다. 석유난로를 향해 앉으면 역한 기름 냄새가, 벽난로를 향해 앉으면 나무의 냇내가 진동을 했다. 눈이 따갑고 머리가 지끈댔다. 프레임 없는 매트리스 위의 좁은 창이 열려 있었지만 환기를 하기에는 역부족이었다. 그녀는 작은 싱크대 앞에 서 있는 남자를 향해 문을 여는 게 좋겠다고 제안하려다 그가 돌아서는 순간 입을 다물었다. 저도 가끔 와서 지내다 가는 게 전부여서요. 그는 짙은 초록색 찻잔에 주전자의 끓는 물을 따랐다. 그는 긴 다리로 겨우 서너 걸음 만에 앉아 있는 그녀 앞에 당도했다. 거기에 정신을 쏟느라 그가 잔을 내밀며 보리차라고 말했는지 뿌리차라고 말했는지 정확하게 알아듣지 못했다. 그녀는 한 손으로 잔을 받치고 다른 한 손으로 찻잔을 쥐었다. 뜨거워요. 남자가 말했고, 그녀의 두 손이 잔의 표면에서 물러났다. 잔이 바닥으로 떨어지고, 뜨거운 차가 그을린 자국이 있는 때 탄 카키색 카펫에 검은 얼룩을 남기는 장면이 슬로모션으로 눈앞을 스쳤다. 그러나 고개를 들자 잔은 남자의 손에 그대로 들려 있었다.

그는 그녀가 손잡이를 잡을 수 있도록 잔의 위쪽 가장자리를 붙잡아 내밀었다. 수증기가 얼굴을 덮었다. 아이보리에 가까운 잔의 안쪽이 얼룩덜룩했다. 그녀는 잔을 입술에 대지 않은 채 후후 불고는 그대로 무릎 위에 얹었다. 그러고는 소매를 슬쩍 걷어 시간을 확인했다. 여섯시를 넘기고 있었다. 전화가 안 터지면, 더 어두워지기 전에 차가 있는 곳으로 돌아가는 게 좋겠어요. 지나가는 차가 있을지도 모르고. 남자가 새 잔에 차를 따르는 소리와 두 대의 난로에서 불씨가 타닥거리는 소리가 들려왔다. 남자는 그녀를 붙들어놓으려 애쓰지 않았다. 제 차가 있다면 좋았을 텐데. 혹시 모르니 간단하게 담요나 보온병 정도는 챙겨 내려가세요. 차가 있는 곳까지 모셔다 드릴게요. 그는 김이 나는 잔을 싱크대에 올려두고 한쪽 벽에 뚫려 있는 어두운 통로에 불을 밝혔다. 지하실로 이어지는 입구였다. 그가 워커를 신은 발로 계단을 딛는 소리가 점점 멀어졌다.

오두막은 고개를 돌리기만 하면 공간 전체를 조망할 수 있는 정도의 크기였다. 문과 맞닿은 벽의 모서리에 놓인 매트리스를 시작으로 벽을 따라 한 걸음만 옮기면 싱크대와 작은 냉장고가, 그 모서리를 지나면 욕실로 예상되는 회백색의 문과 지하실 입구가 있었고, 나머지 공간은 응접실로 사용되는 듯했다. 천장이며 곳곳에 크고 작은 조명이 놓여 있어 아늑하고 안온한 분위기를 자아내고 있었지만, 자세히 보면 백열등의 노란 빛깔 때문에 선명히 보이지 않을 뿐 모든 것이 낡고 부분적으로 고장난 듯 보였다.

별안간 오두막 안을 밝히던 전깃불이 사라지며, 석유난로 위로 커다란 그림자 하나가 일어섰다. 그녀는 놀라기는 했지만, 이내 그것이 벽난로가 만들어낸 자신의 그림자라는 사실을 눈치챘다. 지하실에서 쿵쿵대는 소리가 들려왔고 마루가 흔들렸다. 놀라지 마세요. 손에 쥔 잔을 먼지 앉은 원목 테이블에 올려놓으려던 차였다. 발전기 소리예요. 남자의 목소리와 함께 빛이 되돌아왔다.

그녀는 잔을 내려놓으며 아무런 신호음을 들려주지 않던 전화기 쪽으로 손을 뻗었다. 문을 잠깐 열어도 될까요? 공기가 너무 탁해요. 그녀는 고함쳤다. 네, 그러세요. 곧 올라갈게요. 그녀의 손은 수화기 위에 잠시 놓여 있었지만, 그것을 들어올리지는 않았다.

문을 열자마자 차고 신선한 공기가 폐에 들이차는 것이 느껴졌다. 늘어진 코트 주머니에 손을 넣었다. 왼쪽 주머니에는 담배와 라이터가, 반대편에는 휴대폰과 차 키가 들어 있었다. 휴대폰의 배터리는 충분했지만 신호는 여전히 잡히지 않았다. 코트 깃에서 냇내가 올라왔다. 담배가 간절했으나 주변은 건조하고 타기 좋은 것투성이였다. 그녀는 주머니 속의 라이터를 만지작대며 주위를 살폈다. 오두막에 들어가기 전 보았던 작은 통나무 창고가 눈에 들어왔다. 바람의 방향이 바뀌었다. 그녀는 제법 커다란 돌 하나를 발로 굴려 문 아래 고이고 창고를 향해 걸었다.

똑바로 선 것처럼 보이기도 하고 기울어 보이기도 하는 창고 옆 널찍한 나무 밑동 위에 긴 자루가 달린 도끼가 비스듬히 누워 있었다. 오두막을 둘러싼 나무들을 돌아보았다. 그만한 둘레를 가진 나무는 보이지 않았다. 그녀는 발을 붙드는 낙엽을 뿌리치며 앞으로 나아갔다. 라이터를 쥔 손은 습관적으로 라이터의 휠을 감아 돌리고 있었다. 무딘 톱날이 엄지 끝에 새겨지는 감각이 유난했다.

벽 안쪽을 흙으로 매끈하게 마감한 오두막과 달리 창고는 나무와 나무 사이의 틈을 그대로 드러내고 있었다. 어떤 구멍은 작은 주먹 하나를 집어넣을 수 있을 만큼 컸다. 컴컴한 구멍의 안쪽은 잘 보이지 않았다. 그녀는 라이터를 쥐고 있던 손을 벌어진 틈에 집어넣었다. 부드러운 바람이 손등을 어루만졌다. 그녀는 언제나 그런 것에 이끌렸다. 빛이 닿지 않는 곳에 있는 것, 존재하지 않는 것이 아니라 보이지 않는 것, 텅 비어 있다면 바로 그렇게 텅 비어 있는 것. 탁. 불이 붙지 않았다. 두번째에도, 그다음에도 라이터는 켜지지 않았다. 그녀는 주머니 속에 있던 오른손을 꺼내 라이터를 옮겨 쥐었다.

불은 단번에 켜졌다가 곧바로 꺼졌다. 그녀는 구멍 가까이로 고개를 들이밀고 활활 타는 라이터의 불이 좁은 창고의 뱃속을 밝혔다. 흔들리는 작은 불은 흔들리는 그림자를 만들더니 이내 사그라들었다. 한번 더 라이터에 불을 댕겼다. 흔들림 없는 불길이 삽시간에 어둠을 물리쳤다. 비명조차 나오지 않았다. 바람이 불을 흔드는지, 그녀의 손이 떨리고 있는지 알 수 없었다. 그녀는 그대로 라이터를 움켜쥐었다. 시선은 곧장 오두막을 향했다. 활짝 열어놓았던 문이 고여놓은 돌을 밀어내며 반쯤 닫혀 있었다. 남자는 아직 지하실에 있는 모양이었다.

그녀는 그대로 내달리기 시작했다. 선명하게 구획되지 않은 길을 따라오긴 했지만 방향은 기억하고 있었다. 오르는 내내 오르막길이었으니 올라온 방향을 따라 내려가기만 하면 됐다. 쇠붙이의 열기가 엄지손가락에 그대로 전해졌지만 움켜쥔 손이 펼쳐지지 않았다. 언덕은 가팔랐고 달리기 시작한 이상 의지만으로 멈춰 설수 없었다. 그녀는 핀볼처럼 나무에 몸을 부딪히며 미끄러지듯 아래를 향해 내려갔다. 손은 어느새 거친 가지를 헤집고 있었다. 멀리서 남자의 목소리가 들리는 것도 같았고, 문이 바람에 세게 닫히는 듯도 했다. 확실하지는 않았다. 가쁜 숨과 코트를 펄럭이는 바람소리만이 확신을 가지고 믿을 수 있는 전부였다. 그리고 그모든 소리를 압도하는 소리가 머릿속에 울려퍼지고 있었다. 시계추처럼 규칙적으로 움직이는 둔탁한 소리였다.

흔들리는 것은 비단 라이터의 불뿐만은 아니었다. 창고 안에 거꾸로 매달린 여자의 머리카락은 거꾸로 타오르는 불꽃처럼 보였다. 아무런 저항도 하지 않는 나무막대기 같은 시신이 창고 안에서 흔들리고 있었다. 그녀가 눈을 깜빡일 때마다 불빛이 깜빡였다. 빛이 명멸할 때마다 여자의 시신도 눈을 감았다 떴다. 입을 벌렸다가 다물었다. 나뭇가지와 덤불에 긁힌 자리가 쓰리게 달아오르는 동안에도, 그녀의 눈앞에 보이는 것은 오직 거꾸로 매달린 여자의 난도질당한 얼굴뿐이었다.

저는 꿈을 꾸지 않아요.

언제부터 꿈을 꾸지 않게 되었는지 떠오르지 않았다. 분명 꿈에서 본 것을 부모에게 털어놓던 시절이 있었다. 그러나 그때 꾼 꿈들은 기억나지 않았고, 더이상 꿈을 꾸지 않는다는 사실을 자각한 것은 꿈이 없는 잠을 자기 시작한 후로도 너무 긴 시간이 흐른 뒤였다.

어떻게 현기증과 구토를 유발하는 장면이 매혹적일 수 있는지, 겁에 질린 채로도 스크린에서 눈을 뗄 수 없는지 사람들은 알고 싶어했다. 그들은 해답을 원했다. 그들은 그들이 보는 모든 것이 무엇인가의 상징이거나 은유이며, 아직 밝혀지지 않은 의미이기를 바랐다. 그녀는 자주 유년의 끔찍한 기억에 대한 질문을 받았다. 그들은 그녀가 매일 밤 끔찍한 악몽에 시달리는 사람이기를 기대하는 듯했다. 그들은 혐오스러운 대상에 몰입하는 자신에 대한 알리바이를 그녀로부터 구할 수 있기를 원했다. 그녀는 결코 그들이 원하는 답을 들려주지 않았다. 실제로 들려줄 이야기가 없기 때문이었다.

그저 당신이 상상한 것을 보여주고 있을 뿐이라니. 정말 놀랍군요. 그렇게 보이지 않는데요.

그녀는 그녀가 보고 자란 소녀들처럼 창백하고 가녀린 외모를 가졌고, 수줍음을 타는 것은 아니었지만 말이 많은 편 또한 아니었다. 자주 혼자 공상에 잠겨 있었고, 비밀스러웠다. 그 때문에 원하거나 원하지 않거나 그녀의 주변에는 성별을 불문하고 그녀를 흠모하는 사람들이 넘쳐났다. 하나 그녀는 진심으로 사랑받거나 사랑할 수 없었다.

학창시절 그녀의 연인들은 그녀의 노트 속 글과 낙서를 보고 난

후에는 그녀를 이전과 같이 대하지 않았다. 짓뭉개진 얼굴과 피로 물든 신체, 성적으로 문란해 보이는 여성들과 살인과 강간을 일삼는 악마의 형상, 약에 취한 여자들이 가시밭 위에 매달린 그림 따위와 그녀를 번갈아 보며 경악을 금치 못했다. 넌 좀 이상해. 너와 전혀 어울리지 않아. 그녀의 늙은 연인들 중 몇은 더러 그녀를 염려하기도 했지만, 그 모든 것을 이해한다고 말하는 사람이 더 많았다. 그러나 그녀를 이해하는 연인들은 그녀의 특별함이 독특하고 색다른 섹스를 보증한다 믿을 뿐이었다. 그녀에게는 이해도 몰이해도 전혀 다를 바 없는 것이었다. 그러므로 누구와도 자신의 가장 내밀한 것을 나눌 수 없었다.

누구도 그녀가 폭력적이며 선정적인 것들에 이끌리는 한편, 빛나고 정교한 것들로부터 공포를 느낀다는 사실을 이해하지 못했다. 그녀는 크고 투명한 보석을 바라보며 불길함을, 맨몸으로 내려다보는 밑이 보이지 않는 까마득한 해저에서 평온을, 오래된 건축물이 아니라 그것이 타오르는 광경에서 압도적인 숭고를 느꼈다. 그마저도 절대적이지는 않았다. 그녀에게 약한 것과 강한 것, 깨끗한 것과 더러운 것, 아름다운 것과 추한 것, 능동적인 것과 수동적인 것, 쾌락과 고통, 진실과 거짓, 자유와 속박, 정상과 비정상은 자주 혼동될 뿐만 아니라 중첩되고는 했다. 그녀의 잠은 꿈과 현실을 매개하지 않았지만, 그녀가 뜬눈으로 보는 환상은 실재보다 강력했다. 물론 그녀는 객관적으로 일어난 현상과 환영을 구분해낼 수 있었지만, 환영의 실감만큼은 현실과 나뉘지 않는 것이었다.

그녀가 일그러지고 잔혹하게 부서진 세계로부터 느끼는 환희와 평화롭고 안전한 풍경으로부터 느끼는 불안은 일종의 사회적 결함 같았다. 하지만 누군가에게 기이하고 기형적으로 여겨지는 것이 그녀 스스로를 아름답고 완전하게 했다. 만약 그것이 진정 결함이라면 일부러 정교하게 세공해놓은 결함이리라고 그녀는 생각했다.

그렇게 생각하기 시작하자 많은 것이 변했다. 그녀는 타인의 현실에서는 결함이라고 여겨질, 그러나 그 자신에게는 무엇보다 아름다운 현실을 모두에게 전시하기로 했다. 현실을 환상 위에 덧입히자 사람들은 그녀가 보여주는 세계에 열광했다. 제가 보여주려는 것에는 오직 보여진 것만이 있습니다. 저는 아무것도 숨기지 않습니다. 드러나지 않은 것이 있다면, 있을 수도 있습니다만, 그러나 그것은 저에게 존재하지 않는 것이나 마찬가지입니다. 그녀는 여전히 꿈을 꾸지 않았고, 여전히 꿈을 꾸지 않는다고 말했다. 하지만 이제 그녀의 온갖 말과 미소는 그녀가 꺼내놓은 세계와 함께 팔려나갔다. 누군가는 그것을 무책임한 포르노라고 말하고, 누군가는 무의식을 해부하는 예술이라 말했다. 때때로 그녀는 악에 사로잡힌 마녀라 불렸고, 때때로 수척한 공포의 여왕이라 불렸다. 그녀는 무엇도 부정하거나 긍정하지 않았다. 그녀에게 영화는 그저 이미 존재하는 현실을 살아가는 하나의 방법에 불과했고, 자신이 이해할 수 없는 감각을 추방할 수밖에 없는 운명에 놓인 건 그녀가 아니었다.

　친친 동여맨 니트 목도리를 눈 밑까지 끌어올리자 입에서 뿜어져나오는 더운 입김이 곧바로 니트 위에 차게 내려앉았다. 처음의 예상과 달리 차가 세워져 있던 자리를 찾기란 어렵지 않았다. 이차선 도로 바깥의 평지가 많지 않았고, 줄기가 굵은 고목도 흔치 않았다. 기억이 어긋나지 않았다면 지금 그녀가 선 자리가 그때 차를 세워두었던 장소임이 분명했다. 그녀는 산을 오르기 시작했다. 도로와 달리 언 땅 위에는 녹지 않은 눈이 쌓여 있었고, 잎이 다 떨어진 나무들의 간격은 이전보다 멀어 보였다. 해는 예상보다 빠르게 기울고 있었다.

　그날 밤의 기억은 잊힐 기미를 보이지 않았고, 도리어 시간이 흐를수록 더욱 생생했다. 차츰 세밀하게 구체화되어가는 기억은 그녀를 완전한 공포 속에 밀어넣었다. 그때 그녀는 생명의 위협을 느꼈고, 그 순간은 반복되었다. 그녀는 그가 자신을 따라오지 않는데도 어째서 멈출 수 없었는지, 숲을 빠져나와 경사진 도로를 헤매다 차에 올라타던 두 다리가 왜 그토록 격렬히 떨렸는지, 무슨 이유로 단 두어 번의 시도 만에 시동이 걸린 차를 똑바로 모는 것조차 불가능했는지를 스스로에게 설명하기 위해 애썼다. 거기에는 안도감도 쾌감도 없었다. 오직 두려움만이 출구가 없는 두꺼운 콘크리트

벽처럼 그녀를 에워싸고 있었다. 그녀는 산비탈을 오르고, 내려오고, 방향을 틀어 다시 오르며, 그날의 기억을 되짚었다.

난데없는 출현이기는 했지만, 남자는 건장한 체격이 아니었고, 위험해 보이지도 않았다. 그는 근거리에 오두막이 있고, 그곳에서 전화통화가 가능하다고 말했다. 이상한 것은 그가 취미로라도 산을 탈 것처럼 보이지 않는다는 사실뿐이었다. 그는 그녀에게 오두막까지 동행을 제안하지도 않았다. 그저 필요한 것이 있는지 묻고, 오두막에 닿는 즉시 차가 견인될 수 있도록 조치를 취하겠다고 말한 것이 전부였다. 뒷좌석의 가방을 꺼내들며 그를 따라나서겠다고 한 것은 그녀 자신이었다. 그녀는 그를 만난 즉시 둘 사이에 성적인 긴장이 흐른다는 사실을 감지했다. 그는 험하지는 않지만 조금 가파른 길을 가야 하니 가방은 자신에게 맡기는 게 어떻겠냐며 다가왔고, 그녀는 손사래를 쳤다. 아직 사라지지 않은 자신의 비릿한 체취가 그에게 전달되었을지도 모른다는 수치심과 그가 그것을 느끼기를 바라는 기묘한 바람이 물과 기름으로 그린 그림 같은 형상으로 의식을 물들였다. 그는 마치 안전거리를 지키라는 명령이라도 받은 듯 두 손을 가볍게 들어올렸다. 재킷의 밑단이 흔들리며 얇은 니트를 입은 남자의 길고 늘씬한 허리가 드러났다.

그녀는 막 한 편의 시나리오를 완성한 참이었다. 바로 그럴 때에 그녀는 가장 생산적인 상태에 진입했다. 주체할 수 없는 극적 현실들이 새롭게 그녀의 눈앞에 펼쳐졌다. 시동이 걸리지 않는 자동차, 정체를 알 수 없는 남자, 곧 어둠이 내려앉을 축축한 숲까지 모든 것이 미리 계획되어 있던 우연 같았다. 그녀는 남자를 따라 숲으로 들어서며 고개를 돌려 차를 세워둔 자리를 확인했다. 트렁크 뒤로 거대한 고목이 서 있었다. 바람이 머리카락을 헤집으며 시야를 뒤덮었다. 머리를 쓸어넘기자 고목의 굵고 튼튼한 가지 하나에 남자가 거꾸로 매달려 있었다. 얇은 황적색의 니트만을 입고 있는 그의 두 팔은 등뒤로 묶여 있었다. 그녀는 앞서 걸음을 재촉하다 멈춰서 그녀를 기다리고 있는 남자를 돌아보았다. 그는 영문을 모르는 평온한 얼굴로 펼친 손을 내밀고 있었다. 손가락이 남달리 길고 가늘었다. 그녀는 그의 손을 붙잡는 대신, 갈피를 잃은 수줍은 손이 으깨지고 망가지는 모습을 떠올렸다. 그를 따라 다시 걸음을 떼자마자 등뒤에서 소리가 들려왔다. 거꾸로 매달린 남자가 흔들리고 있었다. 사방으로 흔들리는 그의 머리가 트렁크에 부딪히며 소리를 냈다. 매달린 채 빙그르 도는 남자의 얼굴은 점토로 아무렇게나 빚어놓은 것처럼 울퉁불퉁했다. 바람은 멈추었고, 그의 연약한 몸만이 고혹적으로 나부꼈다.

어둠이 짙어지고 있었다. 그녀는 계속해서 비슷해 보이는 숲을 떠돌았다. 휴대폰의 플래시가 어지럽게 땅과 나무들을 훑었다. 몸에 열이 오르내리기를 반복해 체온이 급격히 떨어지는 중이었다. 어쩌면 오두막은 존재하지 않는 것인지도 몰랐다. 거꾸로 매달린 남자만이 아니라, 그녀에게 도움을 주려던 남자와 거꾸로 매달린

여자의 시체도 모두 환영인 것이다. 이쪽과 저쪽의 경계가 희미해
지다못해 사라져버렸다면. 차 안에서 허탈하게 끝난 자위는 아직
도 생생했다. 밧줄의 질감도, 흙의 냄새도, 짐승들의 호흡 소리도
그랬다. 그러나 한편으로 그녀의 손등과 무릎에는 아직도 아물어
가는 상처 자국이 남아 있었다.

당신은 어떤 꿈을 꿉니까.

저는 꿈을 꾸지 않아요.

그랬다. 그녀는 꿈을 꾸지 않았다. 마지막으로 꿈을 꾼 게 언제
였는지조차 기억나지 않았다. 하지만 그녀의 현실에서는 믿기지
않는 것들이 보이고, 또 들렸다. 이제 그녀는 타인에게 설득할 수
없는 것들을 보았다고 말하지 않았다. 증인도 목격자도 오직 그녀
자신뿐이었다. 꿈이 없다면, 무엇을 기준으로 현실을 파악해야 하
는지 그녀는 알지 못했다. 이 모든 사건이 깨어나지 못한 그녀가
꾸고 있는 긴 꿈이라고 한다면. 너무 길어서 꿈을 꾸고 있다는 사
실조차 자각할 수 없게 된 꿈이라면.

그때 눈앞에 오두막이 나타났다. 잎이 떨어진 가지와 눈이 쌓인
지붕을 제외하면 거의 기억 속 그대로의 모습이었다. 그 곁에 열
린 문 안으로 시커먼 뱃속을 그대로 드러내놓고 있는 창고가 보였
다. 추위는 일순간 물러갔다. 빈산을 흔드는 바람소리도 그 순간
에는 그녀의 귀에 닿지 않았다. 오두막의 작은 창문은 굳게 닫혀
있었고, 창의 안쪽은 어두웠다. 연통에서는 연기가 나지 않았다.

그녀는 신중하지만 큰 보폭으로 오두막으로 다가가 두꺼운 문을 잡아당겼다.

기름 냄새와 함께 훈기가 덮쳐왔다. 타고 있는 석유난로의 빛이 오두막의 중앙을 붉게 밝히고 있었다. 그제야 땅이 눈에 들어왔다. 창고와 오두막 사이의 눈 덮인 땅 곳곳에 누군가의 발자국이 찍혀 있었다. 그녀는 문을 닫으며 오두막 안으로 뛰어들었다. 문을 등지고 앉아 숨을 몰아쉬며 희미한 빛에 의지해 주위를 둘러보았다. 빛이 닿지 않는 지하실 입구가 유독 시커멓게 보였다. 석유난로 위에서 물이 끓고 있었다. 창고의 여자가 실재했는지 아닌지 확인할 길은 없었지만, 그녀는 더는 의심할 필요가 없음을 깨달았다. 그녀를 사로잡은 공포가 그 증거였다. 지금껏 그 어떤 공포도 그녀를 그런 방식으로 사로잡은 적은 없었다.

노트북이 든 가방은 그녀가 앉았던 의자 곁에 그대로 놓여 있었다. 그녀는 목을 죄는 목도리를 잡아당기며 몸을 펼쳤다. 일단은 그것이면 충분했다. 그 자리를 벗어나는 게 먼저였다. 그녀는 가방 손잡이를 낚아채며 몸을 일으켰다. 감각이 무뎌진 발이 중심을 잡지 못해 몸이 휘청거렸다. 몸을 가누려 짚은 것은 전화기가 놓인 테이블이었다. 그녀는 가방을 내려놓고 수화기를 들었다. 선명한 신호음이 들려왔다. 그녀는 떨리는 손으로 버튼을 누르기 시작했다. 그리고 문이 열렸다. 남자가 서 있었다.

아무것도 느껴지지 않았다. 공포나 희열, 슬픔 같은 감정뿐만이 아니었다. 향기도, 감촉도, 맛도 애초에 세상에 존재하지 않았던 것처럼 사라졌다. 잠도 오지 않았다. 보고 있었지만 보이지 않았고, 듣고 있었지만 들리지 않았다. 그녀는 오두막 안에 웅크린 채 사위가 밝아오기만을 기다렸다. 보이지도 들리지도 않는 의식의 공간을 부유하며 자신에게 어떤 일이 일어나고 있는지 자문했다. 질문은 메아리 없이 어디론가 사라지고, 어떠한 답도 되돌아오지 않았다. 그녀는 새벽의 푸른 빛이 좁은 창 안으로 스밀 때가 되어서야 오두막 바깥으로 나갔다. 남자는 고요히 누워 있었다. 그의 주변으로 맨땅이 드러나 있었다. 피가 말라붙은 옷은 빳빳하게 굳어 있었지만, 그는 그저 잠시 잠에 든 것처럼 보일 뿐이었다. 그는 더는 아름답거나 역겹지 않았다. 의미 없이 지나치는 사물에서 받을 법한 감흥조차 남아 있지 않았다.

창고는 어슴푸레한 빛 속에서 진짜 속내를 드러냈다. 거기에는 몇 가지 연장, 온갖 담금주와 절인 과일을 담은 유리병만이 가득했다. 여러 단의 선반 위에 빼곡한 유리병은 내용물을 알아볼 수 없을 정도로 두껍게 먼지가 쌓여 있는 한편, 더러는 썩은 것이 분명해 보이는 것들도 있었다. 선반이 차지한 자리를 제외하면 문을 닫고 사람을 매달 공간 같은 것은 존재하지 않았다.

그녀는 선반에 기대어져 있던 삽을 들고 나가 땅을 파내려가기 시작했다. 한 번도 땅을 파본 적 없는 그녀가 혼자 언 땅을 파기는 쉽지 않았다. 그러나 그녀는 기계적으로 땅속으로 삽을 찔러넣고 흙을 퍼냈다. 산짐승이 다가올 기회조차 없었다. 남자의 눈썹에 서리가 앉고, 낯빛이 푸른 새벽녘의 하늘처럼 변하고, 파놓은 구덩이에 눈이 차올랐다. 남자의 피부는 한낮의 햇살에 녹았다가 한밤의 추위에 얼어붙으며 건조하게 말라갔다. 악취와 땀냄새로 범벅이 된 지경에도 그녀는 멈추지 않고 더 깊게 땅을 파내려갔다. 충분히 깊은 구덩이가 만들어졌고, 퍼낸 흙으로 구덩이를 덮는 데에는 긴 시간이 필요치 않았다.

그녀에게 남은 것은 피로와 허기, 배설의 욕구뿐이었다. 석유난로의 열기는 얼마 가지 못했다. 그녀는 씻지 않은 더러운 몸 위에 더러운 모포를 두른 채 잠에 들었다. 유독 기온이 떨어지는 날에는 오두막에 걸려 있던 남자의 점퍼를 껴입었다. 찬장 안의 통조림을 꺼내 먹었고, 그뒤로는 정체를 알 수 없는 유리병 속의 것을 먹고 마셨다. 냄새도 맛도 느껴지지 않았다. 먹은 것 때문에 욕지기가 올라오면 토사물을 그대로 뱉어냈다. 바깥에 있을 때면 아무곳에서나 용변을 해결했다. 그녀는 완전히 무감각했다.

기온이 크게 오르내리던 시기가 지나자 겨울은 빠른 속도로 깊어졌다. 길게 누운 남자 위에 쌓인 흙더미가 단단하게 얼어붙고 나서야 그녀는 목욕을 했다. 오두막을 청소하고 썩은 것들을 숲속에 내다버렸다. 지푸라기를 모으고 어린 나무들을 베어 장작을 쌓고 벽난로에 불을 지폈다. 불을 붙이기는 쉽지 않았지만, 타오르기 시작하자 불은 빠른 속도로 속이 마른 나무를 집어삼키며 몸집을 불렸다. 땔감을 연거푸 던져 넣자 금세 벽난로 밖으로 뛰쳐나올 것처럼 맹렬해졌다. 그녀는 델 것 같은 불가에 앉았다. 그녀의 무릎 위에는 그날 이후로 열린 적 없는 가방이 단정하게 놓여 있었다. 그녀는 자신의 그림자가 오두막의 벽을 타고 거인처럼 일어날 때까지 그렇게 앉아 있었다.

깊은 밤, 폭설이 쏟아졌다. 그녀는 문밖에 눈이 차오르는 것을 눈치채지 못했다. 연기가 자욱했다. 그녀는 의자 옆에 쌓아놓은 마른 나뭇가지를 더 던져 넣었다. 무슨 생각을 하고 있는 것은 아니었다. 그러나 움직임은 더할 나위 없이 단호했다. 무릎 위의 가방은 방금 다시 치솟기 시작한 불구덩이 속으로 내던져졌다. 가방은 매캐한 연기를 피우며, 오랫동안, 아주 오랫동안 타들어갔다.

그해 겨울, 그녀는 한 남자를 살해했다.

그녀에게 그 이후의 빛이나 어둠은 존재하지 않았다. 스위치처럼 끄고 켤 수 있었던 잠과 같은 깊은 공동이 그녀를 차지했다. 안도 바깥도 없는 끝없는 공동.

다시 새벽이 오고, 나는 뜨거운 차를 마시며 그녀를 생각한다.

왜 이렇게 일찍 일어났어.

차가운 손이 발목을 붙든다.

악몽이라도 꾼 것 아냐?

뜨거운 차가 식도를 타고 내려간다.

차가운 손에 체온을 빼앗길 때.

나는 기쁘거나 슬프지 않다. 그저 그녀를 생각할 뿐이다.

나는 꿈을 꾸지 않아.

여기에서는 모든 것이 현실이다. 살인자의 난로 위에 물이 끓고
있다.

잃어버린

것

너를 발견하기 전까지 나는 저기 저쪽 나무 그늘 아래 벤치에 앉아 있었어. 가로등 빛도 들지 않는 어둠 속에서 사람들을 지켜보고 있었지. 열대야를 견디기 위해 공원으로 흘러든 사람들이 수두룩했어. 사람들은 아무데나 앉거나 드러눕고, 물건들은 아무렇게나 떨어지고 뒹굴어. 나는 생각했어. 여름은 무언가를 잃어버리기 좋은 계절이다. 사람들은 익숙한 장소를 떠나고 익숙한 장소로 돌아와. 그리고 그들이 떠난 자리엔 종종 흘리거나 놓아둔 무언가가 남아 있지. 나는 내가 잃어버린 것에 대해 생각했어. 오랫동안 그래왔듯이, 내가 잃어버린 것에 대해서 말이야.

나는 평생에 걸쳐 수많은 것을 잃어버렸어. 다른 사람보다 특별히 많지는 않았지만 특별히 적지도 않았지. 그중에는 내가 잃어버렸다는 사실을 알고 있는 잃어버린 것들이 있어. 예를 들면 볼펜처럼 말이야. 사라진 볼펜은 새로운 볼펜을 사고 나면 어디선가 홀연 나타나지. 크게 쓸모는 없지만 소중한 것들도 있었어. 귀중해서 잘 보관해둔다는 게 그만 그 장소를 잊어버린 경우가 그래. 때로는 잃어버렸다는 사실마저 잊어버린 것들도 있었어. 필요가 없어진 물건들일 때가 많았지. 이런 걸 잃어버린 것이라고 해도 좋을지 모르겠다는 의문이 들 때가 있긴 해. 오히려 버려진 것이라고 해야 하는 게 아닐까. 하지만 그것들이 예상치 못한 순간에 발견되면 잊었던 물건이라는 사실을 깨닫게 되기도 하니까. 그리고 아주 가끔은 그것을 되찾는 일이 그것에 다시 쓸모를 부여하기도 하니까. 그 역시 잃어버린 것이라고 부를 수는 있을 거야. 물론 대체로 버려지거나 방치되거나 다시금 잃어버렸다는 사실을 잊어버리게 되겠지만. 아무튼 나는 살면서 수없이 많은 것을 잃어버렸고, 되찾았고, 혹은 되찾기를 단념했어. 그것을 잃어버리기 전까지는. 그것이 무엇이냐 하면, 그게 바로 문제야. 나는 그게 무언지 도통 알 수가 없어.

벌써 수년 전 어느 날 저녁의 일이야. 그때도 무언가를 잃어버리기 좋은 여름이었지만, 그때까지만 해도 잃어버리는 일에 대해 달리 진지하게 생각해본 적이 없었지. 나는 그저 공원의 벤치에 앉아 더위를 못 이기고 강바람을 쐬러 나온 사람들과 주인을 끌고 질주하는 개들과 철교 위를 밝히는 자동차들의 행렬을 바라보고 있었어. 그때 그가 내게 다가온 거야.

그는 다짜고짜 어두운 나무 그늘을 가리키며 그곳에서 나를 지켜보고 있었다고 말해. 여름인데도 구겨진 긴팔 셔츠에 긴바지를 입고 있지. 좀 이상하게 보이지만, 그가 점잖은 사람이라는 건 알 수 있어. 그는 내게 무엇을 찾고 있느냐고 묻지. 그럼 나는 아무것도 찾지 않는다고 대답해. 그런데 그는 내가 분명 무언가를 찾고 있고, 자신은 그런 걸 기가 막히게 알아볼 수 있다고 말하는 거야. 그리고 내 반응일랑 아랑곳없이 이렇게 시작하는 거야.

"나는 어둠 속에 앉아서 내가 잃어버린 것에 대해 생각하고 있었어. 그러다 무언가를 찾고 있는 너를 발견한 거야. 주위를 두리번거리고 아무도 관심을 갖지 않는 공간을 수색하는 데에 몰두하고, 때때로 한숨을 내쉬기도 하는 너를 말이야. 나를 이상한 사람으로 보지는 말았으면 해. 나는 뭔가를 잃어버렸고 잃어버린 사람들과 이야기를 나누고 싶을 뿐이니까. 그게 무엇인지가 궁금하고, 그걸 잃어버린 기분이 궁금하고, 그걸 함께 찾을 수 있다면 좋을 테니까. 서로의 곤경에 대한 이야기를 나눌 수도 있을 테니까. 그러니까 나를 너무 이상한 사람으로 생각하진 말아줘. 나는 그저 내가 잃어버린 것에 대해 이야기를 나눌 사람이 필요할 뿐이야.

벌써 수년 전 어느 날 오후의 일이야. 그건 순전히 뭔가를 잊어버린 것 같은 기분으로 시작되었지. 이를테면 가스 밸브나 현관문을 제대로 잠그지 않은 것 같은 기분 말이야. 방금 집을 나왔다면 돌아가 확인을 할 수도 있을 거야. 보통 그런 예감은 예감에서 끝나버리는 게 다반사니까 안심하고 그대로 갈 길 가는 수도 있지. 가스 밸브나 문을 제대로 잠그지 않았다고 해서 특별히 사고가 일어나리라는 법은 없으니까. 그런데 만약 그 예감이 너를 완전히 사로잡아버린다면, 도저히 뿌리칠 수 없는 거대한 기분이 너를 초조하고 불안하게 만들어버린다면 말이야. 점심식사를 마치고 사무실로 돌아가는 뙤약볕 밑에서 손부채질을 하며 실내로 뛰어드는 그런 여름날의 오후에 나는 뭔가 중요한 걸 깜빡한 것 같다고 느껴버린 거야.

처음의 예감은 가스 밸브를 열어둔 것이 아니라 가스레인지를 켜놓은 것만 같다는, 문을 잠그지 않은 것이 아니라 활짝 열어둔 것만 같다는, 점점 더 위험한 상황에 대한 예감으로 둔갑하기 시작해. 그건 마치 누군가 간지럼을 태우는 것과도 같아. 도저히 참을 수가 없었지. 참고 또 참고 참다가 기어이 간지럼 태우는 사람의 얼굴에 주먹을 날리고야 말 것 같았어. 그리고 결국 주먹을 날렸어. 사무실 책상에 앉은 지 채 한 시간이 되지 않아 상사의 눈총을 받으며 조퇴서를 썼어. 예상했겠지만, 당연히 내 예감은 모두 빗나갔어. 그런데 말이야. 여전히 무언가 잘못되었다는 기분은 사라지지 않았던 거야. 오히려 내가 그보다 훨씬 중요한 무언가를 잊어버렸을지도 모른다는 생각이 든 거야.

나는 곰곰 기억을 더듬었어. 결재를 받아야 할 서류와 스케줄 노트에 적힌 약속들 따위를. 너는 예상할 거야. 이번에도 아무런 문제가 없었다고 말이야. 아니, 그 반대야. 나는 세탁소에 맡겨놓았던 셔츠를 이 주째 찾아오지 않고 있었다는 사실을 깨달았어. 그게 발단이었지. 셔츠를 찾아왔는데도 여전히 그 기분이 사라지지 않았던 거야. 만일 셔츠를 찾아오는 일을 계속해서 잊고 있었다면 셔츠는 잃어버린 물건이 되어 폐기되었으리란 생각이 들었어. 그러니까 잊어버린 것에 대한 생각이 잃어버린 것에 대한 생각으로 돌변한 순간이지."

어쩌면 좀 어지러울 수도 있을 거야. 나도 처음엔 그랬으니까. 간단히 말하면 그는 분명 무언가를 잃어버렸는데 무엇을 잃어버렸는지를 잊어버렸다는 생각에 빠져들고 만 거야. 그는 조금 엉뚱했고, 조금은 미친 사람처럼 보이기는 했지만 해코지를 할 것 같지는 않았어. 나는 시간이나 때우자는 생각으로 그의 이야기에 귀를 기울였지. 그는 뭣에 홀리기라도 한 양 혼자 쉴새없이 떠들었어. 이렇게 말이야.

"나는 평소와 다름없이 살았어. 한동안은 그랬지. 그런데 잃어버린 것에 대한 생각이 점점 더 몸집을 불려나가기 시작한 거야. 잘 이해가 되진 않을 거야. 잃어버린 게 무엇인지도 모르는데 그것을 잃어버렸다는 사실만큼은 놀라울 정도로 생생하다니. 그 기분이 얼마나 강렬하게 지속되었던지! 그러다보면 내가 잃어버린 것이 무엇에도 견줄 수 없는 소중한 것일지도 모른다는 결론에 도달하게 돼. 단지 기억나지 않는다는 사실이 착각을 불러일으킨 것이라고 해도, 그즈음이 되면 그것을 찾아내지 않으면 안 되는 상황에 봉착하고 마는 거야.

나는 전과 똑같은 일상을 반복하면서도 내가 잃어버린 그것이 무엇인지 찾기 시작했어. 내게 익숙한 공간들을 주의깊게 심문하는 것으로 말이야. 내 작은 방과 사무실, 자주 다니는 식당과 카페, 가끔 산책을 나오던 공원을 들쑤시고 다녔단 소리야. 내가 잃어버린 것을 찾아내면 비로소 내가 잃어버린 것이 무엇이었는지 알게 될 테니까. 중요한 건 잃어버렸다는 사실이 아니라, 떠오르지 않는 잃어버린 것, 그 자체였으니까. 그것을 찾아내기만 하면 그만이었던 거지. 물론 지금은 반드시 그렇지 않다는 걸 깨달았지만, 적어도 그땐 그렇게 생각했어.

나는 내가 잃어버렸던 것들을 셀 수 없이 많이 되찾았어. 그리고 찾을 수 없게 된 잃어버린 것들을 수없이 많이 떠올려냈지. 거기엔 찬란한 기쁨과 고통이 따랐어. 왜냐하면 그것들엔 기억이 들러붙어 있으니까. 잃어버린 것을 되찾는다는 건 잊었던 기억을 되찾는 일에 다름 아니거든. 간혹 어떤 것들은 한 시절의 사소한 불행들을 떠오르게 만들었지만, 그래도 한동안은 무척 만족스럽게 잃어버린 것을 되찾는 일에 몰두했지. 특히 한 영국 밴드의 음반을 먼지 구덩이 속에서 발견했을 때의 기쁨은 굉장했어. 이름은 말해도 모를 거야. 이십 년쯤 전에 잠시 활동하다가 망해버린 밴

드고, 내가 찾아낸 음반도 제대로 된 앨범 재킷이라고는 없는 복사본에 불과했으니까. 아무튼 흠집이 많아서 재생조차 할 수 없었는데도, 그들이 내 팬레터를 받고서는 음반을 보내주겠다고 했던 순간의 벅찬 흥분이 되돌아왔지. 그게 내가 찾던 것이라면 좋았을 텐데. 안타깝게도 내가 찾아낸 잃어버린 것 중에 내가 찾으려 했던 알 수 없는 그 무언가는 존재하지 않았어. 나는 그제야 깨달은 거야. 내가 그것을 절대로 찾을 수 없게 되었을지도 모른다고 말이야."

그는 잔디밭을 가리키며 말했어. 저기 잔디밭 위의 파란 재킷이 보이냐고 했지. 지금은 당연히 보이지 않아. 하지만 상상할 수는 있을 거야. 두 아이와 부부가 돗자리를 깔고 앉은 쪽 말이야. 그 오른쪽의 비닐봉지를 파란 재킷이라고 가정하자고. 그땐 저기쯤에 파란 재킷이 놓여 있었어. 나는 그제야 그가 줄곧 그 재킷을 주시하고 있었다는 걸 알아차려. 그는 말해.

"저 재킷은 누군가 잃어버린 물건이 분명해. 아까부터 내가 지켜보고 있었거든. 여름이고, 사람들은 겉옷을 벗고, 벗어놓은 옷을 두고 사라져. 사라진 건 저 옷의 주인일까, 아니면 재킷일까. 이건 좀처럼 해결되지 않는 어려운 문제지. 나처럼 오랫동안 잃어버린 것에 대해 생각해온 사람이 아니라면 할 수 없는 질문일 거야. 물론 아주 중요한 질문은 아냐. 문제는 저 옷의 미래지. 한때 저 옷은 누군가의 추위를 막아주고, 그를 멋지게 단장해주었을 거야. 이제 어떻게 될까. 옷의 주인이 저 옷을 찾으러 나타나지 않는다면. 나는 알아. 그는 잃어버린 걸 찾으러 오지 않을 거야. 어떻게 확신하느냐고? 저건 내가 여기에 오기 전부터, 해가 지기 전부터 저기에 놓여 있었고, 저기에 자리를 깔고 앉은 사람들이 몇 차례 바뀐 뒤에도 누구도 가져가려 하지 않았으니까. 저대로 남겨져 있다가 쓰레기 수거함으로 가거나 분실물 센터로 보내지겠지. 그러고도 찾아가지 않으면 다른 누군가에게 보내질 수도 있고, 어쩌면 그대로 폐기 처분되어 세상에서 감쪽같이 사라져버릴지도 몰라. 나는 미처 그걸 생각하지 못했던 거야."

나는 물었어. 그럼 그것을 찾기를 그만두었냐고 말이야. 그랬더니 그가 이렇게 답하는 거야.

"물론 나는 그것을 찾기를 단념했어. 절반쯤 단념했다고 해야 하나. 실은 그때부터 진짜 문제가 시작됐지. 이상한 두려움이 나를 사로잡은 거야. 문득 내가 너무 많은 걸 가지고 있다는 생각이 떠오르지 뭐야. 그 생각은 내가 가진 모든 것이 잠재적으로 잃어버릴 가능성 아래 놓여 있다는 데까지 가버리고 만 거야. 그러자 무언가를 잃어버린다는 사실이 두려워지기 시작했어. 내 삶을 축소시켜야 할 필요성을 느끼게 됐지. 내가 더 많은 것을 잃어버리기 전에 내가 먼저 그것을 버려야 했다는 뜻이야. 나는 팔거나 버리기 시작했어. 입지 않는 옷들, 읽지 않는 책들, 사용되지 않는 식기들, 자질구레한 일상용품들. 필요하다면 언제든지 다시 구입할 수 있고, 또 버릴 수 있는 그런 물건들. 그러면서 내 작은 방은 점점 더 넓어졌지. 그런데 그렇게 버리기 시작하니 남아 있는 것들이 더욱 위태롭게 느껴지기 시작하는 게 아니겠어. 기가 찰 노릇이지. 내 방은 점점 휑해졌고, 형언할 수 없는 어떤 절망의 얼굴이 그 빈자리에 머리를 들이밀어. 나는 언제나 무언가를 잃어버릴까 노심초사했고, 일상은 차츰 엉망이 되어갔던 거야. 그리고 이걸 발견하게 되지."

그는 주머니에서 작은 돌멩이 하나를 꺼내들었어. 엄지손톱보다 조금 큰 크기의 반질반질하고 예쁜 돌멩이였지. 대단히 특별해 보이는 건 아니었어. 나는 대수롭지 않게 그의 손 위에 다소곳이 놓인 돌멩이를 내려다봤지. 계속해서 버리고 버리고도 남겨져 있던 오래된 반바지 한 벌을 버리려던 참이었다며 그는 이야기를 이어나갔어.

"한때는 자주 입어 나름대로 추억이 깃든 반바지였는데, 예전이랑은 상황이 달라지고 있었으니까. 필요하지 않은 반바지를 집안에 그대로 둘 수는 없었지. 그런데 그 반바지 주머니 안에 이게 들어 있었던 거야. 의아했어. 그동안 왜 내가 그 바지 주머니 속에 있는 돌멩이 하나를 발견하지 못했는지. 이미 모든 주머니란 주머니는 다 뒤졌다고 생각했거든. 그게 기묘한 암시처럼 느껴졌어. 그를 비로소 떠올렸으니까. 내가 잃어버린 것에 대해 생각하기 한참 전에 만난 그가 떠오른 거야. 왜 진작 그를 떠올리지 못한 걸까.

그때도 여름이었어. 이것 봐. 여기엔 분명 어떤 징후가 있어. 여름이 반복되고 있잖아. 여하간 그 여름 저녁에 나는 공원의 벤치에 앉아 있었어. 사람들의 시끄러운 목소리, 음악소리, 풀벌레 소리와 공원 곁 도로의 앰뷸런스의 소음이 뒤섞인 밤이었지. 그때 그가 내게 다가오는 거야. 그는 머리가 조금 희끗희끗하고 여름인데도 긴팔 셔츠에 긴바지를 입고 있었어. 특별히 이상해 보이진 않았어. 나이를 먹으면 앙상한 몸을 내놓기를 편치 않게 여기기도 하니까.

그는 내게 무엇을 찾고 있느냐고 물어. 나는 아무것도 찾지 않는다고 답하지. 그런데 그는 내가 뭔가를 찾고 있는 것이 분명하고, 자긴 그걸 알아볼 수 있다고 말해. 그런 다음에 혼자서 한참을 떠들었는데, 오래된 일이라 이제는 잘 기억이 나지 않아. 다만 그게 잃어버린 것에 대한 이야기였다는 사실과 인상적인 한 문장이 섞여 있었다는 것만큼은 떠올릴 수 있었지. 이 돌멩이 하나가 그걸 기억해내게 만든 거야. 이 돌멩이를 내게 준 사람이 바로 그였거든. 그가 내게 말했어.

그 캄캄한 어둠도 이제 다 소진되었다.”

그 말을 전해들을 땐 돌연 소름이 돋았어. 딱히 음산한 표정으로 말을 한 것도 아니고, 탁 트인 공공장소였는데도 목덜미가 서늘했지. 그는 그 이후로 매일 공원에 나오게 되었다고 했어. 여기에 있으면 그에게 돌멩이를 건네준 그를 다시 만날 수 있지 않을까 하고 말이야. 허황되어 보였어. 약간은 거짓말 같기도 했지. 나는 곧 자리를 뜰 생각이었는데, 불현듯 질문 하나가 떠올랐어. 그가 왜 그에게 돌멩이를 주었는지 말이야. 그는 잠시 생각에 잠기더군. 그는 잘 기억나지 않는다면서 왼쪽 뺨을 긁기 시작했어. 어디선가 폭죽이 터지는 소리가 들렸고, 곧 폭죽을 터뜨리지 말라는 안내방송이 들려왔어. 그의 어깨가 놀라 움츠러드는가 싶더니, 이내 그의 손이 돌멩이를 움켜쥐었어. 절대 잃어버려서는 안 되는 물건이라도 된다는 듯 말이야. 그리고 내게 고백했지.

"나는 꽤 오래 여기에 붙박여 있어. 한시라도 여기를 벗어나면 그사이에 그가 다녀갈까봐. 벌써 일 년도 더 되었지. 내 고용주는 나를 해고했고, 나는 살고 있던 방을 잃었어. 더는 잃어버릴까 전전긍긍할 필요도 없게 되어버린 거야. 그런데도 나는 지금 입고 있는 셔츠와 바지, 겨울용 코트 한 벌, 그리고 그가 내게 남긴 돌멩이가 사라질까봐 마음을 졸여. 특히 돌멩이만큼은 절대로 잃어버려서는 안 돼. 그가 나타났을 때 내가 나라는 사실을 그에게 증명할 수 있는 유일한 증거니까. 왜 그를 찾느냐고. 잃어버린 것에 대해선 그가 분명 나보다 앞서 일가견을 얻은 인물일 테니까. 사실 그는 잠시만 자리를 비울 테니 내게 이 돌멩이를 맡아달라고 했어. 그리고 긴팔 셔츠에 긴바지를 입은 그가 나타나면 그를 붙들어두라고 했는데, 나는 그냥 그 자리를 뜨고 만 거야. 그의 소중한 돌멩이를 내 주머니에 넣어버린 채로. 그건 엄청난 실수였어."

어처구니가 없었어. 벌써 만난 지 수년이 넘은 사람을 다시 만날 수 있으리라 기대한다는 게 말이야. 그들이 서로를 알아볼 수나 있을까 싶었지. 그를 만난다고 해서 잃어버린 것이 무엇인지 알게 되는 건 아니지 않은가요? 내가 물었지. 그는 고개를 저으며 한심하다는 듯 대꾸했어.

"이젠 내 캄캄한 어둠도 다 소진되었지."

그는 잠시 말을 멈추었어. 선선한 강바람이 우리의 머리카락을 헤집어놓는 동안에 그는 꼭 정지한 것처럼 보이는 까만 강물에서 눈을 떼지 않았지. 나는 그가 바라보는 것을 함께 바라보았어. 그가 언제 사라졌는지는 모르겠어. 그는 마치 처음부터 존재하지 않았던 사람처럼 휘발되어버렸어. 공원의 인파 속에서도 그의 모습을 찾을 수 없었지. 그리고 그가 떠난 자리에 그게 놓여 있었던 거야. 작고 반질거리는 바로 그 돌멩이가.

내게 무슨 일이 일어났을지 짐작할 수 있을 거야. 내게도 그 일이 일어난 거야. 무언가를 분명 잃어버렸는데 그게 무엇인지 알 수 없게 되었지. 그다음은 똑같아. 나는 그와는 반대로 수많은 것을 잃어버리고도 무엇을 잃어버렸는지 모르게 되도록 거대한 양의 것들을, 오직 잃어버리기 위해서 사들였어. 그래도 결과는 같아.

무언가를 잃어버렸다는 기분, 그건 처음엔 그저 아주 작고 검은 점에 불과해. 그게 차츰 까맣고 텅 빈 구멍으로 확장되는 거야. 마치 내가 잃어버린 것이 내가 가진 모든 것인 듯해. 다른 것은 안중에도 없지. 사람들은 기억나지 않는 것이라면 정말로 소중한 것은 아닐지도 모른다고들 해. 소중하지 않은 것이라면 굳이 찾아야 할 필요도 없다고 말하지. 하지만 나는 그것이 소중하기 때문에 찾아 헤맨 게 아니야. 그가 말했잖아. 그건 내가 찾아 헤매기 때문에 소중한 것이 되어버리는 거니까. 이게 흥미로운 부분이지. 그렇게 되면 결국 난 소중한 걸 찾아 헤매는 것이니까.

혹시 내가 나를 잃어버린 게 아니냐고? 무슨 시답잖은 소리야. 물론 그렇게 말하는 사람들이 더러 있긴 해. 자신이 철학적으로 무척이나 탁월하게 문제를 해결했다는 듯이 말이야. 하지만 나는 분명 여기에 있잖아. 내가 나를 잃어버렸다면 지금 여기에 있는 나는 뭐지. 그런 일은 있을 수 없어. 나는 나에 대해 이야기하려는 게 아니야. 내가 잃어버린 것에 대해 말하고 있는 거지. 거꾸로 뒤집어볼 수는 있을 거야. 누군가 파란 재킷을 잃어버린 건가, 아니면 파란 재킷이 누군가를 잃어버린 건가 하는 질문처럼. 누군가 혹은 무언가가 나를 잃어버린 것은 아닐까. 그러면 나는 어디에서 그것을 기다려야 하는 걸까 하는 질문이 따라오지. 그래서 나는 내가 잃어버린 것을 찾아내기 위해 떠돌면서, 동시에 누군가 나를 찾아오기를 기다리는 거야. 그런데 누구도 나타나지 않고, 망각은 아직도 나를 쫓고 있고, 그러다 너를 발견한 거야. 무언가를 잃어버린 너를 말이야.

내가 무어라 말해도 소용없을 거라는 걸 알아. 너를 계속 붙들어둘 생각도 없어. 나는 너무 지쳐 있고 내 캄캄함도 이제 다 소진되어가고 있으니까. 그 구멍, 그 캄캄한 어둠은 점점 커지다가는 어느 순간 목숨을 다한 거대한 항성처럼 터져버릴 거야. 안을 향해 무한히 붕괴했다가는 무엇이든 빨아들일 수 있는 블랙홀처럼 변신할 테지. 나는 그걸 느낄 수 있어. 하지만 그것이 초래할 결과에 대해서는 아직 정확히 알 수 없어. 그는 내게 그것을 알리지 않고 떠나버렸고, 다시는 이 자리로 돌아오지 않았으니까.

어쨌거나 언젠간 너도 무언가를 잃어버렸다는 사실을 깨달을 테고, 무엇을 잃어버렸는지 기억하지 못할 거야. 그건 먼 훗날의 일일 수도 있고, 당장 내일의 일일 수도 있지. 너는 너만의 작은 구멍을 갖게 되고, 그게 주머니 속 돌멩이가 무거워질 때마다 서서히 커다래질 거야. 그때 네가 정말로 무언가를 잃어버렸는지 아닌지는 중요한 문제가 아닐지도 몰라. 그럼에도 잃어버린 것에 대한 생각을 멈출 수 없게 되는 운명을 피할 수는 없을 거야. 나는 그런 걸 기가 막히게 알아볼 수 있거든. 너에게 비범한 능력이 있다면 잃어버린 그것을 되찾을 수도 있을 거야. 어쩌면 잃어버린 것에 대한 생각에서 벗어나는 방법을 찾아낼 수도 있어. 그럴지도 모르지. 과연 그럴 수 있을까. 그게 가능한 사람이 어딘가에 존재하긴 할까.

돌멩이? 그런 건 가지고 있지도 않아. 돌멩이는 그저 돌멩이일 뿐이니까. 나는 돌멩이를 그 자리에 둔 채로 벤치를 떠났어. 너는 네가 원하기만 한다면 아무런 돌멩이나 하나 주워 주머니 속에 넣고 그것이 네가 잃어버린 것이었다고 주장할 수도 있을걸. 핵심은 그게 아냐. 아무렴. 돌멩이 따위가 뭐 그렇게 중요하겠어.

저길 봐. 사람들이 슬슬 떠나기 시작하지. 조금만 더 어두워지면 공원은 텅 빌 테고, 사람들이 잃어버린 것들만이 남겨질 거야. 그들은 잃어버린 것을 찾다가, 그것을 잃어버렸다는 사실을 잊겠지. 나는 그런 걸 생각하면 머릿속이 어지럽고 가슴이 갑갑해져와. 잃어버린 것들이 잔디밭을 온통 차지하고 나뒹구는 꼴을 보기 전에 어서 자리를 떠야겠어. 떠나기 전에 담배나 한 대 태우면 좋겠는데 말이지. 혹시 담배 있어? 꽤 오랫동안 이야기를 나눴잖아.

하긴, 아직은 아니겠지. 너는 아직 잃어버린 것에 대해 생각하지 않을 테니까. 어쩐지 쓸쓸한 기분이 들어. 사람들은 왜 이미 일어난 일들을 깨닫지 못하는 걸까. 어째서 나는 나 자신을 설득하는 일마저 매번 실패하고야 마는 걸까. 그들이 돌아오지 않는 이유를 알 것 같아. 이것이 그 캄캄한 어둠의 끝이로구나.

나는 떠날 거야. 그리고 다시는 돌아오지 않을 거야.

그럼 안녕히. 너는 여기에 있어도 좋아.

천
진
한

결별

이혼합시다.

아내는 붙잡고 있던 손을 슬며시 놓으며 말했다. 적당히 더운 가을 햇빛이 얼굴에 깊게 팬 주름 사이의 그늘을 거두어, 오래 잊고 살았던 스물여덟의 당찬 아가씨가 내 앞에 돌아와 있는 것만 같았다. 그녀는 눈이 부신 듯 미간을 찌푸렸고, 나는 본능적으로 걸음을 옮겨 그녀의 얼굴 위로 내 그림자를 드리웠다. 이혼, 하자고요. 어떤 대답이나 반응을 내놓아야 할지 알 수 없었다. 그보다도 그녀가 하고 있는 말이 좀처럼 와닿지 않았다. 막다른 길이었다. 그녀의 등뒤로는 초록을 잃어가는 나무들이 빽빽이 들어서 있었다. 끝에서 돌아서는 수밖에 없는 산책로를 왜 이렇게 길게 만들어놓은 것인가 하는 의문이 들었다. 료칸에서 어림잡아 삼사십

분은 걸린 듯했다. 평소보다 무릎을 무리해 썼으니 돌아가는 데에는 더 긴 시간이 걸릴 것이 뻔했다. 생각만으로 피로가 몰려왔다.

왜 그런 생각이나 하고 있었는지 모르겠다. 그녀는 나를 빤히 올려다보며 다시 한번 채근하듯 물었다. 당신 무슨 생각 하는 거야. 왜 대답을 안 해. 이혼해달라니까. 기시감이 들었고, 나는 그 이유를 곧장 알 수 있었다. 선배는 대체 왜 대답을 안 해. 결혼하자니까. 사십일 년 전, 그때 그녀가 내게 한 말이었다. 그제야 그녀가 하는 말의 의미를 파악할 수 있었다. 아내가 내게 이혼을 요구하고 있는 것이었다.

참을 만큼 참고 산 것 같아. 애들도 컸고, 손주도 봤고, 우리가 헤어진다 한들 우리고 애들이고 달라질 게 얼마나 되겠어. 우리가 무슨 대단한 재산이 있는 것도 아니고, 살아봐야 얼마나 더 살겠어. 한몫 크게 떼어달라는 소리 안 할 테니까 이혼해줘요. 고향 동네에 집 알아봤어. 지금 있는 집 팔면 당신 조금 작은 평수로 옮겨도 나 거기에 집 한 채 마련할 돈은 넉넉히 남을 거고, 옮기기 싫으면 나는 전세라도 괜찮아. 생활비야 애들이 조금씩 주는 용돈, 그거면 혼자 충분히 먹고살아. 당신도 그렇잖아.

아내는 진즉 계획을 세워두었던 사람처럼 굴었다. 나는 어안이 벙벙해 아무런 답도 못하고, 침착하지만 단호한 그녀의 목소리를 가만히 듣기만 했다. 그럴 줄 알았다는 듯, 어차피 내 대답일랑 중요하지도 않았다는 듯, 그녀는 언제부터 생각해둔 것인지 짐작도

되지 않는 계획을 차근차근 나열해나갔다.

  마흔번째 결혼기념일이었다. 기어이 괜한 데 돈 쓰지 말라 하고
는 성화에 못 이겨 떠밀려온 척했지만, 실은 기념일에 맞춰 여행
을 준비한 아이들이 자못 기특하고 고마웠다. 그게 저들도 먹고살
만해졌다는 뜻인 것 같아 안심이 되기도 했다. 오랜만에 둘이서만
떠난 여행이었고, 그래서 나는 이번 여행이 우리에게 주는 의미가
남다를 것이라고도 생각했다.

  아이들이 예약해둔 숙소는 우리가 함께 살아온 사십 년의 세월
을 돌아보기에 마침맞은 장소였다. 료칸은 공항에서 차를 타고 두
어 시간 이상 들어가야 하는 숲속에 위치해 있었다. 개별 노천탕
이 딸린 고급 객실 열댓 개가 전부였고, 료칸 내에 갖춰진 것 외에
인근의 편의시설이랄 것도 없었다. 하지만 노천탕과 일본식 정원
으로 난 미닫이를 열면 대숲이 보이고, 어디에선가 풀벌레 소리와
맑은 개울물 소리가 들려왔다. 료칸에 도착한 첫날 밤, 아내는 자
식들한테 해준 것도 없이 호사를 누린다며, 별이 보일 때까지 쌀
쌀한 저녁 바람을 고스란히 맞으며 탕에 발을 담그고 앉아 있었
다. 당신 이제 염색하지 마. 요즘은 일부러 염색 안 하는 게 유행
인가보던데. 괜히 눈만 나빠지고. 내가 염색할 때를 넘긴 아내의
머리를 보고 그렇게 말했을 때, 그녀는 아직도 한 살이라도 젊어
보인다는 소리를 듣는 게 낙이라며 해맑게 웃었다. 그런 잡다한
이야기들을 나누며 사흘을 보내고, 마지막 하룻밤이 남아 있었다.

이혼 소리가 청천벽력으로 들리는 게 당연했다.

사랑 없는 결혼, 나도 이게 이렇게 힘든 일인 줄은 몰랐네. 이제 할 만큼 한 것 같아.

그녀는 내 그림자를 벗어나 왔던 길을 향해 되돌아가기 시작했다. 나는 잠시 무언가에 머리를 얻어맞은 것처럼 멀뚱히 서 있다가, 이내 빽빽한 숲을 등지고 섰다. 기울고 있는 햇빛에 눈이 시렸다. 손으로 차양을 만드니 버틸 만했다. 아내의 등이 보였다. 나를 돌아보지는 않았지만, 늘 그래왔듯 무릎이 좋지 않은 나를 배려해 걸음을 늦추고 있다는 건 알 수 있었다. 우리는 그대로 걸었다. 더 가까워지거나 더 멀어지지도 않고, 딱 그만큼의 거리를 유지했다. 료칸에 도착할 때쯤이면 일몰도 보겠다. 내가 먼저 말을 꺼냈다. 그러네. 그녀는 그렇게 답하고 난 뒤에는 더이상 아무런 말도 하지 않았다.

내가 많이 사랑하니까 괜찮아.

진정한 사랑은 양적으로 동등하게 주고받는 것이 아니라고, 그렇게 하지 않아도 만족스러운 게 사랑이라고, 그녀는 습관적으로 말하곤 했다. 그녀는 내가 처음으로 사귄 여자이기만 한 것이 아니었다. 내 평생의 유일한 연인이자 아내였다. 사랑에 있어서라면 언제나 머뭇거리는 내게 적극적으로 다가와 모든 걸 자신에게 맡겨도 된다고 한 사람이었다. 사십 년을 함께 살며, 단 한 번도 불만이나 서운함을 품어본 적이 없었다. 아내는 은인이었다. 그녀는 내게 번듯한 가정을 만들어주었고, 나는 그 가정이 내게 준 역할 속에서 안정감을 느꼈다. 나는 그녀를 전적으로 신뢰했고 존경했다. 이상적인 남편이자 아버지이기 위해 최선을 다했다. 그러나 사랑이라면. 그 단어는 나를 항상 초라하게 만들었다.

삼십 년도 더 지난 일이었다. 막내가 아직 젖먹이일 무렵이었다. 활짝 열어둔 창밖에서 귀가 아플 정도로 매미 소리가 들려오고 있었다. 아이가 넷이나 태어날 때까지 부부싸움이랄 것이 없었던 우리가 언성을 높여가며 심하게 다툰 날이었다. 나는 세 아이가 놀고 있는 거실 소파에 앉아 회계감사를 앞두고 집으로 가지고 온 서류들을 검토하는 중이었다. 내게는 아이들의 소란스러움만큼 활력을 주는 것이 따로 없었다. 소파 위를 뛰어다니며 일부러 훼방을 놓는 것마저 마냥 사랑스러운 아이들이었다.

아, 이거 할 거라고! 느닷없이 셋째의 격앙된 목소리가 들려왔다. 고개를 드니 첫째가 셋째의 손에 들린 발가벗은 바비 인형을 빼앗으려 안간힘을 쓰고 있었다. 야, 너는 남자잖아. 셋째는 인형을 두 손으로 움켜쥐며, 켄보다는 바비가 입을 수 있는 예쁜 옷이 훨씬 많지 않으냐고, 왜 언제나 누나들만 옷이 많은 인형을 독차지하는 거냐고 대들었다. 내 시선을 느낀 모양인지 두 아이가 동시에 나를 바라보았다. 판정을 해달라는 뜻이었다. 네가 남자니까 누나들에게 양보해야지. 그 이후로 나는 그때 셋째의 눈에 서리던 원망을 종종 떠올렸다.

막내를 재우러 안방에 들었던 아내가 심상찮은 분위기를 느끼고는 밖으로 나왔다. 그녀는 재빨리 상황을 파악했다. 그러고는 첫째 옆에 무릎을 꿇고 앉아 아이의 머리를 끌어안았다. 동생이잖아. 누나가 양보해야지. 나는 아이들의 얼굴을 살폈다. 셋째는 나를 빤히 쳐다보았고, 별말 없이 고개를 숙이고 앉아 있던 둘째도 아내와 나를 번갈아 바라봤다. 남자애잖아. 말을 이으려는 목소리가 떨리기 시작했다. 당신 너무 아들한테만 무신경한 거 아냐. 집에 온통 여자애들 장난감뿐이잖아. 그게 발단이었다. 아내는 자신의 무신경에 대한 나의 지적보다 내가 아이들을 성별로 차별했다는 사실에 더 분노를 느끼는 듯했다. 부모의 언쟁을 처음 목격한 아이들은 얼어붙었고, 끝내 첫째가 울음을 터뜨렸다.

나는 읽던 서류를 그대로 두고 차 키와 지갑만을 챙겨 집을 나왔다. 무작정 차를 몰고 나가 동네 인근을 몇 바퀴 돈 뒤에 도착한 곳은 아이들과 자주 찾는 호수 공원이었다. 공원 주차장에 차를 대고 시동을 끄자마자 심장이 터질 듯 뛰는 것이 느껴졌다. 남자애잖아. 차갑게 가라앉았던 내 목소리가 계속 귓가를 맴돌았다. 나는 그 말을 기억했다. 내가 좋아하던 놀이 대부분이 여자아이들이 더 즐겨하는 놀이였고, 아빠보다 엄마의 물건들에 더 자주 호기심을 느꼈으며, 남자아이들과 같은 화장실을 쓰고 그 앞에서 옷을 갈아입는 것이 불편했던 그 모든 경험이 끝내 내가 여자로 태어났어야만 했다는 생각에 닿았을 때, 바로 내가 나에게 건넨 말이었다. 너는 남자잖아. 나는 아이에게서 내 두려움을 본 것이었다.

마흔 무렵이던 그때, 나는 더이상 아무런 감정의 동요가 일어나지 않을 때까지 나 자신을 향해 똑같은 말을 되풀이했다. 그리고 그 누구에게도 내가 느끼는 나에 대해 이야기하지 않았다. 남자로 사는 일에 익숙해지기는 어려웠지만, 남자로 살아서 겪어야 하는 불편함을 견디는 데에는 익숙해질 수 있었다. 제법 능숙하게 남자로 살아왔고, 이제 와 흔들릴 이유가 없었다. 나는 마음을 진정시키고 호흡을 가다듬었다. 차창을 열자 습하지만 아주 덥지는 않은 바람을 타고 공원을 가득 채운 사람들의 목소리가 들려왔다. 창밖의 사람들이 모두 아무런 의심 없이 자신에게 주어진 삶의 역할대로 살아가고 있을 거라는 생각이 뇌리를 스쳤지만, 그도 찰나였다. 곧 어떤 목소리가, 누구의 것인지 알아들을 수 없는 그 혼란이 평화롭게 느껴졌다. 여름의 공원은 새벽이 다 되도록 붐볐고, 나는 공원에 적막이 찾아올 때까지 자리를 뜨지 못했다.

집에 돌아오니 아내는 불 꺼진 거실의 소파에 기대앉은 채 잠들어 있었고, 내던지듯 두고 나간 서류들은 커피 테이블 위에 가지런히 놓여 있었다. 나는 그녀의 어깨를 두드렸다. 들어가서 자. 내가 잘못했어. 보고 배울 게 누나들뿐이니까, 혹시 나중에 학교 들어가 따돌림이라도 당할까봐. 그런데 당신 말이 다 맞아. 내가 잘못했어. 그녀는 내 말이 다 끝난 뒤에야 슬그머니 눈을 떴다. 여보, 뭐가 그렇게 걱정이야. 벌써부터 그런 걱정은 하지 말자. 아니, 나는 뭐가 됐든 우리 애들이 살고 싶은 대로 그렇게 살면 좋겠어. 어차피 조금만 있으면 애 깨서 밥 달라고 보챌 거야. 그때까지만 오랜만에 당신 무릎 좀 베고 눕자. 그녀는 내 무릎을 베자마자 금방 다시 잠에 빠져들었고, 나는 오랫동안 아이보다 더 아이 같은 아내의 얼굴을 내려다보았다.

태양은 우리가 기대했던 것보다 더 오래 하늘에 머물러 있었다. 아내는 멈춰 서서 해가 떨어지는 하늘을 바라보았다. 나는 그녀 곁으로 다가섰다. 아직 한참 남았네. 내 말에 그녀가 답했다. 이제 금방이야. 근데 그냥 가자. 해가 오늘만 지는 것도 아니고. 그날 저녁 우리는 거의 대화를 나누지 않았다. 이혼이라는 단어를 입에 올린 적조차 없다는 듯이. 식당에서 저녁을 먹고, 각자 가져온 책을 조금 읽고, 짐을 싸고, 아침 일찍 돌아가야 하는 일정을 위해 평소보다 이른 시각에 잠자리에 들기로 했다. 며칠 동안 줄곧 따로 펼친 이부자리에 누워 잠을 잤는데, 그것이 낯설게 느껴졌다. 이혼해줄게. 옅은 어둠 속으로 아내의 깊은 숨소리가 흩어졌다. 고마워. 아내의 목소리가 들렸다. 그리고 잠시 후, 그녀가 이불 밖으로 손을 뻗어 내 손을 잡았다. 우리는 그렇게 서로의 손을 붙잡고, 누가 먼저랄 것 없이 깊은 잠에 빠졌다.

다음날 아침이 밝은 뒤에도 아내는 전날 밤 일에 대해 별다른 내색을 하지 않았다. 아이들이 예약해둔 리무진을 타고, 비행기를 타고, 공항에 내릴 때까지 그녀는 평소와 다름없었다. 궁금한 것이 생기면 내가 그것을 알고 있는지 물었고, 기념품을 사며 어떤 게 좋을지 물었고, 면세점에 걸린 명품 니트 한 벌을 걸쳐보며 내게 어울리는지 물었고, 그러는 내내 손을 잡고, 내 보폭에 맞춰 걸었다.

짐 가지고 당신 먼저 집에 가. 큰애한테 들렀다 갈게. 걔한테 먼저 얘기하는 게 제일 편해. 공항택시에 짐을 실은 후에야 그녀는 덤덤한 태도로 말했다. 나는 우리가 정말로 막다른 길에 와 있다는 사실을 실감했다. 택시 뒷문을 열고, 내가 불편한 오른쪽 무릎을 차 안에 들여놓을 때까지도 아내는 내 손을 붙들고 있었다. 그녀가 손을 놓았을 때, 어쩐지 다시는 그 손을 잡는 날이 오지 않으리라는 예감이 들었다. 여보. 문을 닫으려는 찰나였다. 나도 당신 사랑했어. 그녀는 아주 잠깐 놀란 표정을 감추지 못했지만, 금세 주름지고 주저앉은 눈꺼풀을 깜빡였다. 웃을 때 생기는 주름이 예쁜 여자였다. 당신도. 당신도 괜찮은 남편이었어.

택시는 공항 도로에 들어서자마자 순식간에 속도를 높여 달리기 시작했다. 창밖은 우리가 닷새 동안 머문 숲속에서 본 것보다 가을이 더 깊어 있었다. 돌아가기에는 너무 멀리 왔다는 생각이 들었다. 그러나 그 길이 너무나 아름다운 길이었다는 사실은 부정할 수 없었다. 그러자 비로소 내가 아내를 얼마나 사랑했는지 알 것 같았다. 동시에 그 말이 더는 그녀에게 아무런 의미가 없으리란 것 또한 알았다. 이혼합시다. 단호하게 말하던 아내의 목소리가 들려오는 듯했다. 막다른 길이었다. 돌아나가고 싶지 않을 만큼 아름다운, 막다른 길이었다.

해옥이 정희가 손에 쥔 걸레를 날름 집어가 건물 바깥에 비스듬히 기대놓은 빨래 건조대에 순식간에 펴 넌다. 분주히 움직이는 해옥에게서 옅은 파마약 냄새가 난다. 건조대 옆으로는 거꾸로 세워놓은 대걸레들이 나란히 도열해 있다. 누군가 물기를 제대로 짜지 않은 걸레에서 물이 떨어진다. 벽에는 어두운 물자국이 번져 있다. 정희는 그것을 애써 못 본 체한다. 무엇이든 자신의 기준에 맞추어서는 사람들과 어울려 살 수 없다는 걸 안다. 날이 부쩍 습해지기는 했지만, 해가 좋으니 널어두면 묵은 냄새도 좀 빠질 것이다.

"언니도 참, 대충 하래두."

진작에 갈 채비를 마친 해옥이 정희를 떠민다. 정희는 작업복 앞섶에 튄 물을 털어내며 건물 복도로 들어선다. 계단을 지나쳐

휴게실로 가는 길에 마침 위층의 경로당에서 최가 내려온다. 정희에게는 묵례를 하고 지나가더니 해옥에게 말을 건다. 해옥을 보러부러 내려온 것이다. 정희가 생각하기에 최는 해옥에게 마음이 있다. 자그마한 체구에 얼굴도 동그랗고 반질반질한 해옥은 젊은 시절부터 남자들에게 인기가 많았지만, 일찍 사별하고 난 뒤에 다시결혼하지 않았다. 해옥은 그것을 의리라고 했다.

작은 쪽창 하나뿐이어서 해가 잘 들지 않는 휴게실은 공기가 후끈하다. 아직 퇴근을 하지 않은 네 여자가 짧은 다리를 펴고 선풍기 앞에 다닥다닥 모여 앉아 있다. 에어컨이 달려 있기는 하지만그것을 편히 트는 일은 드물다.

"우리는 104동이 요 앞에 무슨 빙수집이 생겼다고 해서 거기에가보려고요."

거개가 같은 아파트에서 온 그들은 서로의 이름을 부르지 않는다. 각자 살고 있는 동으로 부르고, 동이 겹치면 집의 호수로 부른다. 특이한 일은 아니다. 아파트 미화원은 공고를 낸다 하더라도알음알음으로 와 일하는 경우가 다반사다. 같은 아파트에 살면 동호수로 부르고, 같은 성당에 다니면 세례명으로 부른다. 다른 아파트에 살면 아파트 이름에 동호수를 붙이고, 애매할 때나 이름을부른다. 개중에 나이가 가장 많은 정희는 호수로나 이름으로나 잘불리지 않는다.

"참, 노인네가 정정도 하셔. 어쩜 그 연세에 그렇게 꼼꼼하세요."

여자 중 하나가 작업복을 갈아입고 있는 정희의 뒤통수에 대고
말한다.

"그나마 이 나이에 잘리지 않으려면 별수가 있나."

그것이 자신을 타박하는 소리인 줄 알면서도 기분 상해 하지 않
는다. 그저 아는 사람 누가 일자리를 구하는 모양이구나 한다.

아파트 청소일은 고된 자리인데도 늘 경쟁이 치열하다. 꼭 생활
이 궁핍해서 일을 구하는 것은 아니다. 다들 저마다의 사정이 있
다. 남편이나 자식에게 손 벌리고 싶지 않아서, 손주들에게 편히
용돈을 주고 싶어서, 친구들이랑 해외여행 갈 돈을 모으고 싶어서
일을 한다. 평생 쉬지 않고 일을 해서 일을 하지 않으면 좀이 쑤시
는 여자들이나 혼자 집에 남겨져 있는 것이 우울해 견딜 수 없는
여자들도 일거리를 찾아온다. 집에서 통 혼자가 되지 못해 나오는
여자들도 있다. 거실을 차지한 남편이 눈에 거슬리기도 하고, 사
위나 며느리의 눈치를 보기도 하며, 자식들과 불화를 겪기도 한
다. 이유는 제각각이지만, 그렇다고 돈이 아주 중요하지 않은 것
은 아니다. 그랬다면 춤 교실이니 노래 교실이니 하는 곳에 다니
며 친구를 사귀거나 부녀회 같은 곳에서 다니는 봉사활동에만 전
념해도 문제가 없었을 것이다. 일을 할 수 없게 되는 나이가 다가
올수록, 제 몸뚱이로 자기 앞가림을 할 길이 막막해질수록, 돈이
궁해지는 마음을 정희는 누구보다 잘 안다. 정희 역시 이 일이 없
다 한들 당장 먹고사는 데에는 별 지장이 없다. 그러나 끝에는 언

제나 이런 생각이 따라붙는다. 너무 오래 살지만 않는다면.

"어머니, 조심히 들어가세요."

휴게실을 나서려는 정희에게 805호가 몸을 반쯤 일으켜 인사한다. 젊은 사람들 눈에야 다 똑같이 나이든 여자지만, 나이든 여자들이 모이면 저마다의 기준이 생긴다. 누구는 언니고, 누구는 어머니고, 누구는 할머니다. 아직 오십대인 805호에게 육십대인 해옥은 언니, 칠십대인 정희는 어머니인 것이다. 그녀는 언젠가 정희가 자신의 어머니와 동갑인 것이 마음이 쓰인다고 한 적이 있다. 정희의 일하는 자세를 배우고 있으니 언니들이 무어라든 신경쓰지 말라며 따로 음료나 떡 같은 것을 챙겨주기도 했다. 어머니. 정희는 이제는 사람들이 자신을 어머니라고 부르는 일을 자연스럽게 여긴다.

해옥과는 지난겨울부터 부쩍 가까워졌다. 한 빌라에 살며 알고 지내는 사이여서 왕래가 있어왔지만, 이렇게까지 붙어다니던 사이는 아니었다. 그때는 일을 하는 아파트도 서로 달랐다. 정희는 지금보다 조금 더 가까운 거리에 있는 아파트 단지에서 일을 했다. 갑자기 한파가 몰아쳤고, 감기 기운이 있어 평소보다 두껍게 옷을 입고 나간 게 문제였다. 스스로도 몸이 둔하다고 느끼기는 했지만, 그런 사고가 날 줄은 꿈에도 생각하지 못했다. 마을버스 계단을 내려와 발을 땅에 딛자마자 순간적으로 몸의 중심이 흐

트러졌다는 느낌이 들었다. 손잡이를 붙든 채로 어떻게든 중심을 잡아보려 했는데, 정희가 버스에서 다 내린 줄로만 알았던 기사가 차를 출발시켜버린 것이다. 정희는 그대로 길 위에 나동그라졌다. 기사는 물론이거니와 버스에 타고 있던 승객들이며 다른 버스를 기다리던 사람들까지 한바탕 난리가 났다. 옷이 너무 두꺼워 일어난 사고였는데, 의사는 옷이 두꺼워 살았다고 했다. 크게 부딪히거나 부러지지는 않았지만, 꼼짝없이 일주일 병원 신세를 졌다.

그때 병원으로 부리나케 찾아온 이가 해옥이었다. 거동이 불편한 것도 아니고, 밥을 먹지 못하는 것도 아닌데 해옥은 매일 병원에 왔다. 개인적으로 합의금을 내놓겠다는 버스 기사에게 호통을 쳐 몇 번이고 돌려보낸 것도 해옥이었다. 기사 입장에서는 보험 처리를 하면 잘릴 것이 뻔했기에 결국 합의를 보기는 했지만, 해옥은 정희가 하던 일을 못하게 된 것까지 계산에 넣어야 한다며 처음 기사가 제시한 금액에 웃돈까지 얹어 받아냈다. 그 사고로 정희는 일자리를 잃었고, 고작 일당 몇 주 치를 더 받아낸 것뿐이었지만, 그래도 나서준 해옥이 고마웠다. 저축을 할 여유가 없어서 그렇지, 일을 하지 않는 겨울 동안에 그 합의금을 까먹으며 넉넉하게 지냈다.

그리고 봄이 왔다. 해옥은 정희에게 자신이 일하는 아파트에 자리가 났다며 같이 일을 다니자고 했다. 팔십을 바라보는 정희를 받아줄 곳은 별로 없었다. 정희는 해옥이 왜 정희가 입원한 병원에 달려와 극진히 보살폈는지, 왜 대신 나서서 일자리를 구해주었는지, 왜 갑자기 정희를 떼놓지 못하고 아이 다루듯 하는지 알았다. 순영 때문이었다.

해옥이 순영을 끔찍이 여긴다는 건 같은 빌라에 사는 웬만한 사람은 다 아는 사실이었다. 근처에 큰 아파트들이 줄줄이 들어섰는데도 개발에서 비껴난 동네였다. 워낙에도 오래 산 사람이 많은 빌라였지만, 순영과 해옥은 빌라가 지어지기도 전, 동네가 죄다 논밭이던 어린 시절부터 알던 사이였다. 나이가 한참 많은 순영이 다른 마을로 시집을 가면서 헤어졌다가 서른이 넘어 다시 만난 것이었다. 순영은 해옥이 과장하는 것이라고 말하고는 했지만, 해옥은 어릴 적에 친언니들이 자신을 떼어놓으려 할 때 해옥을 챙겨준 것이 순영이고, 그 시절의 순영이 자신을 업어 키운 것이나 다름이 없다는 이야기를 질리도록 했다. 그런 순영이 작년 여름에 갑자기 세상을 떠난 것이다. 해옥은 곡소리를 삼켰을 뿐이지, 순영의 장례식에서 가족이라도 되는 듯 많이 울었.

순영 때문이라고 덧붙이지는 않았지만, 순영이 죽고 나서 해옥은 약을 먹기 시작했다. 밤중에 불을 끄고 누우면 귀가 밝아져 통잠을 잘 수 없다고 했다. 해옥은 우울증 진단을 받았다.

"이제 순영이 언니도 없는데, 언니는 내가 챙겨야지."

처음 해옥이 정희에게 그렇게 말했을 때, 정희는 이제야 해옥이 조금은 순영의 죽음을 받아들이게 되었다는 생각을 했지만, 그 이후로 해옥이 순영의 이야기를 부러 꺼내놓는 일은 거의 없었다. 순영의 이야기를 하려면 조금 더 시간이 필요했다. 해옥도, 정희도.

*

쩌렁쩌렁한 아이들의 목소리가 타일에 부딪혀 난반사된다. 의미를 파악할 수 없지만, 고양되고 건강한 목소리다. 여름이 되고서부터 수영장 레인이 여유로운 날이 없다. 정희는 봄부터 일주일에 두 번, 일이 끝나면 해옥을 따라 수영장에 온다. 일을 마치고 서두르면 오후 자유 수영 마지막 타임 오십 분을 꽉 채워 수영장에서 시간을 보낼 수 있다.

해옥과 달리 제대로 헤엄은 못 치고 내내 걷거나 풀 가장자리를 붙잡고 발장구나 치는 정도지만, 정희는 진작 수영을 배웠다면 좋았을 거라고 자주 생각한다. 발끝으로 수영장 바닥을 밀어내는 순간의 해방감을 알게 됐다. 젊었을 때에는 중력이 몸의 무게에 비례하는 것인 줄 알았다. 지금 정희는 세월이 곧 무게라는 생각을 한다. 젊을 때에 비해 몸무게가 줄었는데도 땅은 그녀를 더 강하게 끌어당긴다. 언젠가는 그 힘에 굴복해 주저앉고, 끝내 드러눕는 날도 올 것이다. 그러나 물속에 있을 때 정희의 세월은 한결 가볍고 자유롭다. 가끔은 옆 레인의 능숙한 수강생들 때문에 물이 요동치지만, 중심을 잃고 몸이 기울어도 억지로 버티려 하지만 않으면 부력으로 다시 떠오를 거란 믿음이 있다. 이제 정희의 인생에 그렇게 안전하다는 느낌을 받을 수 있는 순간은 별로 남지 않았다.

수영장 물에 푼 염소 냄새는 마음을 쾌적하게 한다. 수영을 마치고 샤워실 한쪽에 있는 작은 온탕에 들어가 해옥이 수집해온 동네의 온갖 소문을 듣는 것도 좋고, 집에 돌아가 깊은 낮잠을 자는 것도 좋다. 무엇보다 물이 찰박이는 소리를 한참 듣고 있자면 잡생각이 사라진다.

정희는 수영장에 다니면서 자신이 오래전부터 물을 좋아했다는 걸 알게 됐다. 씻는 일, 청소하는 일, 창가에 앉아 하염없이 비를 보는 것도 좋아했다. 해옥이 아니었더라면 몰랐을 일들이다. 풀 가장자리를 붙잡은 채 크게 숨을 들이마시고 물속에 천천히 머리를 집어넣는다. 쨍했던 소음이 서서히 멀어지고, 물이 저절로 몸을 들어올린다. 태아처럼 둥글게 말리는 몸의 감각을 느끼며, 들이마신 숨이 다해 아득해질 때까지 기다린다. 이대로 물속에 잠겨 있을 수 있다면. 그러나 정희의 신체는 바람을 배반한다. 허우적대며 몸을 일으키자 습한 공기가 단번에 폐에 차오른다.

"언니, 저기 저 남자 보여?"

조금 전까지 다른 레인에서 헤엄치고 있던 해옥이 어느새 정희 곁으로 불쑥 다가와 말한다. 수영장 한쪽의 사무실에서 트레이닝복을 입은 중년 남자가 물을 마시고 있다. 처음 보는 얼굴이다.

"전에 있던 젊은 선생 있잖아. 걔가 수강생으로 온 애랑 연애를 한 거야. 근데 그 여자애한테 남자친구가 있었나봐. 남자친구가 여기까지 찾아와서 킥판이랑 다 물에다 집어던지고 아주 행패를 부렸대. 그래서 이번에는 나이든 남자로 뽑은 것 같애."

해옥은 수영장에서 그런 일이 왕왕 일어난다며, 그간 보고 들은 이야기들을 재잘댄다. 정희는 해옥의 말에 귀를 기울이며 물속을 찬찬히 걷는다. 남자 강사에게 온갖 선물을 챙겨주는 여자 수강생들의 이야기나 젊은 여자가 나타나면 어떻게든 해보려는 남자 강사들의 이야기 같은 것. 옆 레인에서 튄 물이 얼굴 위로 후드득 떨어지고, 아이들의 고함소리가 천장을 울리고, 천장에 길게 쳐놓은 만국기가 머리 위로 지나간다.

"다 헐벗고 다니니까 그런가봐. 그럴 거면 차라리 여자를 뽑지."

휴식 시간을 알리는 호각 소리가 들린다. 사람들이 천천히 수영장 가장자리로 모여든다.

"하여간 다들 기운도 좋아."

해옥이 웃는다. 정희도 웃는다.

*

정희는 잠에서 깬다. 오후 일곱시가 넘었는데 바깥이 훤하다. 창문을 열어놓았지만 세상은 고요하다. 젊은 사람들이 드문 빌라 단지는 저녁 시간이 되면 활기를 잃는다. 그나마 초여름이어서 창문을 열어둔 집이 많고, 어딘가의 텔레비전 소리, 밥 짓는 냄새 같은 생활의 기미가 느껴진다. 정희는 목침을 베고 누운 채로 텔레비전 채널을 돌리다가 유명 식당을 찾아다니는 프로그램이 방영 중인 채널에서 리모컨을 내려놓는다.

입맛이 없다. 그러나 허기가 진다. 정희는 몸을 일으켜 부엌으로 간다. 전날 끓여놓은 뭇국을 불 위에 올려놓고, 국이 끓는 동안에 물에 담가 불려놓은 도시락 통을 씻는다. 냉장고를 열어 아침에 냉동실에서 냉장실로 내려놓고 나간 갈치 한 토막을 구울까 하다가 내일 먹거리로 남겨두기로 한다. 반찬을 꺼내 접시에 옮겨 담는다. 정희는 평생 입에 들어갔던 젓가락을 반찬통에 집어넣는 법이 없다. 그래야 반찬 맛이 변하거나 쉬지 않는다고 어릴 적 할머니에게 배운 것인데, 이제 와서는 위생도 위생이지만 그렇게 음식을 덜어먹어야 단출해도 제대로 상을 차린 기분이 든다. 김치, 물미역, 콩나물무침, 가시오가피 순으로 담근 장아찌 같은 것이 식탁에 오른다. 언젠가부터 국물 낼 때가 아니면 고기는 거의 입에 대지 않게 되었다. 먹으면 속이 부대꼈다. 순영 생각이 난다. 순영이 살아 있을 때에는 정희의 냉장고에도 구워 내놓을 고기나 순영이 반주로 마실 소주 한 병 정도는 항상 마련이 되어 있었다.

정희는 밥과 반찬, 끓인 국을 쟁반에 담아 들고 거실에 앉는다. 거실에 켜놓은 텔레비전에서 방송인들이 해물찜을 먹는 장면이 나온다. 새우니 홍합이니 낙지니 사들고 가 해옥에게 해물찜이나 탕을 해달라 해도 좋을 것이다. 그런 생각을 하면서도 밥이 잘 넘어가지 않는다. 순영 생각이 나서일 것이다. 정희는 여름이 되고서 부쩍 순영을 생각하는 날이 많아졌다. 그래도 정희는 밥을 국에 말아 한 술 입안으로 밀어넣는다.

순영이 아파트 비상계단에서 굴러떨어졌을 때, 정희는 순영을 가장 먼저 발견한 사람이었다. 이렇다 할 비명도 없이 머리 위에서 쿵 소리가 났다. 그 순간 정희는 가슴이 내려앉는 것을 느꼈다. 입주자나 택배 배달원이 계단으로 다니다 물건을 떨어뜨리는 경우도, 청소용 마대 자루나 양동이 같은 게 넘어지는 일도 왕왕 있었지만, 이번엔 달랐다. 소리가 너무 크고 낯설었다. 정희는 그게 분명 순영이라는 걸 알았다. 알았는데도.

"순영이 언니."

정희는 곧장 순영에게 달려가지 못하고 쓰레기를 줍던 자세 그대로 멈춰 그렇게 몇 번인가 순영의 이름을 불렀다. 처음에는 작게 불렀고, 세번째쯤 되었을 때에는 크게 불렀다. 대답이 들리지 않았다. 이름도 빼고 언니, 언니, 하고 외쳐 부르면서 계단을 오르는데 안 그래도 오르기 벅찬 계단이 도저히 줄어드는 것 같지가 않았다.

순영은 층계 맨 아래 계단에 머리를 대고 쓰러져 있었다. 걸레자루가 한참 위에 쓰러져 있는 걸로 보아 거기서부터 굴러떨어진 모양이었다. 순영은 얕게 신음하고 있었다. 어찌 될까 건드리지도 못하고, 손이 떨려 휴대폰 화면의 숫자 몇 개를 똑바로 누르지조차 못했다. 그대로 제일 가까운 집으로 달려가 119에 신고해달라고 부탁했다. 아주 잠깐 사이였는데 돌아와보니 순영은 완전히 의식을 잃은 상태였다. 낙상에 의한 것이라고는 했지만, 정희는 그무렵 순영이 자주 어지럽다고 했던 것을 가볍게 넘겨버린 게 못내 마음에 상처가 됐다. 바람도 잘 통하지 않는 아파트 복도에서 땀을 흘리며 일하다보면 까마득히 젊은 사람도 자주 어지럼증을 호소했으므로, 정희가 할 수 있는 일이라고는 여분의 물병을 하나 더 챙겨 다니거나 틈틈이 환기가 되는 자리로 순영을 끌고 가 바람을 쏘이는 것이 전부였다.

나이를 먹어서 모든 일이 시시해지는 기적은 없다. 그저 청천벽력이 일어난들 변하지 않을 것 같은 일상의 규칙들이 삶을 떠받치고 있다는 걸 조금 알게 될 뿐이다. 제아무리 무거운 근심도 며칠씩 잠에 들지 못하게 할 수 없고, 밥때가 되면 배가 고픈 것. 어쩔 수 없이 자고 어쩔 수 없이 먹고 나면 통렬한 슬픔이나 거친 노여움 같은 것도 얼마만큼은 누그러들었다. 늙어버린 신체의 고통이 삶에 들이닥친 다른 비극을 완화하는 것이다. 그것도 삶의 지혜라면 지혜일까. 그러나 넘어가지 않는 밥을 목구멍에 억지로 밀어넣는다는 게, 굶거나 토해내지 못하고 그저 그렇게 밀어넣기만 하며 살아 있다는 게, 정희는 가끔씩 그렇게 사는 자신이 무섭게 느껴졌다.

죽고 싶지는 않다. 어떻게든 건강해야 한다는 생각으로 평생 제

224

몸을 보살피며 살았다. 부모를 떠나보낼 때도, 두 살 터울의 오빠를 잃었을 때에도, 정희는 더 악착같이 살아야겠다고 마음을 먹었다. 그런데 차츰 사람이 죽어나가는 소식이 예삿일처럼 들려오고, 저보다 어린 사람들을 앞세우고, 곁에 남아 있는 사람의 수가 줄어들면서, 정희는 자기 가슴속에 자라고 있는 그 두려움을 알게 됐다.

혼자서 제일 오래 살아남을까봐.

그런 생각을 하면 누군가 자신을 대단한 파도도 없고 흙탕물도 일지 않는 얕은 물 속에 담그고 커다란 바위로 짓눌러놓은 것만 같다. 그리고 살기 위해 몸안에 욱여넣는 것들이 다 그 바위의 무게로 돌아오는 것 같다.

외롭다.

그 말로는 부족했다. 사무치게 이해하게 되어도, 차마 그에 대해 말로 설명할 수 없는 게 세상에는 너무 많다. 거기엔 끝이 없다. 한계에 달해 터져나오고 나면 후련해질 수 있는 그런 감정이 아니었다. 외로워질 거라는 걸 몰랐던 것도 아닌데, 젊어서라고 외로움을 몰랐던 것도 아닌데, 외로움이 이토록 가없는 것인 줄은 예상치 못했고, 알았다고 생각한 순간이면 더 깊은 외로움이 뒤통수를 후려쳤다.

불현듯 창밖이 소란하다. 정희는 수저를 놓고, 도통 넘어가지 않는 밥알을 씹으며 발코니로 나간다. 세상이 푸르스름하고 멀어

정확히는 보이지 않지만, 어른과 아이 할 것 없이 뒤섞여 북적이며 빌라 입구로 줄지어 들어서는 사람들 틈에서도 해옥만은 단번에 알아볼 수 있다. 미국에서 직장을 다니다던 손주까지 오랜만에 한국에 들어온다고 했다. 곧 단지가 한바탕 소란스러워질 것이다. 정희는 그것이 싫지 않다.

이제 텔레비전에서는 젊은 주부가 나와 유용한 청소법을 가르쳐주고 있다. 정희는 뭐라도 쓸 만한 정보가 있을까 싶어 다시 밥상 앞으로 가 앉는다. 텔레비전 화면이 눈이 부시다. 그제야 집안이 어둡다는 걸 깨닫는다. 안보다 밖이 더 밝은 시간이다. 정희는 몸을 일으켜 형광등을 켠다. 순간 침침했던 시야가 금세 밝아진다. 집안에 빛이 드니, 비로소 창밖의 풍경이 조금 어둡다. 정희는 돋보기를 찾아 쓴다. 삼 년 전의 연도가 적혀 있는 은행 다이어리를 펼치고 괜히 볼펜을 딸깍거려본다. 그러다 볼펜을 내려놓는다. 다시 수저를 든다.

"집에서 상전 노릇이나 하고 바람이나 피우는 남편쟁이도 없지. 있는 거 없는 거 싹 다 털어갈 자식새끼도 없지. 아주 날강도가 따로 없어. 얼마나 좋으냐. 이렇게 번듯한 집도 있고. 정희, 니가 보통 여자냐."

남편이 바람을 피우는 것도, 자식이 날강도인 것도 아니면서 순영은 그렇게 말했다.

226

"그러게 너는 왜 결혼도 안 하고, 애도 안 낳았냐."

"여자가 좋아서 그랬지."

정희는 그 질문을 기다렸던 것처럼 순영에게 털어놨다. 삼십여 년 만에 하는 고백이었다. 젊었을 때에는 친구들도 더러 알았지만, 나이를 먹으면서는 하지 않았다. 마지막으로 고백한 사람은 정희의 미용실에 자주 놀러와 사귀게 된 친구였는데, 친구와 멀어졌고, 한동안 동네 사람들의 눈빛이 달라진 걸 느껴야 했으며, 손님 일부가 떨어져나갔고, 간혹 취한 동네 남자들에게 희롱거리가 되었다. 미용실을 접을 때까지 버티다가 이 동네로 왔을 때, 정희는 더는 누구에게도 말할 엄두가 나지 않았다. 그렇게 입을 꾹 닫고 살았는데, 어느 순간 순영에게는 말할 수 있지 않을까 하는 생각이 들었던 것이다. 이유가 무엇인지는 몰랐다. 그저 순영이 그런 사람이었다.

순영은 잠깐 정희를 지그시 바라보다가는, 술을 몇 잔 마셔 발그레해진 얼굴로 껄껄 웃었다. 그러고는 안주로 내놓은 갈비를 뒤적이며 말했다.

"정희야, 너만 외로운 거 아니다."

그 순간에는 이상하게 그 말이 위로가 됐다. 순영이 자신이 느끼는 것만큼 외롭기를 바란 것도 아닌데, 못되게도 순영이 저도 마찬가지로 외롭다고 말하는 것이.

*

    점심 먹은 것을 치우고, 작은 카트에 꽉 찬 쓰레기봉투까지 신고서 정희는 집을 나선다. 해가 쨍해서 기분을 내보려고 작은 밀짚모자도 쓴다. 하루 쉬는 날이면 온몸이 찌뿌드드하지만, 아무것도 하지 않다가는 도리어 병이 난다는 걸 정희는 연륜으로 안다. 근처에 새로 생긴 아파트 산책로라도 한 바퀴 돌고, 간단히 장을 볼 것이다. 경로당에 어울릴 만한 사람이 있다면 잠깐 들러 담소도 나눌 수 있을 것이다. 모여서 술이나 마시고 고스톱이나 치는 게 일상인 곳이어서 자주 들락거리지는 않지만 혼자서 멍하니 텔레비전이나 보고 있는 것보다는 나았다. 같은 텔레비전을 봐도 요즘은 어떤 연속극이 재미있는지, 요즘은 무슨 노래가 유행인지 듣는 재미도 쏠쏠했다.

    평소라면 해옥을 불러냈을 테지만, 어제 도착한 가족들이 벌써 돌아가지는 않았을 것이다. 그 좁은 집에서 다 자고 가지는 못하더라도 아직 아이들이 어린 막내아들네 가족은 자고 가는 일이 드물지 않았고, 미국 사는 큰손주도 모처럼 와 있으니 집안 분위기가 평소와는 다를 공산이 컸다.

    "성당 다녀오셨나봐."

    이제는 따로 경비를 두지 않는 경비실 옆 평상에 여자 대여섯이 곱게 차려입고 앉아 있다. 빌라에는 새로 지은 아파트처럼 조경이 잘되어 있는 산책로는 없지만, 심은 지 오래된 나무들이 울울해 좋은 그늘이 많다. 평상 위에 예쁘게 깎인 참외가 놓여 있다. 개중에 제일 나이가 많은 여자가 정희를 불러 앉힌다. 정희는 그녀의 목적이 무언지 모르지 않는다. 거의 구십이 되어가는 나이에 지팡이가 없으면 걷지도 못하는데 젊은 사람보다 더 성당에 열심히 다녔다. 정희에게도 성당에 나오라는 이야기를 하려는 것이다. 정희는 인사만 하고 그냥 지나치려다 잠깐 평상에 엉덩이를 붙이고 앉아, 참외 한 쪽을 받아든다.

"해옥이는 먼저 들어갔고."

"소피아 자매님 오늘 안 오셨어요. 안 그래도 어머님이 그거 물어보신다구."

참외는 달다.

"미국에 있다는 손주 왔잖아."

그렇게 말하면서도 정희는 해옥의 집을 올려다보고, 휴대폰을 잘 챙겨 나왔는지도 확인한다. 원래도 성당에 다녔던 해옥은 순영이 죽고 나서는 성당의 다른 일은 몰라도 주일미사만큼은 빠지지 않고 나갔다. 미국에서 온 손주가 그렇게 좋을까 싶다가, 너무 음식을 많이 해 병이라도 난 건 아닌가 싶어진다. 곧장 해옥의 집에 올라가볼까 하는 생각이 든다. 그러고는 괜히 방해꾼이 될 것 같아 곧 마음을 접는다.

정희는 성당에 다니라고 붙잡히기 전에 자리에서 일어난다. 어

차피 저녁쯤이면 해옥이 직접 음식을 한가득 챙겨 오든 챙겨 가라
는 전화라도 해오든 할 것이다.

순영도 잊을 만하면 한 번씩 정희에게 성당에 나가자고 했다. 정
희라고 마음 의지할 데를 찾아보지 않은 건 아니었다. 그러나 교회
에 나가서는 동성애가 죄니 뭐니 소리를 들었고, 절에 다니자니 먹
고사는 것이 바빠 멀리 나다닐 여유도 없었다. 순영은 성당은 다르
다고, 그리고 굳이 동성애자니 뭐니 떠들 것도 아닌데 무슨 상관이
냐고 했지만, 정희는 내키지 않았다. 순영이 죽은 다음엔 해옥도
가끔씩 함께 성당에 나가자고 말했다. 그래서인지 정희도 요즘은
가끔 성당에 나가볼까 하는 생각이 들기도 했다. 아니다. 정희가
그 생각을 처음 한 것은 순영의 장례식에서였다. 거기에서 순영이
시신 기증 서약을 했다는 걸 알게 됐다.

정희는 붙잡는 손을 물리고 자리에서 일어난다. 여자들의 목소
리가 잦아들수록 카트 바퀴가 땅을 구르는 소리가 선명해진다. 정
희는 느릿한 걸음으로 그늘을 따라 걷는다. 초록 이파리 사이로
떨어지는 햇빛이 정희의 발등 위에 물결친다. 그러면 마음에 없던
경쾌함이 생기기도 한다.

*

"너 여자 좋아한다며."

정희는 머리를 감기다 말고 화들짝 놀라 뒤를 돌아봤다. 원장
은 밖에서 널어둔 수건을 걷고 있었다. 정희가 열여덟 살 때의 일
이다. 정희의 친구라며 정희가 일을 배우는 미용실에 찾아와 불쑥
말을 건네왔던 그애의 이름은 수경이었다. 중학교만 마치고 미용
실에 다니기 시작한 정희와 달리 고등학교에 진학한 친구 한 명에
게 수경이 여자를 좋아한다고 고백을 했는데, 정희도 그 친구에게
속내를 밝힌 적이 있었던 것이다. 정희는 다시 떠올려도 어처구니
가 없지만, 수경이 그토록 대차게 말을 꺼내지 않았더라면 자신의
인생에 그런 사랑이 올 수 있었을까를 생각한다. 정희는 일이 끝
나는 시간을 물어보고 간 수경이 정말로 다시 나타날까를 노심초
사 기다렸다. 퇴근 시간 미용실 밖으로 나와 한참을 두리번거리다
골목 끝 전봇대에 불량한 자세로 기대 있는 수경을 보고 귀와 목
이 뜨거워지는 것을 느꼈던 것도, 수경이 먼저 말을 꺼내지 않았
다면 일어나지 않았을 일이었다. 함께 버스를 타고 정희의 집 앞
까지 가는 길 내내 손 한 번 잡지 않았는데도, 헤어지고 나서는 밤
새 잠을 이룰 수 없었던 것도.

연애도 그렇게 했다. 서로 눈치를 보다가 조심스럽게 손을 잡
거나 뜻 모를 간질이는 말을 주고받는 일도 없이, 수경이 사귀자
고 했고 정희도 승낙했다. 정희는 그것이 전부 운명처럼 여겨졌
다. 자기처럼 여자를 사랑하는 사람이라는 이유만으로 그 사람을
사랑할 수 있다는 게 누군가에게는 이상하게 여겨지겠지만, 그때

는 그랬다. 수경 말고 다른 사람을 상상한다는 것이 정희에게는 불가능했다. 세상에 여자를 사랑하는 여자가 얼마나 되는지 모르고, 누구도 말을 하지 않는 세상에서, 수경은 정희에게 말을 꺼냈다. 정희가 번 돈으로 극장에 가고, 나이트클럽에 가고, 유원지와 바다에 가고, 밥을 사먹으면서, 어두운 골목에서 수경이 대범하게 입맞춤을 시도하는 순간이면 정희는 수경과의 인생을 위해 무엇이든 할 수 있을 것만 같았다.

그러나 수경이 부모님에게 여자를 사귀고 있다는 걸 들켰을 때, 며칠째 연락이 닿지 않다가 안 그래도 짧던 머리를 박박 깎인 채 나타났을 때, 강제로 결혼을 시키겠다더라며 정희를 끌어안고 울때, 정희는 아무 말도 할 수 없었다. 수경의 부모가 자신을 찾아내 망신을 줄까봐, 자신도 수경처럼 박박 머리를 깎일까봐, 그리고 자신도 수경처럼 원하지 않는 결혼에 내몰릴까봐. 정희는 도망치지도, 그렇다고 맞서 싸우지도 못했다. 우는 수경을 안아주면서도, 겁이 나서 달음박질하는 심장 소리를 들킬까봐 차마 수경을 더 세게 끌어안지 못했다.

수경이 아닌 다른 누군가를 내심 품어본 적도 있지만, 주고받았던 사랑이라고는 수경과의 그것이 처음이자 마지막이어서, 정희는 다른 사랑을 모른다. 그리고 한번 뜨겁게 사랑한 사람들이 다른 사랑을 찾기 전까지 그러하듯이 정희에게는 수경과의 사랑이 여전히 사랑이라는 세계의 전부를 의미했다. 그래서 정희는 자신을 벌이라도 주듯이 말수가 적은 사람이 됐다. 누군가를 위로하거나 안아주는 데에 인색한 사람이 됐다. 너무 오래전의 일이어서, 자신이 그런 줄도 모른 채, 그저 입을 열어야 할 때, 가슴을 펼쳐 사람을 안아야 할 때, 진땀을 빼고 만다.

"내일은 제시간에 나가야지."

해옥의 목소리가 심상치 않았다. 밥을 걸렀다는 말에 걱정이 되어 가겠다고 했지만, 해옥은 그저 쉬겠다고 했다. 정희는 전화를 끊고, 냉동실에 넣어두었던 녹두를 꺼내 불려 녹두죽을 쑤었다.

해옥은 자식들이 왔다가 돌아가면 세 번에 두 번은 웃고, 한 번은 몸져눕는다. 자식간의 돈 문제 때문에, 막내아들의 불안정한 사업 때문에, 재혼한 딸의 가족 불화 때문에 그렇다. 자식이 여럿 있는 집이라면 누구나 겪을 법한 일들로 해옥은 자주 마음을 졸이고, 마음이 정리가 될 때까지 입을 닫기도 한다. 그런 것이 순영이 말한 외로움일 것이다. 죽지 못해 산다는 말을 해옥이라고 한 번도 하지 않은 것이 아니었다. 자식이 잘되면 죽어도 여한이 없고, 자식이 잘못되면 죽고도 눈감지 못한다는 그 마음을 앓을 일이야 없지만, 정희는 알 수 있다. 말할 수 없지만, 말로 하지 않아도 알 수 있는 그런 마음이 있다. 그러나 아는 것이 전부는 아니어서, 끝내 무슨 말이라도 입 밖으로 내야만 한다. 그러나 정희는 입이 떨어지지 않는다.

해옥이 녹두죽을 뜨다 말고 도로 숟가락을 내려놓는다. 긴 한숨을 내뱉고, 찔끔 비어져 나오는 눈물을 식탁 위에 놓인 행주로 훔친다. 그런 순간에 정희는 오히려 자리에서 일어나 묵묵히 부엌일을 할 뿐이다. 해옥은 집을 내놓아야 할 것 같다고 한다. 이런 이야기가 처음은 아니다. 벌써 몇 번이나 해옥의 가족들 사이에서 나왔다가 들어간 이야기다. 막내아들의 사업 때문이었다. 해옥은 아들의 사업이 어쩌다 위태로워졌는지, 정확히 돈이 얼마나 필요한지도 모른다. 그저 아들이 불안정한 사업을 포기할 때를 모르고 계속 돈을 들이부었으며, 그 때문에 며느리는 시도 때도 없이 이혼을 이야기했고, 해옥은 그것이 두려워서 모은 쌈짓돈을 며느리에게 보내곤 했다. 해옥의 자식들은 말한다. 해옥이 혼자 살기에는 너무 나이를 많이 먹었다고, 순영이 죽고 나서 우울증 약까지 먹는 해옥을 보살펴야 한다고. 그러나 해옥의 일상이, 친구들이, 삶이 여기에 있다는 생각은 하지 않는다. 그들은 나이든 사람들에게도 삶이라는 것이 있다고 생각하지 못한다. 왜 자기가 살아온 곳을 떠날 수 없는지 모른다.

젊었던 시절에조차도 정희는 떠나지 못했다. 어디로든 도망쳐 살자고 수경이 말했을 때, 정희는 떠날 수 없었다. 그렇다고 평생 한곳에 붙박여 산 것만도 아니면서. 끝내 떠밀려 내려오듯이 여기에 새로 정착하지 않았던가. 그래도 다르다. 나이를 먹으면 먹을수록 살고 있던 땅을 떠나 새로운 곳으로 간다는 것은 그저 땅을 떠나는 것이 아니라, 삶 자체로부터 멀어지는 일이다. 그리고 자기가 사는 땅에 같이 살던 누군가가 떠나는 일이, 때로는 마치 그의 죽음과도 같이 여겨지는 것이다.

자식들에게 다 들려 보내지 못한 음식들을 냉장고에 정리해 넣으면서, 해옥의 살림이 정희의 손을 타는 것에 거부감이 없는 해옥에게, 정희는 자신과 함께 살아도 되지 않겠느냐는 제안을 해본다면 어떨지를 생각한다. 해옥과 함께 사는 삶을 생각해본다. 서로 의지해 산다면 이름 붙일 수 없는 수많은 외로움 중에 어떤 외로움은 덜어내고 살 수도 있지 않겠냐고 묻고 싶다. 마음에 어둠이 쏟아질 때 소리 없이 서로에게 삿대질을 하는 텔레비전 속의 여자들에게 목소리를 주고, 더위에 등허리가 축축해지는 것이 느껴질 때 고개를 수그리고 멈춰버린 선풍기에 전원을 넣어주면, 마음에 실낱같은 볕이라도 들지 않을 수 없을 것이다. 그러나 그러다 문득, 이런 생각도 자신의 이기적인 마음이 불러일으킨 것일까, 못내 꿈에서만 한두 번 그려온 수경과의 삶의 자리에 함부로 해옥을 끼워 넣어버린 것일까봐, 핏기 없는 해옥의 얼굴을 살핀다. 정희는 전과 잡채를 소분해 냉동실에 넣고, 프라이팬 위 굴비에 포일을 덮고, 낮부터 내내 밖에 내놓았던 탕을 다시 끓인다.

"언니밖에 없네."

해옥이 정희를 돌아본다. 정희는 해옥의 시선을 느끼면서도 돌아보지는 않는다. 얼마 되지 않는 남은 죽을 다 뜨라고, 겨우 말한다.

*

정희는 몸을 일으켜 오래된 자개장 서랍을 연다. 제대로 관리를 하지 않아 칠이 벗어지고 자개가 일어나기도 했지만, 그만큼 그것을 오래도 끌고 다녔다. 요즘 젊은 여자들이 때때로 비싼 가방을 사는 것처럼, 정희에게도 자신이 잘 살고 있다는 징표가 필요한 순간이 있었다. 정희는 서랍 안의 옷가지를 헤치고 통장이며, 장부며, 봉해놓은 봉투들을 꺼내 거실로 간다.

새벽이 되도록 잠이 오지 않는다. 여름인데도 풀벌레 우는 소리 하나 없이 적막하다. 딱히 볼 것이 없어도 잠드는 시간 없이 떠드는 텔레비전이 적적함을 달래준다. 뉴스가 흘러나온다. 정희는 또래들이 즐겨 보는 노래하고 춤추는 채널 대신에 온종일 뉴스를 틀어주는 채널을 본다. 나이를 먹어도 세상이 어떻게 돌아가는지는 알아야 한다고 생각하면서 그렇게 한다. 실은 정치니 경제니 하고 떠들어대는 소리를 도무지 알아먹을 수가 없는 노릇이다. 정희는 그저 남쪽에서부터 장마가 올라온다는 뉴스를 보며 주말 내내 널어놓은 걸레를 떠올리고, 값이 오른다는 채소를 미리 사두어야겠다고 생각한다. 그러다 우연히 여자를 사랑한다는 여자아이들이, 남자를 사랑한다는 남자아이들이, 여자로 태어나서는 남자로 살고자 하는 아이들이 거리를 행진하는 모습을 보기도 하는 것이다. 그러나 지금은 그저 적막을 걷어내기 위해 틀어둔 것일 뿐이어서,

정희는 볼륨을 적당히 조정하고 서랍에서 꺼내온 것들을 작은 상위에 펼친다.

그것은 정희가 언젠가부터 해온 일이다. 잠이 오지 않으면, 서랍 속의 통장과 장부를 꺼내 계산기를 두드려본다. 통장에 찍혀 있는 금액을 한 달 생활비로 나누면 그것이 정희의 남아 있는 삶이다. 십이 년 삼 개월. 일전에 계산했을 때와 같다. 정희의 몸이 고장이 나 목돈이 들면 정희의 삶은 조금 더 짧아질 것이다. 물가가 오를 것도 생각해야 한다. 일을 계속할 수 있다면 정희에게 남은 삶의 나날이 조금은 더 오래 유지될 것이다. 끝내 어려워지면 집을 내놓아도 된다. 그러면 조금 더 오래 살 수도 있을 것이지만, 그럴 정도가 된다면 삶은 견디기 힘들 만큼 가난해질 것이다. 병이 드는 것보다도, 죽는 것보다도, 지독한 가난이 두려워서 정희는 지독하게 벌었다. 늙어서의 가난은 젊을 적의 가난과는 비교가 되지 않는 것이다. 십이 년 삼 개월. 정희는 안도한다. 그때까지 살아 있지는 않을 것만 같다.

그러고 나면 정희는 유서를 쓴다. 문구점에서 산 한 묶음의 하얀 편지지를 반듯하게 두고, 반듯하게 앉아, 최대한 반듯한 글씨로 쓴다.

자신의 뒤에 남겨질 사람에게 쓴다. 오빠와 순영은 정희의 유서를 보지 못할 곳에 갔다. 대신 거의 연락이 닿지 않는 조카들에게 쓴다. 어디서 어떻게 살고 있는지 알 길이 없는 수경에게도 쓴다.

그럴 때는 자신이 살아온 이야기를 구구절절 늘어놓기도 한다. 죽고 싶은 것도 아니고, 죽으려는 것도 아닌데. 받아 볼 사람이 불분명한 유서를 쓰기도 한다. 이제 그만 자신을 데려가라고. 정작 정희가 죽으면 의미가 없어지는 유서를.

오늘은 해옥에게 쓴다. 해옥이 자신의 집을 가졌으면 좋겠다고 쓴다. 가끔은 기도하는 마음으로 쓴다. 아직까지는 누구도 듣지 못한 기도의 말이 편지지 위에 검고 깊게 새겨진다.

*

장마가 올라온다더니 비가 오지 않는다. 몇 해 전부터 마른장마가 익숙했다. 먹구름만 가득해 숨이 막힐 듯 습도 높은 더위가 지속되거나 비가 온다 한들 잠깐 어마어마하게 쏟아붓다 그치는 식이다. 수영장의 공기도 평소보다 한껏 덥혀져 있다. 정희는 풀 가장자리로 걸어가 서본다. 발등에 밀려드는 물은 아직도 차갑다. 물속을 걷기 전에 잠시 풀 가장자리에 걸터앉는다. 허벅지와 엉덩이가 시원하게 젖어온다. 몸의 일부가 물에 닿는 것만으로 들이마시는 공기도 한결 가벼워진다. 발을 차며 앞을 보면 레인 여섯 개와 아이들용 작은 풀이 한눈에 들어온다. 아이들을 데려온 엄마들, 벽을 박차고 나아가는 여자들, 그리고 걷기용 레인을 가득 채운 여자들. 남자들은 별로 없다. 세상의 절반이 남자라는데, 이상

238

하게도 언젠가부터 정희의 공간에는 남자들이 드물어졌다. 아파트에도, 수영장에도, 빌라 앞의 평상에도 온통 여자들뿐이다. 그럴 때면 정희는 이렇게 온통 여자뿐인 세상이라면, 수경과 함께 머리를 맞대고 한집에 살았다 한들 무어라 할 사람이라고는 없을 것만 같은데, 너무 빨리 수경을 놓쳐버렸다는 생각이 든다.

"언니, 오늘은 그냥 같이 걷자."

며칠 사이에 부쩍 수척해 보이는 해옥이 노란색 킥판을 들고 와 정희 곁에 앉는다. 해옥은 줄곧 간밤의 일은 아무것도 아니었던 것처럼 굴었다. 평소와 똑같이 출근을 하고, 땀을 되로 흘리며 청소를 하고, 지금은 정희의 곁에 있다. 그러나 정희는 해옥이 최와 평소보다 길게 대화를 나누고, 최에게 더 많이 웃어주었다는 걸 안다.

"최씨랑 정말로 밥 먹을 거야?"

"밥은, 얼어죽을."

해옥은 손사래를 치면서도 정희를 똑바로 보지 못한다.

"어서 이거나 붙잡아."

해옥이 먼저 물을 튀기며 풀 안으로 들어간다. 정희도 해옥을 뒤따른다. 정희 쪽으로 킥판을 내밀며 뒷걸음질치는 해옥을 따라 물속에서 몇 걸음 걷는다. 평소에 이마 위에 얹어놓기만 했던 물안경을 물에 적셔 쓴다. 해옥이 붙잡은 킥판의 반대편을 붙들고 앞으로 천천히 몸을 기울여본다. 가라앉아버릴지도 모른다는 불안이 충분히 느껴지기도 전에 몸은 두둥실 떠오른다. 밖에서 보면 이는 물결이 물 안에는 없다. 물속은 마냥 차분하다. 안으로 고요한 것이어서 마음을 훔치는지도 모른다고, 정희는 생각한다.

"언니, 발을 차."

해옥의 목소리가 웅웅대며 들려오고, 발차기도 하지 않는 정희의 몸은 조금씩 앞으로 나아간다. 물속에서 뒷걸음질치는 해옥의 발등과 정강이가 보인다. 물 밖에서는 턱도 없는 일이 물속에 있어서 가능하다. 입과 코에서 나오는 공기 방울이 수면 위로 올라간다. 숨이 다하기 전에 정희는 킥판을 꼭 붙잡고 몸을 둥글렸다가 두 다리를 아래로 내리뻗어 물 밖으로 나온다. 발을 차라니까. 해옥은 다시 머리를 집어넣으라는 양 고개를 끄덕인다. 정희는 해옥이 시키는 대로 한다. 몇 번이고 반복한다. 걷는 여자들이 둥둥 떠가는 정희를 스쳐지나간다. 그러는 동안에 가슴이 조금씩 넓어지는 기분이 든다.

"언니, 봐봐. 벌써 이만큼 왔어."

머리를 들고 뒤를 돌아보자 레인의 시작 지점이 저멀리 있다. 이미 알고 있지만서도, 해옥의 작은 두 손에 자신의 몸을 의지해 떠왔다는 사실이 새삼 놀랍기만 하다.

"돈이 얼마나 필요한데."

정희는 묻는다. 해옥이 가만히 정희를 응시한다. 물안경에 찬 김 때문에 해옥의 표정이 잘 보이지 않는다. 십이 년 삼 개월이 반

토막쯤 나도 해옥이 없는 것보다야 나을 것이다. 물 밖에서는 턱도 없는 일이 물 안에서는 가능하니까. 물안경을 벗어 이마에 얹자 이마에서부터 물이 주르륵 흐른다. 물기를 턴 손으로 얼굴을 닦아내자, 해옥의 눈이 매섭게 정희를 흘겨보고 있다. 정희는 그 시선을 피하지 않고 해옥의 얼굴을 가만히 본다. 해옥의 입가가 삐죽거린다. 입 모양에 시선을 집중하는 동안에, 정희의 귀에는 아무런 소리도 들려오지 않는다.

"이 언니가 미쳤나봐."

그때 소란스러운 소음이 수영장에 한꺼번에 밀려들고, 해옥이 어이가 없다는 듯 웃는다. 정희는 웃지 않는다.

"됐고. 다시 한번."

정희는 다시 한번 말하지 못한다. 해옥은 벌써 왔던 방향을 등지고 출발 준비를 끝냈다. 정희는 다시 물안경을 내려 쓴다. 크게 숨을 들이마시고 물속으로 천천히 얼굴을 집어넣는다. 물살이 출렁이며 정희의 몸을 밀어내지만, 물속은, 차분하다. 엄지발가락 옆으로 뼈가 퉁그러져 나온 해옥의 작은 발이 유난히 희게 보인다. 그 발을 따라, 정희의 몸이 앞으로 나아간다.

지속과

유예

깨진 유리 파편이 튀어올라 눈동자에 박히면 그 눈으로는 무엇을 보게 될까, 여자는 생각했다. 광역버스 한 대가 정류장을 향해 들어오고 있었다. 버스를 기다리던 승객들이 우르르 버스 앞머리로 몰려갔다. 버스의 뒷문은 열리지 않았다. 이른 아침 여자가 버스를 타는 정류장에서 사람이 내리는 일은 흔치 않았다. 여자는 바닥에 발을 지치며 버스에 오르는 사람들을 지켜보았다. 계단을 오르던 갈색 하이힐 한 짝이 도로로 굴러떨어졌다. 곧바로 길이가 다른 두 다리가 절룩대며 계단을 내려왔다. 줄지어 서 있던 사람들이 원을 만들며 뒷걸음질을 쳤다. 신발을 고쳐신은 두 다리가 균형을 되찾고 다시 버스에 오르자 흩어졌던 사람들이 다시금 모여들었다. 승객으로 가득찬 버스가 떠나고, 정류장에 남은 사람들은 버스가 달려온 도로를 향해 길게 몸을 뺐다. 깨진 유리 파편이 귀를 파고들면 그 귀로는 무엇을 듣게 될까. 여자가 생각할 때, 바람이 불고, 아직은 충분히 물들지 않은 초가을의 나뭇잎들이 몸을 비비는 소리가 물결쳤다.

버스가 사라지자 여자의 발도 움직임을 멈추었다. 여자는 습관적으로 손목에 감긴 시계를 내려다보았지만, 시간을 의식하지는 않았다. 여자는 또한 습관적으로 몸을 돌려 버스 정류장 벽면에 가득 붙어 있는 너저분한 광고 전단을 일별했다. 헬스장 할인 행사, 세탁소 개업 이벤트, 과외 구함, 콘서트 홍보 포스터가 외따로 혹은 겹겹이 두께를 이루며 붙어 있었다. 버스 노선도를 확인할 수 없을 만큼 수북했다. 그곳에서 시간은 흐르지 않고 누적되기만 하는 듯했다. 겹겹의 시간이 유리벽 위에 쌓이고 있었다. 어느 것이 현재에 유효한지 알 수 없고, 그러므로 누적되기만 하는 시간. 여자는 그런 것을 유심히 관찰하는 사람이었다. 여자의 삶에서는 오래전에 지나가버린 것들이 끝없이 반추되며 지금 여기의 사건으로 실감되기도 하였으므로.

여자가 잠시 숨을 몰아 내쉬었다. 그녀는 나누어 가질 수 없는 무언가를 발견하기라도 한 듯 주위를 살폈다. 그러고는 두 장의 전단지 사이에 붙어 있는 작은 접착식 메모지를 떼어 주머니에 찔러 넣었다. 여자를 바라보던 남자가 막 도착한 버스를 향해 걸음을 옮기기 시작했다. 그를 따라 정류장에 남아 있던 승객들이 버스에 올랐다. 여자는 주머니에 넣은 손으로 메모지의 귀퉁이를 매만졌다.

사람을 살려본 사람은 사람을 죽일 수도 있다. 그가 살린 사람이 그가 살려내지 않았다면 죽었을 사람일 때에. 여자는 뇌까렸다. 초록색 마을버스가 교차로를 지나고 있었다. 낮의 길이가 짧아지는 가을 아침, 버스는 정류장에 선 여자를 지나치기 일쑤였다. 여자는 속도를 줄이지 않는 버스를 향해 손을 흔들었다.

시멘트 바닥에 끌리는 슬리퍼 소리와 자신의 숨소리가 오롯이 자신에게로 되돌아오는 시간이었다. 복도는 청색의 필름을 덮어놓은 듯했다. 아이는 텅 빈 푸른빛의 복도를 따라 교실로 향했다. 복도의 창문이 흔들렸다. 아이는 긴장한 어깨를 타고 흘러내리는 가방끈을 추어올렸다. 서서히 물드는 창밖의 단풍은 날이 밝기 전엔 이미 떨어진 잎처럼 거뭇했다. '2-3' 팻말이 붙은 교실 앞에 멈춰 선 아이가 자물쇠의 비밀번호를 맞추고 문을 열어젖혔다. 오래된 바퀴가 레일을 구르는 소리가 온 복도에 울려퍼졌다. 아이가 교실로 들어섰다. 문을 닫자 적막이 밀려들었다. 하루이틀의 일이 아닌데도 적막은 아이를 낯선 공간으로 빨아들이는 듯했다. 이따금 지저귀는 새의 울음소리만이 복도와 교실이 여전히 같은 차원에 존재하고 있다는 신호 같았다.

가방을 벗어두고 창가로 걸음을 옮긴 아이가 창문을 열었다. 고지대에 있는 학교 건물에서 내려다보이는 마을은 여전히 잠들어 있는 것처럼 고즈넉해 보였다. 아이는 폐허가 된 세계에 혼자 남겨지는 일을 상상했다. 그러나 아이가 보는 풍경 속에서는 매 순간 아주 사소한 일은 물론이거니와 아이가 감당할 수 없을 거대한 사건까지도 일어나고 있을 것이었다. 새가 지저귀고, 지저귐이 멈추고, 바람이 아이의 머리를 훑고 지나갔다. 추위가 엄습했다. 이제 겨우 춘추복을 입을 시기인데도 뼛속까지 파고드는 한기가 느껴졌다. 아이는 스타킹 위로 두 번 접어 신은 검은 양말을 종아리 높이까지 끌어올렸다.

아이는 비뚤어진 책상 줄을 맞추고, 지우다 만 칠판의 낙서를 지우고, 쓰레기통에 쌓인 휴지를 눌러 밟고, 칠판에 적힌 주변의 이름을 지우고 자신의 이름을 적어넣었다. 교실을 거닐며 크게 심호흡을 하고 움츠러든 어깨를 펴고 팔을 흔드는 것도 잊지 않았다. 그런데도 추위는 물러가지 않았다.

더이상 할일이 남지 않았을 때에야 아이는 뒷문이 잠겨 있다는 사실을 깨달았다. 다시 새들의 지저귐이 멈췄고, 바람이 불었고, 바람이 멎자 창이 열려 있는데도 적막이 찾아왔다. 아이는 교실 곳곳을 예의 주시했다. 텅 비어 있는 교실이 텅 비어 있다는 사실에 주의를 기울였다. 교실을 가로질러 뒷벽에 걸린 거울 앞을 지날 때, 거울이 아이의 시선을 잡아챘다. 입술이 새파랬다. 아이는 손등으로 입술을 문지르며 거울 앞으로 갔다. 생기가 돌아오지 않았다. 그때였다.

그것을 누군가라 불러야 할까. 어떤 것이라 불러야 할까. 아이는 그것을 맞닥뜨렸다. 사 분단의 첫번째 책상 뒤에서 옆구리를 한껏 꺾어 상체를 기울인 채 아이를 바라보는 여자가 불시에 거울 안에 침입했다. 거울을 통해 아이와 여자의 눈이 마주쳤다. 풍성한 검은 머리카락이 거울에 비친 아이의 어깨 위로 쏟아졌다. 찰나였다. 아이는 반사적으로 뒤를 돌아보았다. 아무도 없었다. 아이가 거울 속에서 본 것은 온데간데없이 사라져 있었다.

어울리지 않는 시간과 장소에 존재하지만 않았으면 사람이라 생각할 여지가 없지 않았다. 그러나 그것은 앞문이 닫혀 있는데도 텅 비어 있던 교실에 불현듯 나타났다 홀연 사라졌다. 그것은 사람이 아니었다. 아이는 종종 그런 것을 보았다. 풀리지 않는 수학 문제를 풀다 뒤를 돌아보았을 때 수학 선생의 곁에 서 있거나, 낡은 빌라의 출입구를 지나칠 때 계단 밑 어둠 속에서 연기처럼 풀려나와 선명한 형상이 되었다. 아이는 무심코 그것을 맞닥뜨린 후 고개를 돌리고 나서야, 비로소 그것이 거기에 있어서는 안 된다는 사실을 깨닫곤 했다. 돌아보면 그것은 존재하지 않았다. 그것은 눈 깜짝할 새에 사라졌다. 그리고 언제나 뒤늦게 몸이 굳었다. 등줄기에 식은땀이 흘렀다.

아이는 한참 동안이나 그것이 있던 자리에서 눈을 떼지 못했다. 말아 쥔 주먹 속의 손톱이 손바닥을 찔렀다. 용기가 필요했다. 용기, 라는 단어를 읊조리며 아이는 거울을 향해 시선을 옮겼다. 거울 속에는 핏기 없는 익숙한 얼굴과 교실의 풍경만이 부동하고 있었다. 아이는 몸을 이리저리 비틀며 거울 속의 등뒤를 살폈고, 등뒤에 아무도 없다는 사실을 확인하고 나서야 교실 뒷문에 등을 대고 섰다. 그러면 조금 안심이 되었다. 밤새 온기를 빼앗긴 문의 온도가 등으로 전해져왔다. 그러다 문득 그것이 문의 온도가 아니라 등뒤에서 그것이 뻗어온 손의 온도인 건 아닌지 의심스러웠다. 그제야 교실이 너무 어둡다는 생각이 들었다. 아이는 교실 앞으로 달려갔다. 스위치를 켜자 교실이 밝아졌다. 아이는 학급에 다른 누군가가 도착할 때까지 문간에 붙박인 채 움직이지 않았다.

여자가 켠 바늘 끝이 진분홍 옷감을 뚫고 지나갔다. 햇살 아래서 옷감은 본래보다 조금 옅은 빛을 냈다. 삼 년 먼저 떠난 영감이 좋아하던 색깔이라고, 옷의 주인은 소녀처럼 말했다. 이른 나이에 한복을 짓는 사람이 되기로 결정했을 때, 그녀는 단지 할머니가 만들던 전통 옷을 현대적으로 지어보고 싶었을 뿐 수의를 만들 생각은 추호도 한 적이 없었다. 그러나 흰 수의 대신 쪽물을 들인 푸른 삼베로 수의를 지어달라는 한 노인의 부탁을 거절하지 못한 이후로 여자에게 색을 입힌 수의를 입겠다는 손님이 드물게 찾아왔다.

쪽빛 수의를 지어달라던 노인은 물로 돌아가 한평생 가보지 못한 곳들을 여행하고 싶다고 말했다. 그녀는 지금쯤 어디를 떠돌고 있을까. 그런 생각을 하면 죽음은 결코 두려운 것이 아니었으나, 수의를 지을 때면 죽은 자가 아니라 아직 죽지 않은 자를 떠올려야 했으므로 그것을 마냥 천진하게 받아들일 수는 없었다. 때로 산 자의 옷을 지을 때에도 그의 죽음을 상상하게 된 것은 피치 못할 일이었다. 그러자 왜 약속된 형식에 따라 죽은 자의 옷이 결정되는지 알 것 같았다. 간혹 여자는 자신의 옷이 삶과 죽음 사이를 오가는 어딘가에 놓여 있다는 생각이 들었다.

그래서였다. 여자가 메모를 떼어 와 간직하기 시작한 것은. 아침부터 그늘이 필요할 만큼 햇살이 이마를 덥히던 날이었다. 여자는 눈에 비치는 모든 것을 유심히 관찰하는 습관이 있는 사람이었으므로, 화려한 꽃과 정갈한 정물뿐 아니라 뒤죽박죽인 도형과 색깔들로부터 영감을 얻는 사람이었으므로. 비에 젖었다가 말라 우그러진 종잇조각들, 뜨거운 햇살에 날아간 빛깔, 종이를 떼어낸 자리에 남은 테이프 자국이나 그 모든 것이 구성하는 복잡한 무늬들마저 옷을 짓거나 자수를 놓을 때의 소재가 되었다. 여자를 제외하면 누구도 특별히 눈여겨보지 않았을지도 모르는 메모였다. 모두가 볼 수 있는 곳에 놓여 있으나 아무도 발견해내지 못하는 것. 어쩌면 그것이 메모를 붙인 자의 기대였을지도 몰랐다.

오늘 나는 이 삶을 끝낸다.

왜 그런 메모가 버스 정류장에 붙어 있는지 영문을 알 수 없었다. 처음에 여자는 그것을 외면했다. 한 번 외면했던 것이 두 번이되고, 세 번이 됐다. 매일 발견하는 같은 내용의 메모가 어제의 메

모와 다르다는 사실을 여자가 깨닫기까지는 오랜 시간이 걸리지
않았다.

함부로 죽음에 다가가지 마라. 오래전 여자의 할머니는 말했다.
어떤 죽음은 살아 있는 자에게 들러붙기도 한단다. 네가 본 것을
털어버려야 한다. 하염없이 울며 앉아 있는 여자의 등을 강인한
손이 쓰다듬었다. 여자는 죽음에 가까이 간 적이 있고, 죽음의 얼
굴을 보았고, 누군가에게는 삶만큼이나 죽음이 절실할 수도 있다
는 것을 알았다. 여자는 어쩐지 더는 메모를 외면할 수 없었다. 여
자는 메모를 떼어 주머니에 넣어 오기 시작했다. 할머니의 전언을
지키지 못했다. 한번 죽음에 연루된 자는 모든 죽음에 연루되어버
리는 건지도 모른다고, 여자는 생각했다.

그래서였을 것이다. 여자는 매일 출근길 버스 정류장에서 똑같
은 내용의 메모를 떼어가지고 공방으로 왔다. 쉬는 날에도 부러
같은 시각에 버스 정류장에 나섰다. 때로 메모의 주인이 궁금하기
도 했다. 그러나 그와 마주치는 일은 일어나지 않았다. 한편으로
는 우연이라도 마주치지 말기를 바라는 마음이 앞섰다. 메모가 없
는 날이면 가슴이 내려앉는 것 같아 일이 손에 잡히지 않기도 했
지만, 메모는 사흘을 넘기지 않고 다시 무질서한 전단들 사이로
돌아와 있었다.

딱 거기까지였다. 여자는 그 메모에 깊게 휘말리기를 원하지는
않았다. 그저 메모가 사라진 자리에 새로운 메모가 붙을 때, 메모

가 사라졌다는 사실이 메시지가 되기만을 바랐다. 이제 여자의 낡은 바늘꽂이에는 수십 장의 메모가 바늘에 꿰여 있었다. 여자는 매일 공방의 서랍을 열 때마다 죽음을 선언하는 메모와 마주쳤다. 때로는 바늘귀에 실을 꿰거나 동정을 달다가도 메모를 떠올렸다. 그러면 메모는 옷에 입는 사람의 마음을 담으려는 여자의 내면을 혼란하게 헤집어놓았다. 여자는 그렇게 자신도 모르는 새에 목숨을 내려놓으려는 자의 마음속에 깃든 빛깔을 생각했다. 그리고 그럴 때면 어김없이, 아름답게 빛나는 뾰족한 바늘 끝이 여자의 손가락을 찔렀다.

아이는 책상 앞에 앉아 친구들의 놀이를 지켜보았다. 친구들은 종종 책상을 모아 붙이고 귀신을 불렀다. 연필을 마주잡고 주문을 외우면 연필은 종이 위에서 아이들의 손을 끌고 이리저리 움직였다. 여기에 오셨나요. 연필이 비뚤어진 원을 그렸다. 연필을 쥔 손 주변으로 아이들이 몰려들었다. 아이는 교실을 빙 둘러보았다. 아무것도 보이지 않았다. 창밖의 구름이 때때로 누군가의 얼굴, 혹은 다친 짐승의 형상처럼 보일 뿐이었다. 아이는 책상에 엎드려 고개를 파묻었다.

너 또 생리 샜다. 익숙한 목소리가 귓가에 속삭였다. 아이의 뒷자리에 앉은 단발머리 아이의 목소리였다. 허벅지 안쪽이 유난히 덥고 축축했다. 종일 책상 앞에 앉아 있자면 생리 기간의 불청결

한 느낌이 내내 지속되는 탓에 생리혈이 새는 것을 깨닫지 못했다. 벌써 학교에서만 세번째였다. 아이는 자리에서 일어나 체육복 윗도리를 허리춤에 감고 한 팔에 바지를 걸쳤다. 귀신의 의지에 따라 움직이는 손을 둘러싸고 아이들이 비명을 질렀다.

한여름에도 한기를 느끼기 시작하고부터였다. 한 달에 한 번, 생리 때가 되면 잠옷에, 이불에, 교복에, 청바지에 피가 번졌다. 아이의 엄마는 여기저기 생리혈을 묻히고 다니는 아이를 여자답지 못하다고 나무랐다. 아이의 잘못은 아니었다. 생리대를 갈고 난 뒤에도 두어 시간만 지나면 피가 흥건해져 바지를 적셨다. 그러나 아이는 항변하지 않았다. 그것이 자신의 목숨을 위협할 만한 징조일까봐. 믿지 않는 운명의 전조일까봐. 아이는 교복을 체육복으로 갈아입고, 피에 젖은 속옷 가장자리를 휴지로 문질러 닦고, 세면대에서 교복 치마에 묻은 얼룩을 지우며, 피할 수 없는 운명 따위를 예감했다.

교실로 돌아왔을 때 아이들은 혼비백산 교실을 뛰어다니는 중이었다. 피로감을 느끼며 자신의 자리로 돌아가는 아이의 팔을 누군가 잡아끌었다. 봤어? 방금 마른하늘에 번개 친 거 봤냐고. 얘가 이제 그만 가라니까 갑자기 번쩍 하고. 조금 전만 해도 맑았던 하늘 너머에서 먹구름이 밀려오고 있었다. 그러니까 저기 말고 저쪽 맑은 하늘에서 벼락이 떨어졌다니까. 아이는 다시 사위를 살폈다. 아무것도 보이지 않는데도 팔에 소름이 돋았다. 아이의 친구들은 보이지 않는 것을 믿고 아이는 믿기지 않는 것을 보고는 했으므로.

귀신 씻나락 까먹는 소리 좀 그만해라. 수다스러운 소음을 뚫고 나지막한 목소리가 아이의 귓가에 와닿았다. 멍청이들. 왜 두 명이 붙잡고 하는 거겠어. 서로 당기고 있는 거잖아. 아이의 뒷자리에 앉은 단발머리 아이가 불만스러운 표정으로 혼잣말을 내뱉고 있었다. 다른 아이들은 그녀의 볼멘소리를 듣지 못한 모양이었다. 아이는 책상 앞으로 돌아가 앉았다. 그거 알아? 아이는 몸을 돌려 앉아 그녀의 말에 귀를 기울였다. 귀신은 뇌의 경련 때문에 보는 거야. 그게 뭐더라. 그래, 측두엽. 측두엽이 흐릿한 이미지나 사물의 부분적인 형태를 임의로 완성해서 보게 만드는 거라고. 그러니까 귀신은 일종의 착시 효과야. 아이가 미간을 찌푸렸다. 우리 나이엔 뇌가 엉망이 된대. 전두엽이 제 구실을 못하고. 뭐라더라. 아무튼 우리 나이 때에 귀신을 보거나 간질에 걸린 것처럼 기절하는 아이들이 많은 건 뇌가 일시적으로 망가졌다가 회복되는 거라고.

그거 어디서 들은 거야? 아이가 묻는 동시에 차임이 울렸다. 그녀는 아이가 그녀의 말에 호기심을 느끼고 있다는 사실을 눈치챈 듯, 다른 아이들과 달리 생각을 공유할 수 있다는 사실을 반기는 듯, 그러나 아이의 호기심을 완전한 호감으로 느끼지는 않는 듯 묘한 표정으로 아이를 바라봤다. 그녀의 책상 위에 교과서가 펼쳐졌다.

교사가 교실 문을 열고 들어오자 모여 있던 아이들이 흩어졌다.

이건 꼭 태워서 버려. 누군가 말했고, 연필을 쥐었던 아이 중 하나가 귀신이 다녀간 흔적이 남은 종이를 공책 사이에 접어 넣었다. 아이는 공책을 펴고 연필을 쥐었다. 아이들이 귀신을 불러내던 주문을 아주 작은 소리로 읊어보았다. 그런데 그녀의 말이 사실이라면 왜 사람의 뇌는 존재하지 않는 것을 보게 만드는 걸까. 아이는 궁금했다. 자신이 보는 것 또한 뇌의 오류일까. 만일 그녀의 말이 사실이라면, 나의 뇌는 회복될 수 있을까. 완전히 망가져버린 뇌로 존재하지 않는 것을 보는 일과 존재하지만 누구도 볼 수 없는 것을 보는 일 중에 어떤 것이 더 나은 일일지를, 아이는 저울질했다.

다시 번개가 쳤다. 어느새 하늘이 새카맸다. 교실이 다시 한번 아이들의 비명으로 가득찼다. 문득 번개가 치는 먹구름 낀 하늘이 자신의 뇌 속과 같을지도 모른다는 생각이 들었다. 망가진 뇌에서 곧 비가 쏟아질 것 같았다. 그러나 수업 시간 내내 비는 내리지 않았고, 습한 공기 중의 비릿한 피냄새가 아이의 후각을 불편하게 자극할 뿐이었다.

여자는 사람을 살려본 적이 있다. 그때 여자는 열네 살이었고, 사촌언니는 스물이었다. 그녀의 자취방은 여자의 집에서 겨우 두 정류장쯤 떨어진 거리에 있었고, 여자는 종종 그 집에 머물렀다. 보수적인 부모에게 홀로 자취를 하는 조카딸이 내내 눈에 밟혔으므로, 여자에게 갖은 밑반찬과 생필품을 핑계로 갓 성인이 된 언니를 감시하는 역할이 주어졌던 것이다. 그러나 여자 또한 사춘기의 여자아이에 불과했다. 여자는 언니의 잦은 외박과 자취방에서 벌어지곤 하던 스무 살 미대생들의 술판에 대해 함구하는 대가로 종종 부모의 간섭에서 해방되는 자유를 누렸다.

그날 밤 언니는 자정이 넘어서야 집으로 돌아왔다. 언니의 책상에 앉아 중간고사를 준비하던 여자는 그녀가 골목에 들어서자마자 언니가 돌아왔다는 사실을 눈치챘다. 다 쉬어버린 목소리가 골목에 울려퍼졌다. 술에 취해도 소란은커녕 곧바로 잠에 들기가 일쑤인 사람이었다. 그런 언니가 좁은 골목의 깊은 잠에 훼방을 놓으며 돌아온 것이다.

전화통화를 하는 모양이었다. 여자는 언니가 현관문을 열고 들어온 뒤에도 옹색한 부엌과 방을 나누는 방문을 걸어닫은 채 언니의 성마른 기운이 잦아들기만을 기다렸다. 전화통화는 한동안 이어졌다. 사랑이나 배신 같은 단어들, 그리고 좀처럼 그녀의 입에 오르내리는 법이 없던 욕설 따위가 쏟아져나왔다. 여자는 창문을 열고 골목에 늘어선 창문들에 불이 들어오는 것을 보았다. 사람들이 창밖으로 몸을 내밀었고, 누군가는 신고를 하겠다며 윽박질렀다. 그러나 다행히도 밤의 공기가 소리를 멀리까지 이끌고 가, 누구도 소리의 위치를 추적해내지는 못했다.

방문 밖에서 무언가 세차게 내던져지는 소리가 들린 건 여자가 슬그머니 창문을 닫았을 때였다. 대화는 더이상 들려오지 않았고

자그마한 흐느낌만이 집안에 흘러넘쳤다.

여자는 언니가 싱크대에 팔을 걸치고 위태롭게 선 채 자신을 바라보던 눈빛을 잊지 못했다. 불신과 분노에 가득차 희번덕거리는 눈빛은, 물론 여자를 향한 것은 아니었다. 그럼에도 여자는 두려웠다. 위트가 넘치고 다정했던 언니는 더이상 거기에 없었다. 어찌할 바를 알 수 없었다. 여자는 고작 열네 살에 불과했고, 어른의 세계에 진입해버린 언니의 불행을 이해하거나 위로하는 법을 몰랐다. 물 줄까. 괜찮은 거야? 그런 말들은 단단한 벽을 향해 던진 작은 공처럼 튕겨져 나올 뿐이었다. 가, 너희 집으로 가. 팔을 붙잡는 여자를 뿌리치며 그녀는 말했다.

그런 언니를 책망하려던 것은 아니었다. 여자는 그저 짖으며 뒤로 물러나는 개처럼 겁에 질려 있을 뿐이었다. 그깟 연애 때문에 동네 창피하게 무슨 짓을 하는 거냐고 소리를 지른 것도, 언니의 방탕한 학교생활을 이모와 이모부에게 이르겠다고 위협 아닌 위협을 한 것도, 언니 때문에 시험을 망칠지도 모른다고 화를 냈던 것도, 그저 겁이 났기 때문이었다. 그녀는 아무런 대답도 하지 않고, 다만 여자가 모든 말을 쏟아내기를 기다린 뒤에 다시, 집으로 돌아가라고 말했다.

여자는 그날 밤 들은 날카로운 소음을 영원히 잊을 수 없으리라 예감했다. 여자가 현관 밖 대문을 벗어나기도 전이었다. 집안으로 뛰어들었을 땐 이미 모든 게 엉망이었다. 주방의 식기가 바닥에 나뒹굴었고, 깨진 유리 파편들이 아무렇게나 흩어져 있었다. 파편 중의 하나는 이미 언니의 손목을 긋고 지나간 후였다. 언니가 앰뷸런스에 실려 병원으로 이송되기까지의 기억은 분절되고 산만하게 뒤엉켜 있다. 어떻게 119에 전화를 걸었는지, 뭐라고 떠들었는지, 피를 흘리는 손목을 붙잡아보기나 했는지, 언니의 피가 고인 마룻바닥을 밟는 느낌이 어땠는지, 앰뷸런스 안의 풍경이 어땠는지를 여자는 온전히 떠올리지 못했다.

오직 분명한 것은, 여자가 그날 처음으로 죽음을 봤다는 사실이었다. 여자가 본 것은 죽어가는 사람이 아니라 죽음 그 자체였다. 그것은 잠깐이라도 방심하면 언니를 물어 채갈 것처럼 언니의 주변에 웅크리고 있었다. 그러나 음산하지는 않았고 오히려 이상한 활기를 띠고 있었다. 체념과 무기력만으로는 죽음에 다가갈 수 없다는 사실을 여자는 그때 알았다. 격렬하게 싸우는 자만이 죽음을 불러오고 죽음과 악수할 수 있다. 죽음은 바로 그 생기를 거두어 가는 것이었으므로, 여자가 본 죽음의 분위기란 붉은 구두를 신고 춤을 추는 듯한 기묘한 경쾌함이었다.

메모를 발견한 이후로 여자는 자주 지난날로 되돌아갔다. 누군가 그날을 반복하리라는 예감이 들면 섬뜩했지만, 또한 그러한 이유로 메모를 외면할 수도 더는 그 죽음에 접근할 수도 없었다. 여자는 자주 휴대폰을 만지작거렸다. 종종 신고를 해야 하는 걸지도 모른다는 생각이 떠올랐다. 그러나 정작 실행에 옮기려 하면 이내 손이 떨리고 심장이 뛰고 까닭 없이 눈물이 흘렀다. 너의 잘못이 아니야. 네 탓이 아니라는 사실을 절대로 잊지 마. 여자는 오래전 상담사의 말을 떠올렸다. 여자가 휴대폰을 내려놓으려는 찰나, 번개가 번쩍였다. 전화벨이 울리기 시작했다. 진분홍 수의를 부탁한 노인의 전화였다.

기도가 부실하니 장맛이 쓰게 변한 것이다. 무당은 독을 깼다. 깨진 항아리 밖으로 검붉은 장이 출렁이며 넘쳤다. 아이는 뜨겁고 미끄럽고 찐득하게 흘러나오는 피의 빛깔을 떠올렸다.

우리 집안의 신기가 너에게 내렸나보다. 우리 언니도, 이모도, 이유 없이 몸이 아팠어. 내림굿을 받아야 한다고 했는데. 집안의 내력이 아이에게 물려 내려온 것이 틀림없다고 아이의 엄마는 말했다. 그게 너에게 갔나보다. 헛것을 본다는 아이의 말에 그녀는 아이를 무당 앞에 데려다 앉혔다. 얽은 얼굴의 무당은 아이의 수양엄마를 자처하며 신을 받지 않으려면 정성껏 기도를 드려야 한다고 했다. 아이는 채 열 살이 되기 전부터 무당의 신당에, 영험한 기운이 돈다는 사찰에 가 절을 했다. 향과 초가 타는 냄새에 구역질이 났지만, 무당의 방울소리는 마음에 들었다. 정신을 아득하게 만드는 청아한 방울소리는 아이가 영문을 알 수 없는 제의 앞에서 느끼는 두려움을 경감해주었다. 아이는 무당의 말을 잘 따랐고 신당은 아이의 놀이터였다. 그러나 슬슬 머리가 굵어지는 아이의 믿음에 의심이 자라기 시작하는 중이었다.

네 등에 아기신이 있다. 처음 무당이 말했을 때 정작 울음을 터뜨린 것은 아이의 엄마였다. 이애에게 언니가 있어요. 넌 몰라. 네가 태어나기도 전에 유산된 아이야. 그애가 여자아이였나보다. 그애가 너를 찾아왔나보다. 임신 초기의 유산이었는데도 아이의 엄마는 뱃속에 들었던 것을 언니라고 불렀다.

그리고 아이는 악몽을 꿨다. 누구도 들여다볼 수 없는 악몽이었다. 아이조차 악몽을 기억하지 못했고, 악몽은 새벽녘의 알람처럼 아이의 잠을 깨울 뿐이었다. 악몽에서 깨어나면 무거운 것이 몸을 짓누르는 것처럼 옴짝달싹도 할 수 없었다. 어둠 속에서도 기척이 느껴졌다. 필사적으로 고개를 돌리면 머리맡을 향해 다리를 뻗고 있는 누군가의 두 발이 가지런히 놓여 있었다. 한 번도 땅을 밟고 일어서본 적 없는 것처럼 희고 단정했다. 눈이 어둠에 익숙해지면 발목과 무릎, 배와 가슴이 눈에 들어왔고, 시선이 얼굴에 가닿기도 전에 아이는 그것이 자신의 언니임을 직감했다.

언니, 나보다 세상에 먼저 온 언니. 그러나 아이는 곧 깨달았다. 아이에게는 언니가 없었다. 언니가 존재했던 순간은 단 한 순간도 없다. 그러면 그는 누구인가. 그때 잠들어 있던 언니가 눈을 홉뜨더니 몸을 일으키지 않고 고개만을 빳빳이 들어 아이를 노려보았다. 눈은 어둠 속에서도 빛났다. 아이는 경악 속에서 다시 잠에 들었다. 아니, 잠에서 깨어났다. 그것은 꿈일까 실제일까. 완전히 꿈에서 깬 아이의 잠옷은 늘 식은땀으로 흠씬 젖어 있었다.

꿈은 오랫동안 반복됐다. 그러나 언니의 혼이 자신의 꿈에 잠입하는 것이라고 생각해왔던 아이는, 이제 그것이 단지 언니에 관한 이야기를 알고 있기 때문에 꾸는 악몽일지도 모른다고 생각하기 시작했다. 뿐만 아니라 아이의 마음속에는 새로운 질문이 고개를 쳐들고 있었다. 만일 언니가 태어났다면 자신이 이 세상에 태어날 수 있었을까 하는 의문이었다. 차마 상상도 해본 적 없던 언니를 향한 엄마의 그리움이 자신의 연약한 마음에 생채기를 냈다는 사실을 아이는 슬슬 깨닫는 중이었다. 그것은 자신의 존재가 누군가를 대리하고 있을지도 모른다는 불안의 씨앗이었다. 정작 엄마에게는 만약이라고 묻지 못했지만, 아이는 자신의 신체가 성장하는 것을 중단시킬 수 없는 것과 같이 생각의 씨앗이 싹을 틔우는 것을 또한 멈출 수 없었다.

이래서야 선생인지 뭔지 되기는 글렀다. 무당은 비닐장갑을 낀 손으로 흘러넘친 장을 쓸어 담으며 말했다. 아이는 자신의 불신에 대해 한 번도 말한 적 없었지만, 무당은 아이의 변화를 알아보는 듯했다. 귀신은 뇌의 경련 때문에 보는 거야. 아이는 친구의 말을 떠올렸다. 한편으로 생리혈이 넘치고 한여름에도 추위에 떠는 몸을 생각하면 무당의 말을 믿지 않을 수도 없었다. 신을 받거나 막지 않으면 명을 다하지 못하고 죽을 거라는 이야기를 인이 박이도록 들어온 아이였다.

아이는 여느 때처럼 신당에 들어 절을 했다. 무당의 방울소리가 아이의 몸을 꿰뚫고 지나가는 듯했고, 아이는 이대로 잠들어 영원히 깨어나지 못해도 좋겠다고 짐짓 생각했다. 곧 온몸에 열이 올랐다.

어머니가 돌아가셨어요. 여자는 휴대폰을 붙든 채 한동안 아무런 말도 할 수 없었다. 죽음을 회피하려는 자도, 죽음을 꿈꾸는 자도 죽음을 대비하기란 불가능했다. 여자는 미처 완성되지 못한 진분홍 수의를 생각하며, 이미 죽어버린 자의 수의를 만드는, 만들어야 하는 자신의 손을 내려다보았다. 의미를 알 수 없는 손금이 손바닥 위를 가로지르고 있었다.

아이는 버스 정류장 의자에서 몸을 일으켰다. 버스는 한참을 기다려도 도착하지 않았다. 버스 노선도를 들여다보았지만 막차가 지나갔는지 아직 도착하지 않았는지 알 수 없었다. 귀신을 보는 건 뇌의 경련 때문이야. 친구의 말이 거듭 떠올랐다. 견딜 수 없을 만큼 생생한 것들이 환영일 수도 있을까. 귀신을 온전히 믿을 수 없듯이 친구의 말 또한 있는 그대로 믿기지 않았다. 번개가 카메라의 플래시처럼 번쩍이고 천둥이 대기를 흔들었다. 오후부터 비가 내릴 듯 먹구름이 몰려왔는데도 비는 내리지 않았다. 무당은 곧 비가 내릴 것이니 우산을 가져가라고 했다. 아이는 우산을 챙기지 않았다. 그런 미래쯤은 무당이 아니어도 내다볼 수 있었다. 오늘은 무당이 틀렸다. 아직까지는. 아이는 집을 향해 걷기 시작했다.

아이는 다섯 살에 그것을 처음 보았다. 문득 잠에서 깨어났을 때 아이의 부모는 서랍장에 기대앉아 말다툼을 하는 중이었다. 낯선 장면이 아니었다. 그들의 관계는 아이가 아주 어렸을 적부터 줄곧 불안정했다. 분명 사랑으로 한 결혼이었다. 그런데도 그들은 불행했고, 서로를 이해할 수 없었고, 함께 삶의 고비를 넘어설 수도 없었다. 부모의 온전하고 깊은 애정을 받던 시절이 있을 테지만, 그 기억이 아이에게는 없다. 차라리 헤어지자. 그런 말이 다섯 살의 아이에게는 익숙했다. 아이가 사랑을 받지 못한 것은 아니었다. 오히려 조각난 사랑의 파편들이 아이에게 모두 쏟아졌다. 아이는 부모 모두에게 유일한 사랑의 대상이었으므로, 그런 애정의 대상이 된다는 사실을 견뎌야 했다. 결핍을 예비한 사랑이었다.

아이의 부모가 아이 앞에서 서로에 대한 증오와 경멸을 드러내지 않으려 애쓴다는 것을 아이는 모르지 않았다. 하지만 아이에게는 아이다워야만 한다는 의무가 부여되었고, 아이는 부모의 일을 외면했다. 아이는 혼자서 울었다. 그러나 그날 잠결에 본 부모의 다툼에 아이의 불안은 삽시간에 걷잡을 수 없이 커졌다. 아이는 실눈을 뜨고 부모의 말에 귀를 기울였다. 말소리가 들리지 않았다. 퍽 흥분한 것처럼 보이는데도 두 사람의 목소리가 전혀 들려오지 않았다. 숨이 막혔고 눈물이 쏟아졌다.

아이가 자신이 이 관계의 일부라는 사실을 주장하려던 순간이었다. 아이는 몸을 일으키려 했다. 그때 아이의 양손에 붙들린 것이 있었다. 부드럽고 온기가 느껴졌다. 온몸이 얼어붙었다. 아이는 고개를 돌렸다. 부모였다. 그들은 깊은 잠에 빠져 있었다. 머리가 쭈뼛 섰다. 아이는 이불 속으로 천천히 고개를 들이밀었다. 눈물과 콧물이 뒤범벅되어 흐르는데도 들키지 않으려 입을 꾹 다물었다. 자신이 본 것이 무엇인지 알 수 없었다. 꿈은 아니었다. 아이는 그것이 부모가 잠든 사이에 빠져나온 그들의 영혼일 거라고 생각했다. 혹은 자신이 부모에게 일어날 파국을 앞서 내다보기라도 한 것 같았다. 그리고 마치 아이의 짐작이 예견이 된 듯, 두 사람의 이별이 순식간에 다가왔다. 아이는 부모에게 자신이 본 것을 차마 이야기하지 못했다. 다만 부모에게는 반쪽을 잃는 것이 아이에게는 전부를 잃는 것과 다름이 없었으므로, 아버지를 잃은 아이가 부모의 영혼을 보는 일은 다시는 일어나지 않았다.

다시 추위가 몰려왔다. 슬슬 일교차가 커지는 시기였다. 그러나 그것은 또한 아이의 기도가 부족한 탓이기도 했다. 아이는 추위를 떨치려 달리기 시작했다. 등에 매달린 가방이 튀어올랐다가 떨어지며 아이의 어깨를 잡아 눌렀다. 차츰 속도가 붙어 집으로 가는 지름길에 들어섰을 때, 아이는 누군가 등뒤에 있는 것만 같다고 느꼈다. 그럴 때면 아이는 혼잣말로 속삭였다. 뒤를 돌아봐. 뒤를 돌아봐. 뒤를 돌면 거기엔 아무것도 없다. 혹은 순식간에 나타났다 홀연히 사라진다. 아무런 해도 끼치지 않는다. 아무것도 없을 것이다. 아이는 고개를 돌려 뒤를 보았다.

검은 그림자 하나가 아이를 향해 다가오고 있었다. 그림자의 뒤를 따라 골목으로 들어선 자동차의 상향등이 아이의 눈동자에 검은 얼룩을 남겼다. 아이는 눈을 감았다 떴다. 그림자가 더욱 짙고 선명하게 아이를 향해 걸어오고 있었다. 아이는 현기증을 느꼈고, 곧이어 몸이 무너지기 시작했다. 아이는 자신의 몸이 주저앉는 소리를 듣지 못했다. 검은 그림자가 아이를 향해 달려왔다. 아이는 달아날 수 없었다. 그제야 빗방울이 떨어지기 시작했다.

여자는 창에 흐르는 빗방울을 바라보았다. 빗방울은 한 방울씩 맺히다가 무게를 이기지 못하고 주르륵 흘러내렸다. 젖은 머리카락에서 물방울이 떨어졌다. 장례식장에 다녀오는 길이었다. 완성되지 않은 수의는 노인의 관에 함께 들어갈 거라 했다. 여자는 옷을 완성해보겠다고 했지만, 노인의 아들은 폐를 끼치지 않겠다며 여자의 제안을 한사코 거절했다. 여자는 사려 깊은 아들에게 내심 고마운 마음이 들었다. 노인이 지불한 값은 옷감이 든 상자에 넣어 부의로 돌려주었다. 모든 게 장례식장의 주차장 한편에서 일어난 일이었다. 여자는 장례식장 안으로는 들어가지 못했다. 사촌언니의 장례식 이후로는 장례식장에 들어가본 적이 없었다. 그때 이후로 여자는 장례식장에만 들어서면 호흡이 가빠지고 몸이 떨려왔다.

언니는 호텔방에서 약을 과다 복용했고 뒤늦게 발견되어 중환자실에서 사흘을 보낸 뒤에 숨을 거두었다. 여자가 언니를 살린 지 칠 년 만이었고, 언니를 다시 보는 것도 칠 년 만이었다. 영정 앞에서 헌화를 했을 때 언니에게 죽음이 임박해오던 순간의 공포가 여자를 덮쳤다. 그건 시작에 불과했다. 여자는 주저앉은 채 자리에서 일어나지 못했고, 집으로 돌아온 뒤에도 며칠 동안은 먹는 것마다 족족 토해내고야 말았다. 여자는 뒤늦게 언니의 자살 시도가 자신에게 정신적 외상을 입혔다는 사실을 깨달았다.

수많은 자살 시도자가 구사일생으로 목숨을 건진 뒤에 삶의 의미를 새롭게 깨닫는다 했다. 그러나 언니는 달랐다. 그녀는 여자에게 자신을 살린 이유를 물었다. 죄책감이 드는 동시에 원망의 감정이 들었다. 죄책감은 그날 모진 말을 하고 집밖으로 나와버린 일이 그녀를 위험에 빠뜨렸다는 생각 때문이었고, 원망은 그녀가 자신에게 보게 만든 죽음의 광경에 대한 것이었다. 그녀라고 다르지 않은 듯했다. 그녀 또한 여자에게 죄책감과 원망을 함께 느끼는 모양이었다. 그녀는 전처럼 살가운 언니로 돌아오지 못했다. 혈관 접합 수술을 받은 언니가 퇴원한 이후, 두 사람은 자연스럽게 더는 멀어질 수 없을 만큼 멀어졌다.

여자는 얼마 지나지 않아 언니의 자살 시도가 단지 실패한 연애 때문만은 아니었으리라고, 나아가서는 그것과 무관한 일이었을지도 모른다고 생각하기에 이르렀다. 머지않아 이어진 두번째 자살 시도 때문이었다. 그녀는 실행할 기회만 있다면 언제라도 죽음을 선택하려고 작정한 사람 같았다. 종종 그녀의 자살 시도 소식이 친척들의 입을 통해 전해졌다. 연애와 학업 문제뿐 아니라 과중한 스트레스를 겪는 것만으로도 그녀는 자살을 시도했다. 아니 그마저 가족들이 갖다붙인 이유일 뿐, 누구도 언니가 목숨을 끊으려 하는 이유에 대해 제대로 알지 못하는 듯했다. 어쩌면 그녀는 그저 죽기 위해 그 모든 것들을 변명으로 휘두르고 있는 것일지도 몰랐다.

약은 그녀를 쾌활하게 만들었지만, 죽음에 대한 갈망을 중단시키지는 못했다. 여자의 짐작대로였다. 그녀는 결국 자살에 성공했다. 삼 년 가까이 자살 시도를 하지 않았을 무렵이었다. 모든 것이 정상 궤도에 오르는 듯했다. 버젓이 직장에 다녔고, 인간관계에도 특별한 문제가 없었다. 그런데도 그녀는 죽음을 선택했다. 유서에는 드디어 삶에 만개한 행복과 평안이 언제 깨어질지 모른다는 불안을 견딜 수 없다고 적혀 있었다. 여자로서는 납득할 수 없는 죽음이었다.

여자는 젖은 머리를 수건으로 감싸며 서랍을 열었다. 바늘꽂이에 메모들이 가지런히 꽂혀 있었다. 여자는 메모를 꽂아둔 바늘을 뽑아냈다. 그러고는 한 장씩 넘겨보았다. 메모의 필체가 매번 조금씩 달랐다. 비뚤어진 글씨보다 가지런한 글씨가 여자의 마음에 새겨졌다. 여자는 죽음에 가까이 간 적이 있고, 죽음의 얼굴을 보았기 때문이었다. 누군가는 정말로 죽기 위해서만 죽음을 실행한다는 걸, 여자는 알았다.

수술대의 불빛이 너무 밝았다. 눈이 부셔 저절로 눈이 감겼다. 눈 감지 마세요. 아이는 자신의 오른쪽 난소에 붙어 있는 남자 주먹 크기의 종양을 생각했다. 이렇게 될 때까지 병원에 데려오지 않고 뭘 하신 거예요. 촉진으로도 만져질 정도로 크기가 커요. 이런 게 꼬이기라도 하면 응급수술을 해야 하는데 그전에 발견한 게 천만다행입니다. 의사가 겁을 주려는 건지 안심을 시키려는 건지 알 수가 없었다. 아이의 엄마는 또다시 죄인처럼 눈물을 흘렸지만, 아이는 묘한 쾌감을 느꼈다. 그것은 분명한 가능성이었다. 종양은 아이의 생명을 위협할 수도 있었다. 오른쪽 난소에 물리적으로 존재하는 그것은 제거하기만 한다면 확실하게 사라질 것이었다. 거기에는 명확한 원인이자 결과가 있었다. 눈앞에 나타났다 흔적도 없이 사라지는 것들과는 달랐다. 눈뜨고 계셔야 돼요. 잠들지 않을 수 있을 것 같았다. 잠들지 않고 자신을 병들게 했던 세포 덩어리가 몸밖으로 빠져나오는 것을 보고 싶었다. 하나, 둘, 셋, 눈을 멀게 할 것 같던 수술대의 불빛이 흐릿해졌다. 넷, 다섯, 여섯, 아른거리던 흰 빛이 이내 꺼져버렸다.

나에겐 이제 너밖에 없어. 너밖에 없다. 아이의 엄마는 아이의 어깨를 안고 흐느꼈다. 시큼한 입김이 아이의 뺨에 내려앉았다. 아이는 엄마의 어깨 위로 이불을 끌어올리며 어른이 될 시간이 되었다고 생각했다. 고작 여섯 살 아이였다. 너밖에 없다. 그 말이 아이를 어른으로 만들었다. 아이는 사랑받기 위해서라면 무엇이든 할 수 있을 거라고 생각했다. 엄마의 슬픔을 위로하기 위해서라면 어떤 일이든 불사하리라 다짐했다. 다짐 속에서 아이의 그림자가 길게 등뒤로 뻗어나가고 있었다. 아이는 어른처럼 걸어 문지방을 넘었다. 아이의 길게 자란 그림자가 아이의 발뒤꿈치에 붙어 질질 끌려 나왔다. 그 시절부터였다. 간유리가 끼워진 중문 너머에 검은 사람의 그림자가 서 있었다. 아이는 비명이 튀어나오려는 입을 꾹 다물고 주먹을 쥐었다. 눈에 거슬리는 그것을 짐짓 모른 체하며 물잔에 물을 따랐다. 아이는 보지 않고 물었다. 누구세요. 대답은 돌아오지 않았다. 곁눈질로 보면 그림자는 여전히 거기에 서 있었다. 물잔에 물이 넘쳤다. 누구세요. 아이는 거실을 가로질렀다. 그림자가 흔들렸다. 누구세요. 중문을 열자, 아무것도 없었다. 현관 등에 불이 들어왔다. 아이는 흠칫 놀라 고개를 들었다. 하얀 불빛이 아른거리다 이내 꺼져버렸다.

아이는 격심한 통증 속에서 깨어났다. 시야가 뿌옇게 번져 보였다. 귓가에 바이털 사인을 알리는 기계음이 맴돌았다. 아랫배에 고통이 밀려들었다. 아이는 신음인지 비명인지 알 수 없을 소리를 냈다. 진통제 놓아드렸어요. 곧 괜찮아질 거예요. 간호사의 목소리가 들렸다. 간신히 눈을 뜨자 흰 천장이 아른거렸다. 어지러운 시야 속에 희부옇게 나타났다 끝내 형상을 이루지 못하고 흩어지는 것이 있었다. 아이는 정신을 집중했다. 서서히 초점이 맞는 듯했고, 그 순간 아른거리던 흰 천장의 빛이 꺼졌다.

이미 세 번이나 주사를 놓았어요. 중독 위험이 있어 더는 놓아드릴 수 없습니다. 아랫배에 올려놓은 모래주머니가 불에 달군 것처럼 뜨거웠다. 아이는 소리를 질렀다. 엄마가 아이의 손을 붙잡았다. 조금만 참아. 수술 잘되었대. 엄마가 미안해. 차가운 손이 아이의 이마를 짚었다. 고통 속에서 시야가 차츰 선명해졌다. 병실 천장에 진 창틀의 긴 그림자가 일렁이는 듯 보였다. 사랑해. 엄마, 그건 사랑이 아니에요. 나는 그런 사랑을 원하지 않았어요. 아이는 신음하며 말했다. 그리고 엄마의 흔들리는 눈을 보았다. 아이는 드디어 자신이 정확히는 알 수 없는 무엇인가로부터 해방되었다는 사실을 깨달았다. 한편으로 벗어나기 어려운 새로운 시련이 닥쳐오기 시작했다는 것도. 시야가 맑아지는 동시에 고통 또한 선명했다.

여자는 동이 트기 전의 버스 정류장으로 나섰다. 평소보다 이른 시간의 버스 정류장은 텅 비어 있었다. 여전히 어지럽게 붙어 있는 전단지 사이에 더는 메모가 붙지 않았다. 얼마 전 근방 중학교의 여학생 하나가 육교 위에서 투신을 했다는 이야기가 마을을 발칵 뒤집어놓았다. 아이가 왜 자살을 선택했는지에 대해 무수한 소문이 나돌았지만, 그녀에게는 무엇 하나도 확실한 이유로 여겨지지 않았다. 여자는 메모에 대해서 함구했다. 메모는 아이를 되살려낼 수 없었다. 메모가 아이의 것이라 단정지을 수는 더더욱 없었다. 모든 게 우연일지도 몰랐다. 그렇게 믿고 싶었다.

여자는 주머니에서 작은 조각보 한 장을 꺼냈다. 온갖 빛깔이 뒤섞인 조각보였다. 스스로 목숨을 끊으려는 사람의 마음속에 깃든 빛깔을 여자는 도통 떠올리지 못했다. 조각보가 정류장의 의자 위에 내려앉았다.

곧 버스가 들어왔다. 여자는 손을 흔들지 않았다. 버스가 여자 앞에 멈춰 섰다. 여자는 버스에 탑승하지 않았다. 버스가 떠났고, 여자는 다음 정류장을 향해 걷기 시작했다. 이 정류장에서 다시는 버스를 타거나 내리는 일은 없으리라고, 여자는 생각했다.

깨진 유리 파편이 튀어올라 눈동자에 박히면 그 눈으로는 무엇을 보게 될까. 여자가 질문할 때, 겨울이 다가오고 있었다.

흰 백합과 국화 다발, 반 아이들의 편지가 수북한 책상이 아이의 등뒤에 있었다. 아이가 돌아왔을 때 단발머리의 친구는 더이상 교실에 없었다. 그녀는 학교 앞의 육교 위에서 떨어졌다. 오랫동안 우울증을 앓고 있었다고 했다. 상담과 약물치료를 병행해왔다는 것 이상은 아이도 듣지 못했다. 친구의 죽음은 반 아이들은 물론 학부모들과 학교 전체를 한바탕 휘저어놓았다.

귀신을 보는 일이 뇌의 오류일 뿐이라는 사실을 친구가 어째서 알고 있었는지 아이도 이제는 알 것 같았다. 아이는 더는 신당에 절을 하지 않았다. 아이의 엄마는 아이를 무당 대신 심리 상담사에게 데려갔다. 학급 친구의 자살이 아이에게 새로운 기회를 준 셈이었다. 아이는 첫 상담에서 자신이 보는 것이 정말로 뇌의 문제일 수 있는지를 가장 먼저 물었다. 상담사는 아이의 뇌는 변화와 성장의 시기에 들어섰다고 말해주었다. 아이의 친구가 말한 뇌의 오류는 동시에 인간이 자신을 보호하도록 만들어진 특별한 기능이기도 하다는 말을 덧붙였다. 그는 그간의 상처를 보듬고 불안을 조절할 수 있게 되면 아이가 보는 것들이 사라지리라고 했다. 그러나 약을 먹기 시작하자마자 아이의 눈에 보이던 것들이 서서히 보이지 않기 시작했다. 이제는 정말로 괜찮을 거라고 아이는 믿고 싶었다. 어쩌면 친구도 그런 것을 두려워한 게 아니었을까. 믿고 싶지 않은 것을 믿어버리고 말았던 자신의 마음에 저항하기 위해서.

차임이 울렸다. 자신의 자리로 가기 위해 달리던 한 아이가 아이의 등뒤에서 속도를 줄였다. 아이들은 더이상 귀신을 부르는 놀이를 하지 않았다. 고요한 슬픔이 교실을 가로질러 퍼져나갔다.

아이는 아직 묵직하게 느껴지는 자신의 아랫배에 손을 얹었다. 교사가 교실 문을 열자 복도의 차가운 공기가 교실 안으로 밀려

들어왔다. 아이는 추위를 느끼지 않았다. 우연히 친구를 보는 일이 일어날 수도 있을까. 아이는 고개를 돌렸다. 아무도 없는 빈자리가 눈에 들어왔고, 책상 위의 시들어가는 꽃잎들만이 가볍게 흔들렸다. 다시는 볼 수 없을까. 아이가 칠판을 향해 몸을 돌려 앉을 때, 등뒤에 무언가 다가오는 것이 있었다. 아이는 뒤를 돌아보지 않았다.

이지은 (문학평론가)

상속자의 프롤로그

잃어버린 사람의 곤경

잃어버린 사람이 무언가를 찾고 있다. 그는 살면서 수없이 많은 것을 잃어버렸지만, 그것만큼은 단념이 되지 않는다고 한다. 그것은 그를 한없는 탐색과 기다림의 세계로 밀어넣어버렸다. 그런데 문제는 그것이 무엇인지 도통 알 수가 없다는 것이다. 그는 황당한 이야기를 아무렇지도 않게 하더니 한술 더 떠 당신도 필경 무언가를 찾고 있는 게 틀림없다고 말한다. 아니라고 부정해야 소용없다. 그는 당신이 찾고 있는 그것이 무엇인지를 모를 뿐이라고 할 것이기 때문이다. 잃어버린 사람의 장광설은 모순투성이이지만 당신의 머릿속에서 쉬이 사라지지 않는다. 돌이켜보건대 상실은 의외로 제대로 사건화되지 않기 때문이다. 잃어버린 것은 망각되기 쉽기도 하지만, 자기 상처에 대한 회피나 상처로부터 스스로를 보호하고자 하는 방어기제는 상실이라는 사건 자체를 내면 깊숙한 곳에 가두어버리기 때문이다. 그리고 무엇보다 (인)종·섹슈얼리티·장애·계급·연령 등에 따라 존재를 분할하는 규범은 '금지된 것/잃어버린 것'을 처음부터 '존재하지 않는 것'으로 오인하게 한다. 나아가 규범은 주체의 내밀한 자기 서사까지도 권력과 통치술이 원하는 방식으로 덧칠하기 때문에 상실을 상실로 인식할 수 없도록 억압한다. 잃어버린 사람이 모순의 언어를 구사하는 것은 그가 이중 곤경에 처해 있기 때문인 것이다. 잃어버린 것을 찾기 전에 잃어버린 것이 무엇인지 알아야 하는 곤경 말이다.

『우리에게 다시 사랑이』에는 카페 사장 같은 보통의 인물(「기울어진 마음」)부터 현실과 환상 사이를 헤매는 살인자(「살인자의 관」)나 미스터리한 수녀원의 주인(「카밀라 수녀원의 유산」)까지 매우 다양한 인물이 등장하지만, 이들은 공통적으로 상실한 무엇인가를 찾고 있다. 소설의 주인공들은 잃어버린 기억을 되찾기 위해 애쓰는가 하면(「피아노 룸」), 치유되지 않은 과거를 돌이키며 그때 놓친 게 무엇이었는지 탐색하기도 한다(「우리에게 다시 사랑이」 「기울어진 마음」). 또 인생의 끝자락에서 자기 자신을 잃고 살아온 시간을 되돌아보기도 한다(「천진한 결별」 「숨」). 그런데 여기서 주의해야 할 점은 이들이 잃어버린 것이 자명하지 않거나 때로는 오인되고 있다는 것이다. 독립된 각 작품들을 새롭게 짝짓고 겹쳐 읽는 일은 해석의 용적을 넓혀주곤 하는데, 이 글에서는 '잃어버린 것의 발견'이라는 말의 두 겹의 의미—잃어버린 것이 무엇인지 발견하는 일과 잃어버린 것을 되찾는 일—를 중심으로 단편들 사이에 다리를 놓아보고자 한다. 잃어버린 사람들과 함께 『우리에게 다시 사랑이』에 진입해보자.

나는 어둠 속에 앉아서 내가 잃어버린 것에 대해 생각하고 있었어. 그러다 무언가를 찾고 있는 너를 발견한 거야. 주위를 두리번거리고 아무도 관심을 갖지 않는 공간을 수색하는 데에 몰두하고, 때때로 한숨을 내쉬기도 하는 너를 말이야. 나를 이상한 사람으로 보지는 말았으면 해. 나는 뭔가를 잃어버렸고 잃어버린 사람들과 이야기를 나누고 싶을 뿐이니까.(「잃어버린 것」, 185쪽)

덧칠된 서사를 지우기

잃어버린 것을 발견하기 위해 우선 상실의 자리를 덧칠하고 있는 것들을 지워보기로 한다. 「천진한 결별」의 '나'나 「숨」의 정희는 이성애 가부장제 규범이 공고한 사회에서 살아남기 위해 자기 서사에 원치 않게 보호색을 덧칠해야 했다. 먼저 「천진한 결별」의 '나'는 사십 주년 결혼기념일에 아내로부터 이혼을 요구받는다. 아내의 요구는 전혀 예상치 못한 것이었는데, 그는 꽤 괜찮은 남편이었기 때문이다. 그럼에도 그는 '사랑'이라는 말 앞에선 아내에게 미안해진다. 그가 다른 이를 마음에 품고 있기 때문이 아니다. 그는 유년의 끝자락에서 "여자로 태어났어야만 했다"(206~207쪽)는 결론에 이르렀지만, 자신의 마음을 모른 체했다. 그리고 딸의 인형을 원하는 아들에게 자신을 억압했던 그 말을 반복한다. "너는 남자잖아."(207쪽) 사연이 이렇다고 해서 성급하게 그의 결혼생활 전부를 잃어버린 시간으로 단정해서는 안된다. 그의 결혼생활은 막다른 길에 닿았으나, "그 길이 너무나 아름다운 길이었다는 사실은 부정할 수 없"(209쪽)기 때문이다. 이제 와 그는 "아내를 얼마나 사랑했는지"(같은 쪽) 새삼 깨닫기도 한다. 따라서 사랑에 금을 그어놓고 이쪽인지 저쪽인지 물어서는 그가 상실한 것을 알아채기 어렵다. 그가 잃어버린 건 비단 온전한 자신으로 살지 못한 시간만이 아니라, 자신의 성적 정체성의 인정과 아내에 대한 사랑이 양립할 수 있는 세계에 대한 상상력이다. 그것은 '없는 세계'가 아니라 누려보기도 전에 금지되어서 상실되었다는 사실조차 인지할 수 없게 된 세계인 것이다.

「숨」은 아파트 청소 일을 하는 해옥과 정희를 중심으로 노년 여성들의 삶을 그린다. 정희를 친언니처럼 살뜰히 챙기는 해옥은 일찍이 남편과 사별한 뒤 홀로 자식들을 키웠는데, 자식들은 출가한 뒤에도 해옥에게 근심을 안겨준다. 급기야 막내아들의 위태로운 사업은 해옥이 사는 집마저 앗아가려 한다. 한편 정희는 결혼도 하지 않았고 자식도 없다. 여자가 좋아서 그랬다. 그나마 순영에 겐 이런 진심이나마 털어놓을 수 있었는데, 순영이 죽은 뒤 정희는 더욱 외로워졌다. 「숨」은 가족제도에 붙들려 있는 해옥과 가족 제도 바깥으로 밀려나 있는 정희를 통해 가족제도 안팎에서 고단 하게 살아가는 노년 여성의 삶을 보여준다. 이 작품의 미덕은 고단한 삶 가운데서도 이들이 누리는 소소한 기쁨을 포착한다는 데 있다. 해옥의 자식들은 노모를 모셔야 한다고 하면서도 "나이든 사람들에게도 삶이라는 것이 있다고 생각하지 못"(234쪽)한다. 기실 노년의 삶은 그간 너무 함부로 상상되어왔다. 이러한 문제의 식에서 보건대 「숨」은 우리가 인지하기도 전에 상실한 두 가지 종류의 감정을 겹쳐놓고 그것에 주의를 기울이게 한다. 하나가 '정희―해옥' 사이의 이름 붙이기 어려운 감정, 그러니까 사랑과 우정이라는 강제적 이성애가 만든 이분법으로 규정되지 않는 여성 사이의 풍부하고 다양한 감정이라면, 다른 하나는 좀더 발견되고 탐구되어야 할 노년 여성들의 섬세한 내면인 것이다.

한편 「피아노 룸」의 고모의 삶은 조금 다른 방식으로 덧칠되었 다. 그녀는 남편이 살해되는 현장을 목격하는 참혹한 일을 겪었는 데, 유일한 목격자인 그녀는 어떠한 단서도 기억하지 못한다. 남편 시신의 발견, 공소시효의 만기 등 사건의 잔해가 하나둘 돌출

할 때마다 고모는 각기 다른 양상으로, 그러나 일관되게 나쁜 방향으로 변해갔고, 끝내 조기 알츠하이머 치매의 발병으로 그날뿐 아니라 다른 기억마저 잃게 된다. 결국 고모는 요양원에서 비극적 삶을 마감하는데, 세상은 "마치 고모의 죽음을 기다려온 것같이, 고모의 죽음이 비로소 고모부의 삶을 완성시킨 것처럼"(142쪽) 고모가 죽자마자 그녀의 생애를 "남편의 생전에는 기획자로서 지닌 안목과 재능을 오로지 그의 예술을 위해 쏟아부었고, 사후에는 미제로 남은 사건의 실마리를 찾기 위해 전생을 소진"(같은 쪽)한 아내의 삶으로 요약한다. 세상에 회자되는 고모의 삶은 안타까움과 연민을 불러일으키는 것이지만, 이런 식의 요약은 고모의 생애를 '피아니스트의 아내'로만 덧칠해버린다. 그러나 사실 고모는 사건이 있기 얼마 전부터 더이상 남편을 사랑하지 않았고, 마지막이 된 그 여행을 나서면서도 헤어질 결심을 굳히고 있었다. 고모가 그 말을 내뱉지 못하고 있었던 것은 오직 뱃속의 아이 때문이었다.

그 사람이 사라진 직후에 누구도 모르게 아이를 지웠어. 아이만 아니었더라면 당장에 그에게 헤어지자고 말했을 수도 있었을 테니까. 아무런 죄책감도 느끼지 않았지. 그런데 아이를 지우고야 알게 된 거야. 이제 당신을 사랑하지 않는다고 말할 필요가 없어졌듯이 이 아이를 원하지 않는다는 말을 할 필요조차 사라져버렸다는

걸.(「피아노 룸」, 144쪽)

　　고모가 남편이 죽기 전 이혼을 결심했다고 해서 남편의 죽음에
대한 고모의 슬픔이 거짓된 것은 아닐 것이다. 다만 비극적 사건
으로 인해 헤어짐이라는 괴로운 과정이 생략되었고, 임신 중단을
위해 누군가를 설득할 필요가 없어졌다. 이 '생략'은 분명 폭력적
으로 이루어진 것이지만, 아마 고모는 자신이 혹시라도 홀가분함
을 느낀 건 아닌지 스스로를 의심했을 것이다. 그래서 고모는 사
건 현장에 대한 기억 상실이 "단지 사건의 충격이나 공포"(같은
쪽)로 인한 것만은 아닐 것이라고, "자신이 도망쳤던 것이라고, 무
언가 그 곤경에서 자신을 구해주기를 소망했던 자신으로부터 도
망쳤던 것이라고"(같은 쪽) 믿었던 것이다. 고모의 고통은 남편의
비극적 죽음에만 있었던 것이 아니라, 오히려 슬픔에 섞여 있을지
도 모를 자신의 불순한 감정에 대한 두려움이 더 컸던 것이다. 그
러니 고모가 기를 쓰고 찾으려 했던 그날의 기억은 범인에 대한
단서라기보다, 남편에게서 벗어나길 원했지만 그것이 이처럼 참
혹한 비극을 원한 것은 아니었다는, 그러니까 자신에 대한 믿음을
회복해줄 수 있는 증거였을 것이다.

　　안타깝게도 고모는 끝내 기억을 되찾지 못하고 불행한 삶을 마
감한다. 그런데 이때 안타까움의 대상에 관해서는 정확히 짚을 필
요가 있다. 안타까운 것은 고모가 끝내 살인 현장의 기억을 되찾

지 못한 게 아니라, 자신의 상처를 돌보지 못했다는 데 있다. 살인 장면을 망각하는 일은 그 순간 고모가 느꼈을 충격과 공포를 생각한다면 어렵지 않게 이해된다. 또 이혼 결심과 남편의 죽음은 별개의 사건이고, 임신 중단의 자기 결정권은 여성에게 있다. 물론 일련의 사건 속에서 겪는 비통함과 슬픔을 간과할 수 없으나, 이를 감안하더라도 기억을 되찾고자 하는 고모의 과도한 집착에는 '남편을 잃은 아내'라는 통념의 강제가 작동하고 있음이 느껴진다. 고모는 "내가 찾고자 하는 것도 나 자신일 뿐"(같은 쪽)이라고 하면서 기억을 회복하는 데 집착했는데, 그녀는 왜 '자신을 찾는 일'을 스스로가 떠안게 된 모순적이고 복합적 감정—남편을 사랑하지 않고 아이를 원하지 않는 마음, 그러면서도 남편의 죽음에 대해 슬퍼하고 비통해하는 진심—을 있는 그대로 인정하고 돌보는 것으로써 수행할 수 없었던 것일까. '나 자신을 찾는 일'을 남편의 죽음의 단서를 기억해냄으로써 도달하려고 하는 데에서는 남편으로부터 벗어나고자 했던 마음에 대한 징벌적 자기 학대가 포함되어 있는 게 아닐까. 상처를 헤집어가며 이 미세한 차이에 대해 반복적으로 말하는 것은 비극적인 '아내의 서사' 주변으로 미끄러지지 않기 위해서다. 이성애 가부장제 가족제도의 규범과 이 규범을 지탱하고 재생산하는 재현들은 습득된 것이라기보다 차라리 체화된 것에 가까워서 규범이라고 인지조차 되지 않는다. 금지되고 상실된 것이 '자연스러운 것'으로 덧칠될 때, 우리는 상실을 망각하게 된다. 상실을 상실로 끌어안기 위해서는 덧칠된 서사를 지워내야 하는 것이다.

페어링pairing과 응시

상실을 인식하는 또다른 전략은 타인에게서 혹은 분열된 자신의 모습에서 채 아물지 못하고 지나친 상처를 발견하는 것이다. 「기울어진 마음」의 승은은 대학생 조카 기호 커플의 혼전 임신 소식을 듣게 된다. 승은은 이 문제의 결정권이 당사자들에게 있다는 것을 거듭 확인하면서 적절한 거리를 지키는 선에서 도움이 되고자 한다. 특히 조카 기호의 여자친구 혜원에게는 혈연관계를 떠나 같은 여성의 입장을 공유하는 조언자가 되어주려고 한다. 그런데 혜원을 바라보는 승은의 내면에는 계속해서 그녀 자신의 임신 중단 경험이 환기된다. 비슷한 경험을 떠올리는 것, 이를 통해 다음 세대의 여성에게 좀더 적실한 조언을 해주는 것이 나쁠 리 없지만, 문제는 이 경험이 개입하지 않겠다는 승은의 마음을 부지불식간에 혜원이 자신과 같은 선택을 하길 바라는 쪽으로 기울게 한다는 것이다. '기울어진 마음'이란 과거 자신의 선택이 옳았음을 확인받고 싶어하는 승은의 욕망인 것이다. 승은은 임신 중단을 후회한 적이 없지만, 그럼에도 "선택이 옳았다고 설득하려는 의지로부터 자유로웠던 적은 없는지도 몰랐다"(77쪽)고 생각한다. 내면 깊숙한 곳에 설득의 강박을 지니고 있었던 것은 달리 전개될 수 있었던 삶의 가능성을 엿본 자가 갖는 보편적인 불안이나 아쉬움 탓이기도 하겠지만, 더 크게는 '정상 가족' 제도에 편입되길 거부한 여성에게 덧씌워지는 사회적 편견에 기인할 것이다. 결혼을 하고 아이를 낳는 일에는 '해명'이 필요 없지만, 가족제도 바깥에 머무는 여성에게는 '설득력 있는 이유'가 필요한 것이다.

그런데 소설은 여기서 멈추지 않고, 정상성의 규범이 가족제도 바깥에 있는 여성에게 해명을 요구하는 한편 정확히 반대편에서는 사랑하는 이와 가족을 꾸리고자 하는 여성의 의지를 가족제도에 의탁하려는 타율성으로 오인하게 만든다는 것을 동시에 문제삼는다. 전자가 주체성에 대한 과도한 요구를 받는다면, 후자는 주체적인 선택마저도 가족제도로 흡수되어버릴 위험에 처해 있다. 바로 이 지점에서 서로 다른 선택을 한 승은과 혜원은 짝패가된다. 한쪽의 선택이 온전하게 존중되기 위해서는 다른 한쪽의 선택 또한 동등하게 존중받아야 하기 때문이다. 양쪽 모두가 '자유로운' 선택이 가능할 때, 승은은 임신 중단 전후로 느낀 자신의 마음을 과도한 모멸감 없이 인정할 수 있고, 사랑하는 사람과 가정을 꾸리고 싶다는 혜원의 마음 또한 가부장제에 회수되지 않고 그녀의 바람으로 남을 수 있다.

한편 짝패의 형상은 '나'와 타인 사이에서만 형성되지는 않는다.

「우리에게 다시 사랑이」의 '나'는 스스로를 분열시켜 짝패를 만든다. 그녀는 한 남자를 사랑했지만 남자는 그녀보다 스무 살이나 많고, 그녀가 진입하고자 하는 업계에서 먼저 자리잡은 선배(선생님)이며, 일방적인 만남과 헤어짐을 통보하고, 때로 죽겠다는 협박으로 그녀의 행위를 통제하려 했다. 결국 그녀는 일상을 잃는 것은 물론이고 스스로 목숨을 끊으려 하기에 이른다. 소설은 그녀가 속수무책으로 파국에 휩쓸린 심리적 과정을 현재의 '나'가 '그녀'로 지칭되는 과거의 자신을 응시하는 방식을 통해 보여준다. 이는 소설적 장치이기도 하지만, 고통의 시간에 반복적으로 이끌리며 자신을 객체화하여 응시하는 트라우마의 증상이기도 하다.

되살아나는 고통 속에서 그녀의 마음을 찬찬히 돌이켜볼 때, 그녀가 남자의 가스라이팅을 벗어나지 못했던 가장 큰 이유는 남자의 행위를 가스라이팅이라 정의하는 순간 그가 그녀를 사랑하지 않는 게 되기 때문이다. 그녀가 그의 사랑을 확인하고 싶어하는 욕망만큼 그의 사랑이 불순한 것이어서는 안 되었고, 바로 이 역학에 의해서 그녀는 관계의 폭력성을 오롯이 감내하게 되었다. 그녀는 그에게 다른 연인이 있음을 어렴풋이 알고 있었으며, 그가 자신을 함부로 대하고 있음을 느끼고 있었다. 그러나 그녀는 자기기만의 서사를 써내려갔고, 이를 통해 스스로에게 그의 연인이라는 배역을 부여했다. 그런데 소설이 주목하는 것은 그녀의 어리석음이 아니라, 그럼에도 불구하고 부정될 수 없는 그녀의 마음이다.

그녀가 무엇을 연기하고 있건, 그때 그녀는 자신의 배역에 충실했고, 그래서 자신이 배우가 되었다는 사실을 자각하지 못했다. 그것을 거짓이라 할 수 있을까.(93쪽)

현재의 '나'는 과거의 자신이 배역을 수행하고 있었다는 걸 깨닫지만, 그렇다고 해서 그 배역 속에 있었던 자신의 마음을 거짓된 것으로 치부하지 않는다. 그 감정이 어리석고 단순한 것이었다고 이제 와 깨닫는다고 해서 상처가 말끔하게 씻기고 삶이 '바른' 방향으로 나아가는 건 아닐 테다. 대신 과거의 그녀가 "그가 그럴 수밖에 없는 이유를 찾아내기 위해"(95쪽) 애를 썼다면, 현재의 '나'는 그를 이해하려고 노력하지 않는다. 어리석으면 어리석은 대로, 단순하면 단순한 대로 과거 자신의 내면에 치중한다. 그리하여 이 소설은 아니 에르노의 문장을 빌려 말하고 있듯, 그에 관한 이야기도 아니요, 그와의 실패한 사랑에 관한 이야기도 아닌, "그 사람이 내게 준 어떤 것"(109쪽)에 관한, 곧 '나'의 이야기가 되는 것이다. 바로 이 지점에서 소설이 수행하는 상처의 복기는 트라우마의 증상과는 구별된다. 그녀를 고통 속에 가두는 게 아니라, 고통의 시간 바깥으로 향하고 있기 때문이다. 반복하지만, 출구는 '말끔한 회복'에서 발견되는 것이 아니라, 상처를 감각하면서 계속해서 '살아나가는' 데서 감지된다. "과거는 아물지 않는다.

머물지 않을 뿐이다."(86쪽)

자살 시도를 기점으로 과거의 그녀는 현재의 '나'가 되지만, 과거는 아물지 않는 것이기 때문에 현재의 '나'는 과거의 그녀와 함께 존재한다. 소설의 제목에서 '우리'는 주인공의 분열된 내면을 지칭하는데, 분열은 완전한 단절은 아니다. 과거의 자신을 돌아보던 '나'는 "과거 내 의식을 의심하고 부정하던 그 목소리가 어쩌면 먼 미래의 나, 지금의 나였는지도 모른다는 생각"(103쪽)을 한다. 과거의 그녀가 비극 속으로 걸어들어갈 때, 그녀를 말리던 내면 깊은 곳의 목소리, 생의 끈을 놓지 말라고 속삭이던 희미한 목소리가 미래의 자신에게서 발신된 메시지라는 것이다. 상처의 시간으로 돌아가 고통의 한가운데서 현재의 '나'가 과거의 '나'의 곁을 지키는 장면은 과거를 부정하거나 상처를 함부로 봉합하지 않으면서도 고통에 끝이 있다는 희망을 준다. 이 희망은 또다른 절망이 찾아왔을 때 혼자 내버려진 게 아니라는 단단한 믿음이 되어줄 것이다. 그러니 자신을 불신하고 사랑을 두려워하게 된 '우리'에게 다시 사랑이 올 것이라 낙관할 수 있다. 이때 낙관의 원천이 '그의 진심'으로부터 오는 위안이 아니라, '내 사랑의 확신'에서 발원하는 당당한 자기 서사라는 것을 기억해야 한다.

내 사랑이 진심이었는지 더는 저울질할 필요가 없었다. 그가 나를 한순간이라도 진심으로 사랑했었는지는 더욱 궁금하지 않았다.

내가 사랑한 것이 그였는지 그가 내게 준 고통이었는지도 되묻지 않았고, 내 사랑이 자기기만의 결과였는지 광기였는지도 중요하지 않았다. 나는 아무것도 의심하지 않았다. 그것은 사랑이었다.(109~110쪽)

'어머니'라는 운명의 살해*

「우리에게 다시 사랑이」는 남성 중심의 한국사회, 특히 인맥과 평판이 사회 활동에 강하게 영향을 미치는 문화·예술계에서 쏟아져나온 미투를 환기하는 측면이 있다. 미투는 한국사회 전반에 걸쳐 강한 문제 제기를 했는데, 그러한 의의와 더불어 미투가 여성들의 자기 경험의 주체적 서사화라는 점 또한 충분히 강조될 필요가 있다. 그런데 여성 서사 중에서도 친밀한 관계에서 벌어지는 은밀한 심리적 지배나 억압은 여전히 적확하게 표현되기 어렵다. 이러한 종류의 폭력 자체가 타인에게 전달되기 곤란한 탓도 있거니와 남성 중심적 사회에서 만들어진 '사랑' '연애' 등의 관념 자체가 성차별적 성격을 띠고 있고 여성 또한 얼마간 그것을 내면화

---

* 「카밀라 수녀원의 유산」에 관해서는 졸고 「The Vampire Writes Back」(2020년 『문학들』 겨울호)의 내용 중 일부를 수정·보완한 것이다.

할 수밖에 없기 때문이다. 그런 점에서「우리에게 다시 사랑이」가 여성이 경험하는 젠더 폭력 중 가장 내밀하고 미묘한 부분을 다루고 있다는 점 또한 기억되어야 한다. 그리고 이렇게 발견되고 해석되고 발화되어야 할 이야기는 더 많이 남아 있다는 점도 간과되어선 안 된다.

그렇다면 작가가 그려낸 발화되지 않은 '여성 서사의 문서고'라는 것이 있다면 어떤 모습일까. 그것은「카밀라 수녀원의 유산」과 유사한 모습이 아닐까. 이 소설의 기저에는 '최초의 여성 뱀파이어 소설'이라 일컬어지는 조지프 셰리든 레 퍼뉴의『카르밀라Carmilla』(1872)가 드리워져 있는데, 두 작품의 상호 텍스트성에 주목하여 읽으면 흥미로운 독서가 된다. 레 퍼뉴의 소설에서 카르밀라는 오스트리아의 공국 슈타이어마르크 출신으로 '짙은 머리칼'의 인종적 표식을 지닌 레즈비언 뱀파이어다. 카르밀라가 레즈비언이기 때문에 소설 속 가해/피해의 관계는 모두 여성 사이에서 발생한다. '정숙한' 여성에게 가해진 위협은 가부장제 사회에 대한 위협으로 받아들여지고, 이에 아버지·장군·성직자·의사·귀족 등의 남성들은 '딸'을 구하기 위해 또는 인류huMAN를 구하기 위해 꽤 일사불란한 단합력을 보여준다. 문제적인 지점은 이 소설이 카르밀라에게 희생될 뻔한 로라의 시점에서 전개되면서도, 로라의 수기가 '헤세리우스 박사의 연구 자료'의 일부로 설정되어 있고, 이 남성의 편집에 의해 믿을 만한 것으로 보증되고 있다는 점이다. 나아가 사건의 절정에 해당하는 카르밀라의 죽음과 종교재판 장면은 로라의 목격담이 아니라 공식 보고서로 대체된다. 요컨대 남성 연대는 여성·퀴어·피식민자·유색인종·괴물(뱀파이어) 카르밀라를 처형함으로써 승리하고, 이 승리는 남성만이 참가한 의례와 그들이 생산한 지식을 통해서 확인된다.

『카르밀라』에 관한 이야기를 이렇게 길게 한 것은 여성 서사의 외장을 쓴 가부장제 수호의 서사가 천희란의 「카밀라 수녀원의 유산」에서 어떻게 전복되는지 보여주기 위해서다. 원작에는 '카르밀라-베르타' '카르밀라-로라' 커플이 등장하고, 베르타와 로라는 뱀파이어 카르밀라에 의해 희생된/희생될 뻔한 이들이다. 각 커플끼리 공유하는 감정은 성적이기도 하지만 모성애적인 색채를 띠고 있기도 하다. 「카밀라 수녀원의 유산」에서는 이 같은 관계가 변주된다. 갈 곳 없는 여성들을 위해 안식처를 마련한 카밀라는 라우라에게 어머니보다 더 어머니 같은 존재이자 선생님이며, 또 동경과 사랑의 대상이다. '카밀라-라우라'는 원작의 '카르밀라-로라' 사이의 감정을 이어받고 있는데, 중요한 차이는 '카밀라-라우라'가 공통적으로 혈연의 어머니를 살해/유폐하고 "평생 모녀지간 같은 친밀한 관계를 유지"(32쪽)한다는 점이다. 라우라의 어머니는 번번이 남편 혹은 연인의 폭력에 시달렸음에도 끊임없이 새로운, 그러나 그전과 다르지 않은 남자들을 만나곤 했다. 카밀라 수녀원을 보금자리로 여겼던 라우라는 어머니가 또다른 남자를 만나 수녀원을 떠나려 하자 "어머니를 목 졸라 살해했다."(28쪽) 이 사실을 알게 된 카밀라는 (실은 엄마를 지하실에 유폐한 것이지만) "나도 아주 오래전에 내 엄마를 죽였"(29쪽)다고 고백한다. 이후 라우라는 대학 친구 베르타와 연인관계로 발전하여 딸을 입양하는데, 그 아이의 이름을 카밀라로 짓는다. 이로써 '카밀라(A)→ 라우라 = 베르타 → 카밀라(B)'로 이어지는 비혈연 모계가 탄생한다.

여기서 한번 더 레 퍼뉴의 『카르밀라』를 경유하자면, 원작에서 카르밀라는 어머니로부터 타깃(로라, 베르타)을 지정받고, 희생자들은 카르밀라의 어머니와 먼 모계 혈연으로 이어져 있다. 곧 카르밀라는 '여성이 여성을 착취하는' 운명을 어머니로부터 물려받은 것이다. 딸을 '괴물'로 만드는 어머니는 「카밀라 수녀원의 유산」에서도 반복된다. 자신을 데리고 저택을 떠나려 하는 어머니의 조짐은 라우라를 불안하게 만들었고, 어머니와 그녀의 남자들에 대한 적개심은 라우라를 망가뜨렸다. 마침내 사람들이 "그 어미에 그 딸이라며 라우라 모녀를 향해 손가락질"할 때, "라우라는 차라리 모두가 두 사람을 증오"한다면 "어쩌면 저택 밖으로 한 걸음도 나가지 않고 살"(25쪽) 수 있을 것이라 기대하기에 이른다. 라우라의 어머니는 딸이란 "같은 운명을 공유"(22쪽)하는 것이라고 하면서 그녀가 라우라를 버리지 않겠다고 하지만, "라우라를 사로잡은 공포는 어머니가 자신을 떠나버리는 것이 아니라, 최후까지 그

녀를 포기하지 않으리라는 사실이었다."(같은 쪽)

그렇다면 「카밀라 수녀원의 유산」이 혈연 모계를 단절하는 이유가 분명해진다. 라우라는 어머니 살해를 통해 자신을 종속시키는 어머니의 운명, 그러니까 폭력적인 가부장으로부터 고통받는 불쌍한 아내/어머니의 운명을 끊어낸다. 여기에 원작의 서사를 덧대어보면, 혈연으로 맺어진 어머니의 살해는 '피'로써 감염되는 운명, 그러니까 카르밀라의 어머니가 카르밀라에게, 카르밀라가 로라와 베르타에게 전파했던 타자의 운명을 거부하겠다는 뜻이기도 하다. 비혈연 모계 서사를 완성함으로써 「카밀라 수녀원의 유산」은 원작의 뱀파이어 카르밀라에게 덧씌워져 있던 불행한 저주—베르타와 로라를 사랑하지만 그들을 해쳐야 하는, 어머니로부터 상속받은 운명—를 거둔다. 어머니 살해 이후 새로 태어난 카밀라(B)는 그 어떤 운명의 상속 없이 비혈연 어머니들인 라우라(로라)와 베르타를 마음껏 사랑할 수 있게 되었기 때문이다.

그렇다면 「카밀라 수녀원의 유산」은 '어머니'라는 운명의 유산을 거부하는 대신 무엇을 제시할까? 소설의 결말에는 내내 감추어져 있던 서술자가 드러나는데, 그녀는 다름 아닌 라우라의 딸, 새로 태어난 카밀라(B)다. 앞서 원작의 카르밀라가 로라에 의해 재현되었고, 로라의 글은 '남성/지식 글쓰기'에 의해 보증되었다고 지적한바 있다. 곧, 카르밀라는 재현과 검열의 이중적 타자화·대상화에 놓여 있었던 셈이다. 그런데 「카밀라 수녀원의 유산」에서는 바로 이 카밀라가 글쓰기 주체로서 목소리를 내고 있다. 카밀라(B)는 라우라가 죽은 후 저택을 물려받는데, 지하실에는 카밀라(A)의 일기와 여기에 덧붙여 쓰인 라우라의 인생, 그리고 "이 저택의 안팎에서 살고 죽어간 여자들의 서로 다른 비극의 기록"(34쪽)이 보관되어 있다. 아직 지하 문서고에 유폐되어 있는 수많은 여자들의 서사, 이것이 바로 카밀라가 운명의 족쇄 대신 물려받은 유산이다.

비-남성 일인칭 복수複數, 무수한 여성들의 나(I)

사람들이 카밀라의 대저택을 '수녀원'이라 부른 것은 "출신도 사연도 알 수 없는 여자들" "께름칙하게"(12쪽) 여겨지는 여자들에 대한 조롱이었다. 요녀妖女로 멸시되는 여자들에게 성녀聖女의 이름을 붙인 것이 의아할 수도 있지만, 가부장제의 '창부 차별'이 결국 남성 사회 재생산에 복무할 수 있는 여자와 그렇지 않은 여자를 구분하는 것이라 할 때, 요녀와 성녀는 아내/어머니가 될 수 없다는 점에서 결국 같은 타자의 위치에 놓이게 된다. 카밀라가 상속받은 문서고가 바로 이 여성들의 이야기라는 점이 중요하다.

그러고 보면 『우리에게 다시 사랑이』에는 가족제도 안팎에서 소외된 여성뿐 아니라, 명확한 의미로 포착되지 않는 낯선 형상의 여자들도 살고 있다. 「지속과 유예」의 여자가 언니의 자살 시도를 목격한 이후 죽음을 두려워하는 사람, 그러면서도 수의를 지어 망자를 배웅하는 사람이 되었다면, 아이는 살아 있는 자들의 세계에 속하지 않은 존재의 형상을 자꾸만 본다. 소설에서 두 사람의 삶은 교차하지 않은 채 병렬적으로 이어진다. 다만 둘 사이에는 육교에서 몸을 던져 자살한 중학생 아이가 연결고리로 존재한다. 그러나 사라진 여자아이의 서사는 알 수 없는 것으로 남아 있다. 그런가 하면 「살인자의 관」은 환상과 현실을 구별하지 못하는 시나리오 작가의 이야기다. 그녀는 매 순간 환영을 보지만, 무엇이 환영이고 실제인지 구별하지 못한다. 소설은 그녀가 보고 듣는 것을 따라가면서 서술하므로, 소설을 읽는 독자 역시 '진짜 일어난 일'이 무엇인지 알기 어렵다. 그러나 소설은 무엇이 '진짜'인지 가늠해내길 원치 않는 것 같다. 오히려 현실과 환상의 경계가 허물어진 자리에서 그녀를 따라 "약한 것과 강한 것, 깨끗한 것과 더러운 것, 아름다운 것과 추한 것, 능동적인 것과 수동적인 것, 쾌락과 고통, 진실과 거짓, 자유와 속박, 정상과 비정상"(170쪽)과 같은 분할마저도 중첩하고 혼동하길 바라는 듯하다. 앞서 우리는 규범에 의해 가져보지도 못하고 상실한 것들이 얼마나 우리의 삶과 상상력을 제한하는지 확인했다. 그러니 지하 문서고에 남아 있는 수많은 여성들의 삶을 서사화하는 일은 존재를 분할하고 억압하는 규범의 구획선을 문제삼는 데서 시작해야 할 수밖에 없다.

잃어버린 사람과 함께 『우리에게 다시 사랑이』에 입장하였으니, 그와 함께 긴 여로를 마무리하고자 한다. 「잃어버린 것」은 자신이 상실자로 살아온 내력을 말하는 '나'의 대사로 가득차 있다. '나'는 '그'와의 만남 이후 불현듯 무언가를 잃어버렸다는 감각에 휩싸이게 되었다. 그런데 '나'가 '그'의 발화를 직접 인용하고 있기 때문에 「잃어버린 것」의 '나'의 발화 안에는 따옴표 속의 '나(=그)'의 이야기가 있고, 그 인용된 이야기 속에 또다른 '그'가 등장한다. 반복되는 대화 내용이나 "긴팔 셔츠에 긴바지를 입고"(185쪽)있는 옷차림을 볼 때, '나'와 따옴표 속의 '나(=그)'는 동일인으로 추측할 수도 있을 것 같다. 그러니까 이 소설은 '나'가 거울을 바라보며 이야기하고 있는 게 아니라, 거울로 둘러싸인 방에 들어가서 무수히 증식한 '나'들과 말하고 있는 형상을 띠고 있다.

혹시 내가 나를 잃어버린 게 아니냐고? 무슨 시답잖은 소리야. 물론 그렇게 말하는 사람들이 더러 있긴 해. 자신이 철학적으로 무척이나 탁월하게 문제를 해결했다는 듯이 말이야. 하지만 나는 분명 여기에 있잖아. 내가 나를 잃어버렸다면 지금 여기에 있는 나는 뭐지. 그런 일은 있을 수 없어. 나는 나에 대해 이야기하려는 게 아니야. 내가 잃어버린 것에 대해 말하고 있는 거지.(195쪽)

그는 자신이 '분명 여기에 있기' 때문에 잃어버린 것이 '나'일 수는 없다고 한다. 그러나 「우리에게 다시 사랑이」의 현재의 '나'가 과거의 '나'를 응시하고 있듯, '나'는 단일한 존재만은 아니다. 무엇보다 그 또한 무수히 증식되어 있는 자신의 형상들과 대화하고 있지 않은가. 그런 점에서 천희란의 소설에서 미스터리한 '나'의 출몰이 반복되는 건 우연이 아닐 것이다. 「카밀라 수녀원의 유산」의 숨겨진 서술자가 소설의 결말에 이르러서야 새로 태어난 카밀라로 정체를 드러냈다면, 「살인자의 관」의 마지막 페이지에서 갑작스레 등장한 '나'는 정체가 충분히 밝혀지지 않는다. 미스터리한 '나'의 목소리에는 '카밀라(A)-카밀라(B)' '그녀-나'가 겹쳐져 있는데, 중요한 건 이러한 겹침을 통해 얻는 효과일 것이다. 「우리에게 다시 사랑이」가 '나'의 분열을 통해 스스로의 상처를 응시할 수 있었던 것처럼, 그리하여 '나'가 복수復數의 '우리'로 살아갈 수 있게 된 것처럼 말이다. 이 글의 끝에서 복수의 '나'를 강조하는 것은 우리가 무수한 여자들의 기록을 상속받았기 때문이다. 지하 문서고에서 길어올린 여성 서사의 말하는 이 '나(I)'는 비-남성 복수의 목소리로 말할 것이기 때문이다. 그러나 아직 우리에게 그러한 '나'는 발견되어야 할 존재로 남아 있고, 따라서 지금까지의 이야기는 앞으로 시작된 여성 서사의 프롤로그에 불과하다.

만일 이것이 누군가 지어낸 한 편의 이야기라고 한다면 지금까지의 이야기는 프롤로그에 불과하다.(「카밀라 수녀원의 유산」, 34쪽)

작가의

말

간혹 스스로를 향해 질문했다. 내가 꿈꾸는 작가란 사회적 지위인가, 행위자로서의 정체성인가. 그 질문은 글쓰기가 버겁거나 글쓰기에 나태해질 때, 노력에 비해 주어지는 성취가 너무 적다고 생각될수록 더 자주 떠올랐다. 그러나 무수히 반복된 질문에도 나는 언제나 후자의 답을 선택했다. 작가는 글을 쓰고 있는 순간에만 존재하며, 그 외의 일상에서 작가라는 자의식은 허구임을 누누이 되뇌었다. 전자의 욕망은 싸워야 할 대상이었다. 문학도로서 최초에 느꼈던 낭만을 철저히 등지고, 내게 주어지는 기대를 끊임없이 배반해야만 내 순정한 마음이 훼손되지 않으리라 생각했다. 이제는 안다. 그 또한 과도한 열정이었다는 것을. 물론 지독한 경계심이 나를 여기까지 데려왔다는 사실을 부인하지는 않는다. 다만 거듭된 질문이 내가 내내 겁에 질려 있었다는 방증임을 인정할 수 있다.

한동안 글을 쓸 엄두가 나지 않았다. 돌이켜보면 그리 긴 시간은 아니었지만, 모든 게 끝장난 것 같았다. 말 그대로 모든 것이었다. 글을 쓰지 못하는 내 삶이 공허하고 무의미하게 여겨졌다. 지금은 그 시간이 무색하게 책으로 묶을 원고를 정리하고 다시 백지 앞으로 돌아와 앉아, 허구를 쓰고 있는 자신의 존재를 설득하기 위해 쓰지 않는 시간의 존재를 허구라 몰아붙여야만 했던 내 삶의 아이러니를 생각한다. 이제 나는 쓰지 않고 살아가는 자신을 상상할 수 있고, 비로소 내가 맞서왔던 욕망이야말로 허구였다는 것을 안다. 나는 더는 글쓰기가 두렵지 않다. 어쩌면 겨우 소설이라는 것을 써볼 수도 있을 듯하다.

아주 사소한 기대마저 배반하려 했다지만, 실은 내가 배반하려 했던 것이 나를 작가로 성장시켰다. 글쓰기의 즐거움과 고통을 함께 나누는 친구들이 나를 작가로 만들었다. 글쓰기로 만난 후배에게 건네진, 쓰지 않아도 된다는 선배의 말은 오히려 작가가 되고 싶게 했다. 어떤 순간에는 마음이 통하는 낯모르는 한 명의 독자가 내가 계속 작가일 수 있게 했다. 이 책을 엮는 동안에도 나는 계속 작가가 되어가는 중이다. 정민교 편집자님의 다정함과 열정

덕분에 출간 과정의 무게를 내려놓을 수 있었다. 정은진 팀장님은 수년 전 반드시 내 책의 교정지를 살펴주겠다던 약속을 지켜주셨다. 이지은 평론가는 흩어져 있던 작품이 한 권의 책으로 묶임으로써 갖는 의미를 사려 깊은 시선으로 탐색해주셨다. 흠모할 수밖에 없는 소설을 쓰는 강화길 소설가의 추천사는 더없이 큰 격려가 됐다. 모든 분께 그간 마음속에 짓눌러놓았던 장황한 감사를 전하고 싶다.

세상을 순진하게 보는 법만큼은 끝내 깨우치고 싶지 않다. 그러나 루이, 아라, 지난겨울 길고 멋진 여행을 떠난 꿈은 한 치도 의심할 수 없는 사랑과 슬픔을 내게 가르쳤다. 그 아름다운 세 마리의 고양이와 함께 내게로 와서 기쁨을 주는 사람, 언제나 내가 온전히 나일 수 있도록 가만히 귀기울이는 김기훈, 그 이름을 여기에 꾹꾹 눌러쓰고 싶다.

요즘 나는 대체로 즐겁다. 그래도 가끔은 뜨거운 태양이 작열하는 해변의 선베드에 누워 온종일 책을 읽는 시간이 그립다. 아쉬움은 그뿐이다.

2022년 3월 8일
천희란

| 수록 작품 발표 지면 |

카밀라 수녀원의 유산 …… 『사라지는 건 여자들뿐이거든요』(은행나무, 2020)

기울어진 마음 …… 『문학과사회』 2021년 여름호

우리에게 다시 사랑이 …… 『현대문학』 2019년 7월호

피아노 룸 …… 『자음과모음』 2017년 겨울호

살인자의 관 …… 『Axt』 2019년 5/6월호

잃어버린 것 …… 웹진 비유 2018년 11월호

천진한 결별 …… 『비릿』 2호(발표 당시 제목은 '하지 않기로 한 말')

숨 …… 『언니밖에 없네』(큐큐, 2020)

지속과 유예 …… 문장 웹진 2018년 9월호

문학동네 소설집
우리에게 다시 사랑이
ⓒ천희란 2022

1판 1쇄 2022년 3월 24일
1판 2쇄 2022년 4월 27일

지은이 천희란
책임편집 정민교 | 편집 권순영 정은진
디자인 이효진 유현아
마케팅 정민호 이숙재 한민아 김혜연 이가을 박지영 안남영 김수현 정경주
브랜딩 함유지 함근아 김희숙 정승민
제작 강신은 김동욱 임현식 | 제작처 천광인쇄사

펴낸곳 (주)문학동네 | 펴낸이 김소영
출판등록 1993년 10월 22일 제2003-000045호
주소 10881 경기도 파주시 회동길 210
전자우편 editor@munhak.com | 대표전화 031) 955-8888 | 팩스 031) 955-8855
문의전화 031) 955-3579(마케팅) 031) 955-2675(편집)
문학동네카페 http://cafe.naver.com/mhdn | 트위터 @munhakdongne
북클럽문학동네 http://bookclubmunhak.com

ISBN 978-89-546-8577-1 03810

잘못된 책은 구입하신 서점에서 교환해드립니다.
기타 교환 문의: 031) 955-2661, 3580

www.munhak.com